Los sueños asequibles de Josefina Jarama

Manuel Guedán

Los sueños asequibles de Josefina Jarama

ALFAGUARA

Primera edición: febrero de 2022

© 2022, Manuel Guedán
Los derechos de la obra han sido cedidos mediante acuerdo
con International Editors' Co. Agencia Literaria
© 2022, Penguin Random House Grupo Editorial, S.A.U.
Travessera de Gràcia, 47-49. 08021 Barcelona

© Diseño: Penguin Random House Grupo Editorial, inspirado en un diseño original de Enric Satué

Printed in Spain – Impreso en España

ISBN: 978-84-204-6112-0
Depósito legal: B-18810-2021

Compuesto en MT Color & Diseño, S.L.
Impreso en Unigraf, Móstoles (Madrid)

AL6112A

Para Rita, porque a los días invita ella

Una de las características de una victoria es lamentablemente que suele arrasar con los competidores.

Luis Magrinyà, *Estilo rico, estilo pobre*

—Manuel, vete echando currículos.

Miguel Ángel, un jefe que tuve

I. Ibi

¡Qué pocas veces he tenido la razón! Y eso implica tener que hacerlo todo más deprisa. Los que siempre aciertan —mis jefes, por ejemplo— se ganan el derecho a que les dejemos reflexionar primero, y luego explicarnos las cosas a los demás. Yo nunca he estado segura de que estudiar un problema a fondo me llevara a la respuesta adecuada y quizás por eso nadie me ha dejado explayarme demasiado. Así que he tenido que hablar siempre deprisa y trabajar a golpe de pálpito. Y eso que mis intuiciones se parecen menos a un arrebato de lucidez que al calambrazo que te puede dar un interruptor viejo o una mala amiga. Quiero decir que son imprevisibles y que, si vienen dos seguidas, ni siquiera tienen por qué ir en la misma dirección.

Eso fue lo que pasó en la madrugada de mi diecisiete cumpleaños, cuando mi madre me anunció que era comunista. No solo eso, también me anunció que debíamos huir del país. Vino a buscarme en mitad de la noche. Yo creí que me despertaba para darme el regalo que le había pedido —la muñeca Sabela, con la que completaría mi colección—, pero ya te lo he dicho: no soy nada intuitiva.

Aquí te habla quien pudo tenerlo todo, o no, pero se echó a perder. Quien renunció a sus postulados para dejarse llevar por las corrientes inciertas que hoy calientan el corazón, pero quién sabe si mañana alimentarán el estómago.

Hubo un día en el que tuve ambición; hoy no tengo más que amor.

Te escribo esta historia a ti, que no podrás leerla, para que no cunda mi ejemplo y para que, si cae en manos de alguien más, haga todo lo contrario de lo que yo hice.

¿Dramatizo? Un poco sí, pero menos de lo que me gustaría. Esta es la historia de la Jarama, como nunca nadie me llamó pero me hubiera encantado que lo hicieran. La gente es más de «Fina esto», «Fina lo otro», que también me gusta, pero resulta demasiado familiar y una mujer que ha empezado desde abajo necesita más la autoridad que el cariño.

A finales de los setenta Ibi era una pequeña villa de forma triangular, situada entre el piedemonte del cerro de Santa Lucía y un modesto riachuelo, el Riu de les Caixes. Durante décadas había sido el motor comercial de la comarca de la Hoya de Alcoy. Según el censo de 1900, la villa contaba con poco más de tres mil habitantes, casi los mismos que veinte años atrás. En menos de un lustro se pasó de seis mil a más de veintitrés mil, de los cuales menos de la mitad habían nacido en la misma Ibi. El resto era mano de obra que llegaba de Albacete, Badajoz y Ciudad Real, y que se fue hacinando poco a poco en los arrabales.

En su nombre, Ibi, está el corazón de la península ibérica, que pareciera interrumpido por un bostezo, pero eso es solo una pequeña ironía, pues en Ibi no ha bostezado nadie nunca; y, aunque la playa esté a solo treinta minutos en coche, el único mar que han conocido sus habitantes es el sudor de su propia frente, y la única arena, la arcilla de sus barracones sin pavimentar.

Cuando la crisis de 1973 sacudió la economía, la villa, que contaba ya con medio centenar de fábricas, le enseñó a un país todavía dormido y sin sueños el sendero de la exportación. Sin apoyos políticos ni financieros, abandonada por Dios entre montañas, sorda a los cantos de sirena del Mediterráneo y privada de las propinas del sector servicios, Ibi se convirtió en un ejemplo de resistencia y creación de empleo. Setecientos al año o más.

Las gentes de Ibi son, a mi entender, las más admirables del país. Mi madre solía reprocharme que dijera eso. Según ella, lo pienso solo porque arrastro un complejo por ser de Tibi, una diminuta localidad a catorce kilómetros de

Ibi, y porque yo, siempre según ella, soy muy de admirar lo de los demás y hacer de menos lo propio. Mi madre me recriminaba no ser como el resto de niñas, que estaban todas orgullosas de su pueblo. Y yo a ella que no fuera como las demás madres, que estaban todas orgullosas de sus hijas.

La razón del milagro de Ibi era sencilla pero espectacular: el juguete, el único producto no alimenticio con denominación de origen en España. Esta industria supo cabalgar a lomos de los nuevos tiempos y, mientras que de puertas para adentro implantaba la cadena de montaje y se abría al plástico, de puertas para fuera sellaba un pacto vitalicio con la televisión: cada diciembre más de mil sintonías desfilaban por TVE.

Fueron los años de los accidentes laborales y del nacimiento de los sindicatos, los de la creación del circuito de ferias y de los grandes nombres del mundo del diseño. Éramos artesanos de la industria y concentrábamos el cuarenta por ciento de la producción juguetera nacional. Cuando la estacionalidad del producto se vivía como un sello de identidad y no como una condena; cuando «deslocalizar» era una palabra inexistente en el diccionario de nuestros empresarios y nadie pensaba en diversificar produciendo también muebles de jardín. Yo estuve allí. Yo viví la era dorada del juguete español. O un poco dorada. Tal vez el principio del declive.

Una confesión antes de que me arrepienta: yo soy muy de arrepentirme. Como cuando me arrepentí de que le pusieran mi nombre a una muñeca. Si solo hubiera sido mi nombre. Mi cara. Admiro a esas mujeres que no miran atrás. Como mi madre. Llegan a este mundo de frente y con los brazos extendidos, como Supermanas directas a las manos de los médicos, que las levantan de inmediato para que alcen el vuelo. Yo, en cambio, nací de culo y le había dado tantas vueltas a las cosas que vine con el cordón umbilical enredado al cuello, morada como una remolacha, como si quisiera estrangularme con lo primero que tuviera a mano. Eso creyó mi madre, que se pasó años recelando de mis instintos suicidas. Tanto fue así que hasta los diecisiete no me dejó ducharme, ni mear, con la puerta del baño cerrada, por si acaso. Y no es que a los diecisiete aprendiera a confiar en mí. Ya lo he dicho: es que ese día se marchó. Mi madre me abandonó.

No es verdad. Fue por una causa justa.

No es eso tampoco. Fui yo la que se bajó del coche.

Yo he sido una niña in vitro. Metafóricamente. Mi padre hizo el amor con mi madre. De hecho fue lo último que hizo antes de morir, víctima de una explosión en la fábrica donde hacían el material detonante para las pistolas Clic-Pum. Operaban sin licencia. Entonces, si digo que soy un bebé probeta es porque no soy el fruto de un matrimonio que buscara tener una preciosa niña, sino que soy el sueño programado de dos idealistas que anhelaban repoblar un mundo mejor. Qué disgusto se llevaría mi madre si leyera estas líneas. Me reprocharía que hablo desde el rencor. Bien, y si las líneas son mías, ¿no tengo derecho a ello?, ¿estoy obligada, como he hecho siempre, a pensar cómo impactará todo lo que digo en cada una de las personas que conozco? Lo estoy. Y si es verdad que todos tenemos al menos un superpoder —lo he leído en algún sitio—, ese sería el mío: siempre me pongo en la piel de los demás. Es que yo, Josefina Jarama, ¡soy los demás! En cambio no sé si mi madre, en los años que pasamos separadas, se puso en la mía alguna vez. Supongo que sí. Porque al final no éramos tan distintas y yo también era divertida y utópica, solo que a mi manera. Por eso me bajé.

Siempre he querido triunfar. Llegar a lo más alto. ¿Debo pedir perdón por ello? Si debo disculparme es más bien por mi falta de imaginación. Nunca supe qué era llegar a lo más alto, pero lo deseaba con todas mis ganas.

Ahora, al fin, me he encontrado a mí misma. Literalmente. Me he encontrado a lo largo de la Costa Blanca, reproducida y rellena, y por fin sé quién soy. O al menos dónde estoy: en todas partes. Me reconoce todo el mundo. O casi. ¿Dije antes que he fracasado? Pues paren las rotativas que me estoy arrepintiendo. Es que me da apuro reconocerlo, pero en realidad me hallo en la cumbre de toda buena fortuna. Qué pensaría alguien de Ibi si me oyera, con lo mal que se pasó allí. Pero toda crisis beneficia a unos pocos y yo fui una beneficiada de la crisis del 73. De ahí nació, de complejos flujos internacionales, de la retención del crudo y de la miseria de muchos, mi matrimonio con la fama. También otros se han beneficiado de mi miseria, no creas. Es la base de la economía. ¿Cómo llegó mi cara a estar en las estanterías de medio país? Y ¿por qué no llegó a las estanterías del otro medio? Te cuento.

En la semana que mediaba entre mi dieciséis cumpleaños y la muerte de Franco, Bienvenido Santos le pidió a mi madre que reuniera a todos los trabajadores del turno al pie de la escalera. Era un lugar incómodo: el espacio allí se estrechaba y hacía un calor tremebundo porque los hornos estaban al lado, pero era la única manera de que todos le vieran. A mí me gustaba estar allí más que en el colegio, así que por las tardes me pasaba a echar una mano. Deambulaba entre vestidoras, cosedoras, zapateras, maquilladoras y fingía que les daba órdenes, como le había visto hacer al señor Santos. Imitaba su voz de puchero, su habilidad para bailar el mondadientes con la boca, sus expresiones al interesarse por los demás. Pero también las imitaba a ellas; por ejemplo, a Pili: la forma en que, aproximadamente cada media hora, se reacomodaba el cojín sobre el taburete, las miradas al reloj cada minuto, para comprobar que el ritmo de producción era el correcto, el leve rociado de alcohol para mantener limpia la muñeca... Me fascinaba verla hacer cardados, rulos, coletas y moños, según el modelo que tuviera entre manos. Pili era una de las pocas que me daba bola, interrumpía su trabajo y me enseñaba. Si no estábamos en temporada alta, incluso me daba algún ejemplar con tara para que aprendiera a peinarla. Cuando terminaba, la echaba al cajón de las caritativas y me decía que, gracias a mí, habría un niño pobre que tendría regalo la próxima Navidad. Me costó, pero al final entendí que no hacía todo aquello porque me tuviera cariño. Es más, ni siquiera le caía bien. En general no le gustaban mucho los niños —los conocía bien: tenía cinco—, y yo en concreto le resultaba particularmente irritante. Siempre me decía que cómo podía ser una niña tan repipi. A mí aquella forma de meterse conmigo, tan alejada de las fórmulas impersonales con que me trataban el resto de trabajadores, me parecía una prueba de cariño, así que no me separaba de ella. Mucho después comprendería que hablaba en serio. Pili era tan generosa conmigo porque adoraba a mi madre. Siempre me lo decía: «Qué suerte tienes, Fina. Ojalá yo tuviera la mitad de arrojo que tu madre. Se iban a enterar mis hijos, mi marido y todo el mundo. Pero a lo mejor es que para ser tan valiente hace falta haberse quedado sola, como ella». En una cosa tenía razón, mi madre era la única de la fábrica a la que el señor Santos trataba igual que a un hombre. O mejor. Antes que ella, era Termo, el jefe de fabricación, el encargado de reunir al personal para las charlas. Pero daba verdadera lástima verle desgañitándose por los pasillos. La primera vez que Bienvenido se lo pidió a mi madre, ella sacó un silbato del bolsillo, como si supiera que ese momento iba a llegar. Con solo dos bufidos tenía a todo el mundo arremolinado y en silencio.

El discurso del señor Santos dejó al personal con las caras largas. Era pronto para que hubieran llegado los datos de ventas de la campaña de Navidad, pero había estado hablando con varios jugueteros de Denia, Orihuela, Alcoy y Alicante y se habían confirmado los peores presagios. Con las restricciones del petróleo, el plástico se había puesto por las nubes. La mayoría de marcas del Valle del Jugue-

16

te habían apostado por mantener sus diseños y reducir el volumen de producción, previendo que las familias tendrían menos dinero para gastar en juguetes. Nosotros, en cambio, habíamos sido de los primeros en marcar el camino. Bienvenido había contado con un aliado especial: Buigues, su antiguo compañero de pupitre, primero de la promoción y tercero en las oposiciones de todo el Estado, y que ahora ocupaba un cargo en la delegación española de Naciones Unidas, le había contado que la crisis era de calado y podía ir para largo. Así que nuestro jefe había tomado decisiones pensando en el futuro: había recuperado antiguos prototipos hechos en goma, había estrechado los torsos y caderas de ciertos modelos para ahorrar material y había creado toda una familia de animalitos de compañía de distintos colores y con muchos complementos, con la intención de ocultar que el molde era el mismo. Aun así, el balance general no había sido bueno —en este punto miró a su responsable de contabilidad, mi madre, quien desde la otra punta de la nube de trabajadores le devolvió un gesto de asentimiento— y tendrían que hacer ajustes en la plantilla —aquí su mano se posó en el hombro de Termo, quien, un par de escalones más abajo que él, meneaba la cabeza compungido—. A las bajas previsibles por el fin de la temporada alta se sumarían ocho empleadas más, que tendrían que pasar a trabajar desde casa. A los demás les pedía un poquito más de sudor para que no hubiera lágrimas. No había sobrado ningún extra, con el que solía compensar el sobreesfuerzo de la campaña de Navidad, pero teníamos que seguir igual. La necesidad de jugar de los niños no desaparecía solo porque un grupo de países desalmados hubieran decidido secuestrar el petróleo.

Su discurso me dejó arrugadísima. Mi madre, que siempre estaba de buen humor y me gastaba bromas para hacerme rabiar, apenas me dirigió la palabra de vuelta a casa y, aunque su preocupación no se debía a los motivos que yo suponía entonces, eso me hizo sentir que el mundo tal y como lo conocía se venía abajo. Decidí hacerme mayor, era el momento de devolverles al señor Santos y al oficio lo que el señor Santos y el oficio habían hecho por mi familia, por Ibi —aunque yo soy de Tibi— y por el Valle, y eso exigía renunciar a mi etapa de rebelde adolescente. Tanto mejor. No esperé a llegar a casa para trasladarle a mi madre mi resolución, a lo que ella me respondió, con su habitual franqueza, que por momentos me hubiera gustado que no fuera ni tan franqueza ni tan habitual, que de qué narices le estaba hablando, que yo ni era ni iba a ser rebelde en la vida, que eso era lo que más se reprochaba en el mundo, y que cómo le había podido salir a ella una niña vieja. Inmediatamente se retractó y dijo adulta, una niña adulta. Y me pidió perdón.

Sus palabras no me hacían justicia. En el colegio yo me había ganado la fama de chica díscola y a contracorriente —lo que imagino que alguien de tu generación llamaría una outsider—, en buena medida por un asunto ocurrido tres años atrás: el affaire Pepita Llopis.

Pepita Llopis era más lista que el hambre y bastaba mirarle al fondo de esos ojos redondos para ver los bienes inmuebles que acumularía de mayor. Según la catalogación que las monjas nos habían inculcado, había dos tipos de alumnas: las cigarras y las hormigas. Pepita y yo estábamos en bandos diferentes. Y eso que nuestras notas eran parecidas —las dos éramos de aprobado raspado—, solo que ella sin esforzarse y yo dejándome los codos. Durante las clases Pepita se entretenía pasándose los dedos por aquellos rizos brillantes, un gesto que dejaba a monjas y alumnas por igual todas tontitas perdidas. ¿A todas? A todas menos a mí. Yo veía más allá de sus monerías de Nancy recién estrenada. Yo era consciente de su inteligencia. Yo me preocupaba por ella de verdad. Y llegó el día en el que por fin pude ayudarla. O eso creí. Durante un examen de Historia me di cuenta de que Pepita llevaba en el dobladillo de la falda una chuleta que podía consultar tranquilamente, porque la profesora sospechaba de cualquiera menos de ella. Yo me esmeré a fondo en la explicación de quién fue Manuel Godoy, pues sabía que me jugaba el cinco y, al entregar el examen, susurré unas palabras al oído de la hermana María Teresa. Pepita suspendió y la expulsaron dos días. Yo aprobé, pero no me fue mejor. Sor María Teresa tuvo una charla conmigo en la que, con términos ambiguos, me pidió que sopesara mis prioridades en la vida.

—Incluso la noción del Bien debe ser interpretada, Fina.

Me miraba con preocupación y sin simpatía. Me dio mucha pena constatar que tampoco a ella yo le caía bien, pero más todavía pensar que estábamos en manos de una profesora equivocada. Al ver que yo no me doblegaba, decidió contarle a mi madre lo ocurrido. Y Lina, la de las causas justas y el silbato de hielo, me regañó hasta la afonía. Algo en mí la sacaba de sus casillas más que ninguna otra cosa. Yo era joven, pero no tanto para no darme cuenta de que se estaba enfadando conmigo no solo como madre, sino como persona, y eso me dolía. Aunque su admiración hacía tiempo que había renunciado a ganármela. Para entonces era recurrente que le contara a todo el mundo la decepción que se llevó la primera vez que me puso *El libro de la selva* y yo me eché a llorar en todas las escenas en las que salía Baloo. Aquel oso dichoso me ponía nerviosa y solo recuperaba la calma cuando entraba en escena Baguira, que encarnaba el sentido del deber, el imperio de la razón y, para ella, toda la grisura del mundo. Sentada yo en la mesa de la cocina, mientras mi madre terminaba de colocar la compra en la despensa, me dijo lo que aquella profesora joven y moderna había pensado pero no se había atrevido a decir: los chivatos no le caen bien a nadie.

Me molestó que generalizara, ella que siempre andaba diciendo que no hay que hacerlo. ¿Todos los chivatos? ¿¿A nadie?? A mí nunca me han molestado, sobre todo los chivatos bienintencionados, los que obran de forma altruista y no por afán de protagonismo, y ese había sido mi caso. Solo el chivato puede ser el eslabón que recomponga la cadena rota que va de quien hace lo que no debería a quien no puede remediarlo. Pero eso a ella no parecía importarle. Nadie se interesó por mis motivos. Yo solo quería evitar que Pepita acabara siendo una vaga, una sombra más de las que pueblan la cola del paro. Ella podía aspirar a mucho más. Hacer trampas solo le haría estar menos preparada para la prueba de fuego del mundo exterior. Pero me fue entrando la angustia. ¿Y si, como creían mi profesora y mi madre, yo no buscaba proteger a mi amiga de sí misma? ¿Y si lo había hecho por envidia? La madurez me ha enseñado que las motivaciones nunca van solas, que se parecen más bien al listado de ingredientes de un paquete de cereales. Encontraremos uno principal y luego un montón de aditivos. Y es imposible comerse lo uno sin llevarse todo lo demás.

Aquel episodio hizo de mí una radical. Me desencanté del sistema. Por eso, cuando elaboré el plan para sacar adelante Santos Juguetes, ya no me daba miedo saltarme las normas. Sin que nadie me viera, sustraje un par de cajas de las muñecas caritativas. De poco servía regalárselas a los más necesitados si la empresa se iba a pique, lo que dejaría sin juguetes a pobres y ricos por igual. Iba a demostrarle a mi madre que no era solo la niña grisácea y empollona de la que se avergonzaba, sino que era capaz de ayudar a mi comunidad. Además de coger muñecas tullidas, me hice con restos de maquillaje y retazos de telas y desarrollé mi propia línea de productos, que vendía en la puerta del colegio a precios de escándalo. La voz se corrió rápido y a la salida empezaron a formarse colas junto al alcornoque donde yo había instalado mi tienda. A partir de treinta pesetas, todas podían tener su discapacitada. Algunas niñas casi se echaban a llorar al ver las muñecas malformadas, como princesitas de Hiroshima, y pensaban justamente en eso, en la tragedia que las habría dejado así, incapaces de ver que lo único que había fallado ahí era la resistencia de esa goma al calor. A otras niñas, en cambio, lo que les gustaba era justamente el lado tenebroso de las muñecas porque no había otras así en el mercado. A mí me desagradaba verlas pasando las yemas de los dedos una y otra vez sobre los bracitos calcinados, pero el futuro de decenas de familias estaba en juego, y a cada rato me recordaba que lo único importante era que el dinero de todas valía por igual.

Cuando me pillaron me enviaron a la madre superiora, que me confiscó la mercancía y me obligó a donar los beneficios —dos mil seiscientas pelas— al colegio.

—Josefina, ¿por qué lo has hecho? —me preguntó en su despacho, bajo la atenta mirada de Jesús.

—Quería recaudar fondos para poder ir a ver las Torres Gemelas de Nueva York. ¿Sabe que son el edificio más alto del mundo?

Yo no quería mentirle a la madre superiora, pero tampoco iba a revelar que Santos Juguetes atravesaba dificultades económicas. Eso no era algo que andar diciendo por ahí. Así que dije una verdad a medias, pues era cierto que, desde que había visto por la tele la inauguración de aquellos dos majestuosos rascacielos, no podía pensar en otra cosa que ir a conocerlos: ver el mundo desde la cumbre.

—Todos tenemos sueños, Josefina, yo la primera, no vayas a creer. De hecho, puestas a elegir, a mí me haría más ilusión el Empire State, por la escena de aquella película tan bonita de Cary Grant, en la que él la espera hasta la medianoche y ella no llega porque ha tenido un accidente, pero él eso no lo sabe, claro, y luego consigue su teléfono en la guía y al final va a verla. Pero mi labor aquí no es compartir sueños que, insisto, todas tenemos, sino hacerte entender que cada decisión es una mutilación y que todo tiene consecuencias en esta vida.

Recé diez padrenuestros, veinte avemarías y sobrellevé el pellizco con estoicismo. Pero no pude mostrar sincero arrepentimiento, porque lo que me movía era un fin noble: impedir que la mitad de los niños del Valle se volvieran hijos de parados. El castigo consistió en quedarme el último viernes del mes recogiendo fondos para el nuevo órgano que quería comprar el colegio. Pero sin motivación ni convicción mis ventas no llegaron a una cuarta parte de lo que había conseguido para Santos Juguetes. Solo hubo un viernes en que subí de la barrera de las doscientas pesetas y fue porque un generoso caballero apareció en el último momento y me echó dos monedas de veinte duros.

—Muchas gracias.

—No, gracias a ti. ¿Vamos dando un paseo?

—No he acabado todavía.

El señor Santos se metió la mano en el bolsillo y dejó caer otros veinte duros en el bote.

—Con esto ya has cumplido. Y vamos, que no hace tiempo de estar en la calle. En este pueblo, cuando se va el sol, hace un frío del demonio.

Durante el paseo Bienvenido me contó que Famosa iba a lanzar ese año a Lesly, la hermana de Nancy. Todo un revés para Santos Juguetes. Ya la Nancy Ibiza había sido un paso adelante en modernización —yo nunca hubiera tenido una muñeca de la competencia, pero es importante reconocer los aciertos del rival para poder superarlo y aquella Nancy, con su peto acampanado, sus estrellas de colores estampadas y los complementos florales para el pelo, era un bombazo— y que ahora hubieran decidido ampliar la gama con una más en la familia implicaba que se iban a quedar con una buena parte del pastel. Lesly, además, saldría al mercado con un precio competitivo, doscientas setenta pesetas, cincuenta menos que Nancy.

Afortunadamente, el señor Santos, siempre bien relacionado, tenía un topo en Famosa que le haría llegar los diseños del nuevo modelo antes de que se fabricara. Me pidió que hiciéramos un pequeño desvío en el camino. El 5 de enero de ese año se había inaugurado en Ibi la primera estatua del mundo a los Reyes Magos —y la única hasta 1986—. Había sido una iniciativa de los principales jugueteros que el alcalde, amigo y con buen ojo, según lo definió el señor Santos, no había dudado en impulsar.

—Los seres humanos necesitamos formar parte de algo más grande que nosotros mismos. Es nuestra bendición y nuestra condena. Los que solo aspiran a tener una familia numerosa, una casa grande y unas vacaciones en la playa se dan cuenta demasiado tarde y acaban decepcionados. Yo soy un hombre afortunado. Santos Juguetes es una comunidad enorme a la que pertenecemos todos, los que hacemos las muñecas, los padres que las regalan y, lo más importante, las niñas a las que hacemos felices cada Navidad. Y sin embargo, Josefina, ahora todo eso está en peligro. ¿Qué le importan a esos jeques venidos de Oriente nuestra pequeña comunidad?

—¿Nada?

—Eso es. Nada. Hasta una niña de catorce años lo entiende.

—Dieciséis.

—Todo eso ya da igual. ¿O tú crees que a los jeques que han secuestrado el petróleo les importa que una niña de Ibi tenga dieciséis y no catorce?

Yo no era de Ibi, sino de Tibi, pero esta vez no le corregí, y acto seguido me alegré de que mi madre no estuviera allí, porque siempre me echaba en cara que era más tiquismiquis con ella que con los demás.

—Y yo debo seguir tu ejemplo y reaccionar. Es lo que se espera. Tengo que ser agresivo, pero sin arriesgar: un resbalón sería fatal. Me ha llegado el momento más duro en la vida de todo empresario, el de ganar por cobarde. Y para eso, para recordarnos lo bueno en los momentos malos, hacen falta símbolos. Justo cuando hemos hecho la transición al plástico y ya casi diseñamos en exclusiva en ese material del demonio, el precio se pone por las nubes. ¿Es eso justo, Fina?

— No, no lo es, señor Santos.

— Exacto: no lo es, señor Santos. Por eso, ahora más que nunca, Ibi necesita algo que nos recuerde por qué hacemos lo que hacemos. Y ese algo es esta estatua a los Reyes Magos. Necesitamos símbolos. Tu osadía al vender muñecas en el parque me ha hecho verlo claro. Y en Santos Juguetes ese símbolo tienes que ser tú porque tú más que nadie eres Santos Juguetes. Te criaste con nuestras muñecas, has crecido en la fábrica, tu madre lleva toda la vida con nosotros y es una trabajadora ejemplar. Quiero que seas la modelo para el lanzamiento de la próxima temporada. Le pondré tu cara a decenas de miles de muñecas que repartiremos por España, ¡y por el mundo si Dios quiere! Serás la mejor amiga de las niñas. Es más, serás la niña a la que todas sus amigas querrán imitar. Serás *Fina, vecina*.

Durante unos instantes fui la chica más feliz del mundo. Luego menos. Y es que se puede tocar el cielo sin dejar de tener los pies en la tierra. Basta con aprender a tocarlo con los ojos. *Fina, vecina,* amplió su información Bienvenido, llevaría mi cara pero no mi cuerpo. Sus medidas serían las de la Nancy, mucho más espigada que yo. No tendría mi estilismo, hecho de ropa heredada de mis primos, sino una imitación de los vestidos sofisticados de Nancy. Y no tendría una caja del todo original, sino una inspirada en la de Nancy. A tal efecto, el señor Santos había contratado a uno de los discípulos del diseñador de la muñeca de Famosa. El objetivo era aprovechar la confusión con la salida de Lesly, la hermana de Nancy, para añadir a su universo el personaje de la vecina que se acaba de mudar, y que los padres más despistados y las niñas más ambiciosas se hicieran con ella. Copiar a la competencia, me explicó el señor Santos, no significaba claudicar, dar un paso atrás, más bien se trataba de coger carrerilla para saltar al futuro. Así no me sentía como esas niñas prodigio, y me mantenía en mi lugar: una pieza más de la maquinaria alquitranada y recalentada que alimenta la fábrica de sueños.

24

No encontré a mi madre en casa y salí corriendo a buscarla por el barrio para darle la noticia de que iba a ser la madre más famosa de todo el Valle, qué digo, de España entera. Di con ella en la carnicería de Batiste y le solté la bomba justo antes de que fuera su turno. Al oírlo, todas las señoras, mi madre y hasta el propio Batiste se deshicieron en elogios y suspiros de alegría. Yo recuperé la felicidad de antes, tan suave, que duró los mismos pocos segundos que la primera vez. La cara de mi madre mudó en cuanto rebasamos a la última clienta, que nos dejó salir antes de entrar. ¿Cómo podía saber yo entonces que mi incipiente fama suponía un golpe a sus planes? Mi madre veía crecer al enemigo en su propia casa. Esta vez no me reprochó nada, pero igual cargué con el peso de su desdicha. Un poco más adelante, al doblar la esquina de nuestra calle, me dijo que se alegraba mucho por mí, aunque las lágrimas que corrían por sus mejillas no me dejaron hacerme ilusiones. Entonces tuve una intuición, uno de esos calambrazos: mi madre tenía celos de lo que había conseguido a mi corta edad, y temía que acabara ocupando su lugar en la fábrica.

—Mamá, yo no quiero quitarle el puesto a nadie —dije temblando.

Fue una de las pocas veces en que la hice reír. Soltó las bolsas, y el hueso de jamón de las lentejas se salió y fue rodando hasta la carretera. Yo quise recogerlo, pero ella me sorprendió con un abrazo repentino y me dijo que no me preocupara por el hueso, que mejor haríamos algo especial, como hamburguesa con patatas fritas. El abrazo me hizo mucha ilusión, pero el desenlace me dio rabia, porque a mí me gustaban más las lentejas.

Todavía tardaría un tiempo en descubrir que la hosquedad de Lina no se debía a que yo no le gustara como hija, sino a la clandestinidad. ¿Qué otra cosa podía hacer en el pueblo sino disimular sus ideas radicales? Lina odiaba la fábrica y detestaba a Bienvenido y había ido viendo, con angustia, cómo servidora disfrutaba de la alienación del trabajo más que de los parques y prefería pasar su tiempo de compadreo con su explotador antes que conspirando con los compañeros. Ella nunca me lo dijo así, claro, pero fue solo por su pacto de silencio. Con lo mal que yo llevo los silencios, que los relleno como si fueran pimientos. Desde pequeña he sido parlanchina y he sabido que el que tiene boca se equivoca y que no hay mayor error que el de quien no quiere aprender. Así que, cuando con ocho años mi madre y mi abuela me llevaron a conocer la catedral de Altea, les solté que el portón me había resultado «frívolo». No sé qué quise decir, pero aquella palabra me sonaba importante. Lina supo siempre que sería un peligro emplear en casa terminología marxista, o despotricar contra Bienvenido, porque yo lo repetiría por ahí como un papagayo. ¿Puedo reprocharle entonces la extrema reserva que la llevó a ocultar su identidad a su propia hija? Puedo, porque el corazón tiene razones que la razón no entiende.

A ojos de cualquiera Lina encarnaba la combinación perfecta de amabilidad y firmeza en su trato con la familia Santos. Incluso a ojos de la propia familia Santos, a quienes seguramente les gustaría haberse sabido tratar a sí mismos de igual modo. Lina había entrado a trabajar de operaria en la fábrica en 1964. Entonces la empresa tenía sesenta y tres empleados y una facturación mensual media de quinientas mil pesetas. Pronto ascendió a responsable de planta. Bienvenido le preguntó cuál era su sueño y ella dijo que ser contable. Fue la primera mujer en serlo en todo el Valle del Juguete. Además, Lina desempeñaba otra función, que la convertía en figura de máxima confianza para la familia: la chófer de los Santos para los viajes largos. Bienvenido iba a todas las ferias acompañado de Vicenta, su mujer y consultora, y Anamari, su heredera, para que aprendiera el oficio. Los tres se sentaban detrás. Cuando hago memoria y trato de advertir algún indicio de antipatía o resentimiento en las palabras que Lina dedicaba a Bienvenido, solo lo encuentro en dos momentos. Uno cuando contaba que, al volante, no podía mirar por el retrovisor porque en lugar de la carretera lo que veía eran los tres rostros rollizos de los Santos, embutidos en un diminuto marco, como si fueran a salirse del espejo. Cada vez Bienvenido se disculpaba por dejar el asiento del copiloto vacío, como si aquello fuera un taxi, pero reconocía que le tenía más miedo a una carretera nacional que a la sífilis y que frente a la luna delantera se mataba uno más fácil. De ahí que necesitara un chófer y se sentara siempre detrás. Solo de pensar en conducir se le encharcaba la camisa. No creo que a Lina le importaran mucho aquellos eternos viajes a Barajas para que la familia cogiera los vuelos internacionales, porque ella siempre ha sido muy llanera solitaria.

El segundo momento fue cuando le preguntó a Bienvenido qué pasaría si tuviera otro hijo, si acaso viajarían en dos coches. Aquel comentario, impropio de alguien tan comedido como Lina, denotaba que bajo su rostro de escultura egipcia tenía una civilización en llamas. En cualquier caso, su sarcasmo no podía fastidiar al señor Santos, ni a su mujer. Ambos habían estado de acuerdo en echar el freno después de la primera hija. Bien es cierto que esperaban un varón, pero un segundo hijo implicaba poner en riesgo el futuro de la fábrica y eso era algo a lo que no estaban dispuestos. En el Valle abundaban los casos donde dos hermanos herederos se habían peleado y habían acabado en los tribunales, con la quiebra de la empresa y la familia. Era el mayor sacrificio que les había exigido Santos Juguetes. A los dos les pirraban los niños, pero habían estado de acuerdo en este punto desde el principio. Aquel gesto me enseñó los sacrificios que exige un negocio y cómo puedes llegar a vincularte con él. Bienvenido lo repetía demasiado a menudo: «Que nadie se crea que ser jefe es un chollo, los sacrificios más duros de mi vida me los ha exigido la empresa». Ahora bien, ¿acaso hay otra forma de hacer entender las ideas más desagradables? Las que no nos gusta oír pero pueden salvarnos la vida. Cada vez que venían mal dadas, Bienvenido nos avisaba de que tendríamos que apretarnos el cinturón y nos recordaba que él era el primero que lo hacía cada noche, privándose de la cosa más bonita que hay, traer críos al mundo.

Por mi parte, quise responder al ofrecimiento del señor Santos poniendo toda la carne en el asador. Al terminar el curso, el mismo día en que el resto de mis compañeros se fueron corriendo a tomar los parques, yo me planté en su despacho y le ofrecí sacrificar mis libros de texto como prueba de lealtad a la empresa.

—¿Pero qué dices, chiquilla?

—El lanzamiento de *Fina, vecina* exige que todos demos lo mejor de nosotros mismos. Y si yo soy el símbolo de Santos Juguetes no puedo ser menos que el resto. Mis profesoras del colegio me han decepcionado. Allí no tengo nada más que aprender.

Bienvenido dejó la decisión en manos de mi madre, que, como para entonces ya andaba planeando otra cosa, no se opuso.

Pili dejó atrás sus amables borderías para ser abiertamente hostil conmigo. Yo se lo contaba a mi madre sin darle mucha importancia, como si fuera todavía parte de un juego entre nosotras, aunque en realidad buscaba su protección, que mediara entre la peluquera y yo, pero ni lo hizo ni, de haberlo hecho, habría surtido efecto alguno.

—Entiéndelo. Para ella ya no eres mi hija pequeña. Ahora eres una compañera que devalúa su trabajo por hacerlo sin cobrar.

Esa no me la había visto venir.

—¿Y tú no puedes explicarle que lo hago por el bien de la empresa? ¡Qué digo! ¡Por el bien de todos! Necesitamos que el lanzamiento de *Fina* salga bien, si no queremos irnos al paro. ¡Lo egoísta por mi parte sería cobrar en un momento así!

Para seguir siendo útil, pero lejos de quien no me quería, le propuse a Bienvenido ser su secretaria. Él siempre se había negado a tener una, porque era muy suyo y muy humilde, pero ahora necesitaba liberar el tiempo de lo urgente para poder encargarse de lo importante. Yo pasé a ocuparme de los suministros —durante el tiempo que estuve en el puesto nunca faltó papel, repuestos de tinta ni sobres con el membrete de Santos Juguetes— y de la agenda del señor Santos. Y lo más importante: me convertí en sus ojos. ¿Qué hombre de negocios no necesita eso? Me pasaba el día trasegando por la planta con alguna coartada: iba al almacén a revisar un envío, subía a los despachos para dejar un albarán, me acercaba a los horneros por si querían un poco de agua. Y luego, cuando el señor Santos me llevaba a sus visitas a las jugueterías, aprovechaba para contarle lo que había visto. Nunca nada decisivo. Leves impuntualidades, sustituciones no comunicadas, tragos furtivos a una petaca escondida en la bata. También le reportaba los aciertos, no te vayas a creer: el obsesivo perfeccionismo de una, lo limpio que tenía otro el puesto de trabajo y las que ofrecían un cambio de turno in extremis para que la compañera pudiera llevar al niño al médico. Mi trabajo no se solapaba con el de Termo: él supervisaba el proceso de fabricación, y cuando aparecía todos se activaban como girasoles al paso del sol. Pero ¿y todo lo que quedaba en sombra? Termo era metódico y predecible. Los empleados podían anticipar sus paseíllos por la fábrica, por qué recodo giraría, en qué rincón posaría su mirada, qué consejo les iba a dar, así que sabían, por emplear una metáfora, cuándo meter tripa y cuándo soltarse el botón del pantalón. No quiero difamarle. Termo era duro, de los que acaban una conversación con «y no lo pienso repetir dos veces». Pero también de los que luego lo repiten dos veces. En cualquier caso, él era más que un jefe de fabricación, era un ejemplo para todos. Vivía en Alicante y todos los días se hacía cien kilómetros de carretera para venir, sin que nadie le oyera nunca quejarse. Su secreto, aunque siempre lo contaba, era ir escuchando y rebobinar cuantas veces hiciera falta «Gwendolyne», de Julio Iglesias.

Como ya habrás advertido, mi función no era grata ni me ayudaba a hacer amigas. Pero eso mismo me indicaba que iba por el buen camino. ¿No es ese extraño equilibrio del que se compone el universo?, ¿no es sana la lechuga por ser insípida y calórica la patata frita por estar tan buena? Para mí hubiera sido mucho más cómodo desahogarme con mis compañeras y haber disfrutado de esa primera juventud en la que una se dedica a comadrear a espaldas de los responsables. Yo les oía hacerlo. Al principio me horrorizaba la forma cruel en la que hablaban de Termo y del señor Santos. De este decían que su barriga, rodeada por el cinturón que tanto le gustaba abrocharse, les recordaba a Saturno. Juraban que con su papada de san bernardo se podía tocar el acordeón y lloraban de risa cada vez que le veían frotarse disimuladamente la entrepierna contra el canto de la mesa. Todas estas apreciaciones ya me parecían de mal gusto, pero luego pasaban a otra fase. Le desacreditaban por todo. Un día le acusaban de ser un manipulador, un temerario y un terco, y al otro de ser simplón, cobarde y pusilánime. Por muchos defectos que tuviera, Bienvenido no podía ser todas aquellas cosas a la vez, pero lo prodigioso era cómo nunca se llevaban la contraria entre ellas: una marcaba la dirección y las demás se tiraban a seguirla. Eran fuerzas arcanas más poderosas que cualquier otra. Y llegó el día en el que supe que no podía seguir participando, aunque fuera en silencio, de aquel ritual. Fue cuando Joanot, un hornero altísimo y al que le gustaban demasiado los chistes, se acercó al corrillo para relatar que venía de la letrina y que se había encontrado allí un regalito, que no era la primera vez que le pasaba y que podíamos tener por seguro que tal generosidad en el darse y tan poca en el recogerse era algo que venía de arriba y, como si temiera que la palabra hubiera perdido repentinamente su sentido, Joanot apuntó con el pulgar hacia la planta superior. Nuria, la maquilladora, sumó su testimonio: a ella también le había pasado en el baño de mujeres y tenía claro que la procedencia era la misma. Semejante calumnia me obligó a romper el silencio, en primer lugar porque flaco favor le hacíamos a nuestra causa como trabajadores si nos entregábamos a la difamación, y en segundo porque para qué iba a querer nuestro patrón ir al baño de los empleados, peor iluminado y siempre corto de suministros, si él tenía uno flamante y propio en la zona de despachos.

—Pues por eso mismo —dijo Pili, con la misma mirada que tendría un sátiro acercándose a la verja de un colegio a gritar que los Reyes son los padres—: porque es el de los empleados. Y a todo jefe le gusta dejar un rastro de poder.

Ya que no podía contarle al señor Santos nada de lo que allí se decía, porque le haría daño, ¿para qué seguir asistiendo a aquellos corrillos? Pues porque me moría de curiosidad. Y aún peor, había empezado a divertirme. Pero con aquella conversación había rebasado todas las líneas rojas y las distracciones podían tener la consecuencia fatal de perderle, un poco al menos, el respeto que le tenía a Bienvenido. ¿Y entonces qué me quedaría?

Entrado el otoño, ya no hubo tiempo para jueguecitos. El lanzamiento de la muñeca nos ocupaba de sol a sol. Aquellos días, el señor Santos me acompañó a varias sesiones en las que el diseñador tomaba medidas de mi cara y hacía un boceto tras otro. También supervisaba el diseño de los complementos. Para compensar el despliegue de medios sin que repercutiera en el precio, en confianza me contó que había decidido comprar para la cabeza una goma más barata, que quedaría más dura por mucho que la trataran. Otra de las decisiones más delicadas fue el tamaño del cuerpo. Anamari recomendaba volver a las muñecas maniquí de la década anterior, que superaban el medio metro de alto y eran delgadas. Defendía que ya había pasado el tiempo suficiente para que no fueran viejas sino elegantes. Yo pensaba que podíamos permitirnos que la vecina, justamente por ser eso, la mujer de al lado, no fuera muy alta y tuviera un tipo más carnoso, más como el mío, pero Bienvenido se mantuvo fiel a su idea de renunciar a toda originalidad. Para un artesano de la muñeca como él, aquello suponía tal vergüenza que no convenía meter el dedo en la llaga. Ante una crisis injusta, sobrevenida e internacional, la solución pasaba por la humildad. Yo tomaba nota de todo para cuando me llegara el momento en la vida de enfrentarme a mis propias decisiones.

A medida que se acercaba la fecha límite en la fábrica se impuso un oscuro clima de todo o nada. Y digo oscuro por la carga moral de sentir que nos jugábamos nuestro futuro a una sola carta, pero también porque en el momento de alumbrar la primera remesa de prototipos se fue la luz. Y no por un sabotaje de nuestros competidores en el Valle, como llegué a pensar en un primer momento, sino, como dijo una operaria, «porque en esta empresa vamos cortos de luces», es decir, que el señor Santos se había visto obligado a recortar la potencia contratada. El infortunio no pudo llegar en peor momento. Los ventiladores se quedaron sin suministro y eso hizo que la goma de los cuerpos, que aún conservaba la temperatura del horno, se quedara demasiado flácida, informe. Los pechos de Fina, firmes en el diseño original, parecían repentinamente necesitar un sostén. Y lo mismo su culo, sus rodillas, sus manos. No así su cara. Las cabezas estaban en un cesto aparte, donde unas bombillas especiales conservaban el calor para mantener la goma flexible y poder insertarles el pelo; estas se quedaron frías y, por tanto, calvas. La presión por cumplir los plazos, que ya era límite, se volvió aún más límite. Arrancar tarde la campaña supondría una desventaja letal para una muñeca en la que —me fui dando cuenta a medida que avanzábamos— solo Bienvenido y yo creíamos a pies juntillas. El parón de las máquinas, que luego necesitarían volver a calentarse, podía suponer la pérdida de un par de días. Pero lo peor era el componente anímico: a pesar de los recelos, había también mucha expectativa por ver a *Fina, vecina* acabada, y que la primera muestra fuera aquel ejército de jubiladas calvas no ayudó a la causa. El señor Santos salió de su despacho hecho una furia, pero como lo que más miedo le daba, después de morir en carretera, era hacerlo despeñado por la escalera de la fábrica —y cierto era que las operarias hacían vida plácidamente abajo, las administrativas arriba y solo él y yo trasegábamos de una planta a otra—, siempre bajaba agarrado a la barandilla y con la cadera de medio lado, primero el pie izquierdo y luego el derecho, primero el izquierdo y luego el derecho. Yo no me reí, pero en la intensa discusión que tuve después con mi madre en casa hube de reconocer que, a pesar del infortunio, era normal que los empleados no pudieran contener la risa al ver a aquel Zeus de bañera y patito: un hombre atronador, que no paraba de gritar y maldecir, bajando las escaleras con pavor a caerse. Mi madre por su parte tuvo que conceder que las risas, por mucho calor que den al centro de trabajo, y si bien eran inevitables dadas las circunstancias, fueron bastante inapropiadas. A Bienvenido le hicieron perder los estribos.

—A vosotros os la bufa lo que pase en esta casa, ¿verdad? Podría explotar la fábrica y solo preguntaríais si tenéis que cumplir el turno. Podría matarme por esta escalera y solo os interesaríais por vuestra nómina. Pues ganas me dan de quitaros el turno, pero para siempre, y de cagarme en vuestra nómina —la expresión no cayó en saco roto y las risitas fueron en aumento, para desesperación del señor Santos—. Sois unos ingratos, eso es lo que sois.

—No es justo que nos diga eso —terció Pili.

—La defensora de los pleitos pobres, ¡ya llegó! ¿Cómo que no es justo? Os he dicho mil veces que no se puede tener toda la maquinaria en marcha a la vez, que salta el generador. Y el de repuesto está roto. ¿Y qué hacéis vosotros? Todo a la vez, que ya vendrá alguien a arreglároslo.

Nuestro jefe a veces tenía la capacidad de reconocer sus errores y convertirlos en aciertos futuros. Pero muchas otras no. Y ahí, cuando la fuerza de la autoexigencia le abandonaba, había que estar a su lado para hacerle sentir bien. Dejar que su ira saliera y no interfiriera en próximas decisiones. Lo que yo defendía después ante mi madre era que, sabiendo como todos sabían que la decisión de bajar la potencia en el peor momento posible había sido de Bienvenido, y que aquel brote de ira no estaba justificado, qué les costaba ser un poco más humildes y entonar un fingido mea culpa. La templanza del jefe es un bien común, y es responsabilidad de todos esforzarse por preservarla. No valía tampoco responder un simple «no volverá a pasar» que terminaría de atacarle los nervios por lo que tenía de milonga aprendida, de indolencia adolescente. Tocaba, y yo lo hice, darle alguna precisión que le calmara:

—Disculpe, señor Santos, porque nos hemos descoordinado. De ahora en adelante fijaremos un nuevo protocolo.

¿Dejarse amonestar por algo que no habían hecho era el límite de la generosidad de aquella plantilla? ¿Pensaban que era más conveniente para nosotros permitir que al hombre del que dependíamos se le nublara el juicio? Pili se acercó sonriente, y me llamó, con tono dulce, «esquirola de mierda». A mí me dolió no haberme visto venir que la amabilidad que prometía su gesto era irónica, así que mi respuesta tal vez no estuvo a la altura: «Brusca» la llamé. «Desclasada» me dijo. «Borracha» le devolví. «Perra» soltó. «¡Exaltada!» le grité.

No quería llegar a esta parte de los hechos en la conversación posterior con mi madre, por temor a que fuera a sacar a Pili de la cama a puntapiés, pero nada de eso sucedió.

—No estuvo bien que te insultara, pero...

—¡¿Pero qué?! ¡¿Te parece bien que llamen perra a tu propia hija?!

—Pues que no te reconozco como hija mía.

Esa noche no pude dormir.

En la fábrica no hubo más bromas ni corrillos. Se congeló el ambiente, como un velatorio en el que de pronto apareciera el asesino del muerto. Solo que de fondo estaba el cariño que todos nos teníamos, como si los asistentes al velatorio supieran que el asesino en realidad ha venido a disculparse, y entonces hay un silencio, sí, pero todo el mundo sabe que luego vendrán los abrazos y el final feliz. Eso pasó cuando mi madre volvió a hacer sonar su silbato. Bienvenido, sin hacer alusión alguna a los últimos incidentes, anunció dos noticias: una buena y una mala. Esta vez nos había pedido a mi madre y a mí que nos colocáramos detrás de él, dos o tres peldaños por encima en la escalera. Él ocupó su lugar. Termo, en cambio, no estaba en el suyo. El señor Santos dijo que sabía que llegaría un día como este, pero que nunca pensó que lo vería en una época de apreturas. La buena noticia era que, por primera vez en su historia, Santos Juguetes iba a salir en televisión. Hasta entonces nos habíamos conformado con aparecer en revistas, vallas publicitarias y catálogos a domicilio. La tele era muy cara, y había tenido que pedir un préstamo, porque era indispensable aprovechar los ojos arrobados con que las niñas miraban los anuncios de la Nancy para colarles a *Fina, vecina* antes de que un parpadeo se llevara la fascinación. Aunque sin muchas ganas, la plantilla aplaudió. La mala era que Termo había sido ingresado de urgencia. Esa misma mañana se había puesto amarillo blancuzco, tipo aceite de girasol, y se había ido al suelo. Tétanos.

—Pero nosotros somos una familia y como una familia vamos a hacer frente a esta situación. Termo tiene dos críos pequeños y Amparo, su mujer, necesitará que le echemos una mano. Desafortunadamente esto nos ha pasado cerca de la temporada alta, así que no podremos ayudar todo lo que nos gustaría, pero Santos Juguetes pondrá todo de su parte, sin que descuidéis vuestras obligaciones. Os daremos facilidades para que podáis estar al pie de su cama, pero eso no bastará. Tendréis que arrimar el hombro, poner vuestro tiempo. Tendréis también que recoger a sus niños del colegio, cuidarlos por la tarde y prepararles de cenar. Y estar con Amparo para ver si necesita algo en el hospital. Es tan cabezota como nuestro Termo y no hay quien la saque de allí. Y, por favor, el hospital está lejos. Muchas veces tendremos que ir y venir de noche. Conducid siempre con los ojos bien abiertos, que hay mucho loco suelto. Lo último que nos faltaba es tener a dos ingresados.

Cuando acabó, me acerqué a su despacho.

—Me ha emocionado mucho lo que ha dicho en la escalera, señor Santos.

—Santos Juguetes cuida de sus trabajadores en la salud y en la enfermedad. Lo que me gustaría saber es si sus trabajadores cuidarán también de Santos Juguetes cuando esté enferma.

—Yo lo haré.

—Ya, ya... Ahora vete, Fina, hay mucho que hacer.

Las dos primeras semanas de vigilia fueron las más bonitas. No había más que ver a Amparo para darse cuenta. Estaba emocionada. Todos los empleados de la fábrica fueron desfilando por aquella diminuta sala de espera, que en realidad no era diminuta, sino que lo parecía porque éramos muchos (también por el olor a fábrica que dejábamos, que me tocó a mí pedirles a los hombres que, a la salida del trabajo, hicieran un alto en sus casas para darse una duchita). Unos y otros pasaban a ver a Termo y a su vez se interesaban por quién más de nosotros había ido, cuánto rato se había quedado, si había traído flores y a qué precio el ramo. También mi madre parecía volcada. La bondad innata del ser humano expresada a través de una sana competitividad. Todos parecían haber entendido que Santos Juguetes no terminaba donde acababan los muros de la fábrica, sino que era mucho más. Bienvenido había dado en el clavo en su discurso. Yo misma le daba vueltas pues, aunque motivadoras, sus palabras iban en sentido contrario a las que nos había dicho el día del incidente, y había llegado a dudar de su sinceridad; pero cuando Termo, más amarillo cada día, ya no era capaz de acercarse la cuchara a la boca, y yo había perdido el pudor, no solo para darle de comer y limpiarle la pechera, sino también para comerme las sobras de su bandeja, más abundantes a medida que avanzaba la enfermedad, y así salir del hospital ya cenada, hube de darle la razón: éramos familia.

Sin embargo, bastó que Joanot rompiera una vez más el sentido del decoro y fuera dejando de venir, para que se generara un efecto dominó. La ejemplaridad también tiene su contracara y nuestros empleados empezaron a excusarse diciendo que les daba pudor incordiar a Amparo, que no tenían tanto trato con Termo, que debían atender sus propias obligaciones familiares. El hombre es un lobo para el hombre. En lugar de quedarse a pasar la tarde, los que venían lo hacían para fichar. Traían unas flores o unos bombones y se marchaban, creyendo que aquellos objetos disimularían su ausencia, pero en realidad la hacían más palpable. Cuando tuve que sacar unas flores del jarrón, a las que aún no se les había caído un pétalo, para meter un nuevo ramo de la vergüenza, recopilé las tarjetas de recuerdo que se habían ido acumulando en la habitación y me encerré en el baño. Con ellas compuse un cuadrante que regulara los turnos y se lo llevé a Bienvenido.

La cuarta semana conseguimos que volviera a haber un flujo constante de visitas y brilló de nuevo la naturaleza bondadosa del hombre. Cada uno ocupábamos un puesto, como si la fábrica se hubiera desplazado allí. Aunque, por supuesto, sin desatender la empresa, pues el lanzamiento de *Fina, vecina* era ya inminente. Yo me encargaba de que a Termo le llevaran alguna novelita ilustrada de Marcial Lafuente y un poco de budellet con pan y aceite, que le pirraba. Y prohibí terminantemente las flores y los bombones, que aun así la gente los llevaba, pero al menos sabiendo que estaba totalmente prohibido.

Al término de la quinta semana, la intensidad volvió a bajar, así que volví a ver al señor Santos, esta vez para pedirle prestado su coche. No lo hubiera hecho de no ser una situación excepcional y él lo entendió perfectamente. Algunos habían empezado con su cantinela: «no puedo estar pidiéndole a mi marido que me traiga todos los días», «mi suegro me ha pedido que le preste el coche»... Asomaban de nuevo los lobos, así que yo iba a buscarlos a sus casas y me los traía. Todavía no tenía carnet, pero mi madre me había enseñado a conducir por los caminos aledaños al pueblo, y nunca había controles. Hice el trayecto Ibi-Alicante tantas veces, llevando y trayendo al que lo necesitaba, que a veces me fundía el depósito en un día, con sus 550 pesetas que me costaba llenarlo y que nadie me pagaba después, porque la bondad innata también necesita patrocinadores. Y luego había a quienes les afloraban las viejas pelusillas, como Basilio, del almacén, que ya estaba harto de ir porque cuando él estuvo con el reuma no había ido nadie a verle. Sobre eso me había prevenido el señor Santos, «a alguna gente hay que ayudarla a ser generosa, no podemos dejarla en manos de su propia mezquindad». Basilio, al coche. Cuando me veía desbordada, le pedía ayuda al señor Santos, que estableciera algún tipo de sanción para los que no cumplían su tarea en el hospital, porque si no, pronto se perdería el maravilloso orden que habíamos creado.

—No te pases, Fina, en la precisión está el gusto.

—¿No es en la variedad donde está el gusto?

—Tienes un auténtico don para centrarte en lo menos importante, chiquilla.

Yo tenía miedo de resultar cargante, porque sé que de primeras caigo bien, pero luego me vuelvo un poco pesada sin darme cuenta. No debía parecérselo todavía porque me ofreció ser yo la que pusiera la voz en off al spot de *Fina, vecina*. Pero de los nervios la noche anterior me quedé afónica y a lo más que llegué, con sumo esfuerzo, fue a grabar el «vecina» final. Después de que se viera a una niña levantando a Fina de su cama, vistiéndola, arreglándola para ir a visitar a su vecina —no se llegaba a decir abiertamente, pero se podía intuir que era la Nancy—, una mujer decía «la amiga ideal es Fina» y ahí se oía mi voz, algo ronca, fundida en un coro de niñas que gritaban «¡vecina!».

Un esfuerzo que hice en balde, porque el spot nunca llegó a emitirse. La madrugada del 13 de noviembre, mi cumpleaños y fecha prevista para que *Fina, vecina* empezara a distribuirse, mi madre vino a buscarme. Ya lo he dicho: primero creí que me despertaba para darme el regalo. Pero, al ver la cara de pocos amigos que traía, supuse que Termo había muerto. Ni lo uno ni lo otro. Me arrastró al coche, metió algunos bultos en el maletero y lanzó a mi lado una bolsa. Comprendí que estábamos en peligro y que era mejor no hacer preguntas. Me impuse estar a la altura de las circunstancias. Ahora solo tenía que confiar en mi madre. Pero lo había comprendido todo mal. La amenaza era ella. O nosotras. Según se mire.

Fuera la luna brillaba con más rutina que ánimo. Por los carteles que íbamos pasando intuí que nos dirigíamos al norte. Primero pensé que a Valencia, pero nos desviamos hacia Utiel. Supuse que iríamos a Teruel o a Cuenca, pero pasamos entre las dos, siempre por carreteras comarcales. Me gustó ir reconociendo los nombres de tantos lugares que solo había visto en el mapa de clase. Lina conducía despacio, aunque tras la suavidad con que deslizaba la palanca de cambios se advertía un cuerpo rígido. Me recordó a la cabeza de las muñecas recién salidas del horno, que dan ganas de abrazarlas, pero que todavía queman y pueden deformarse. Cuando hizo falta repostar, evitamos la gasolinera. Mi madre echó el coche al arcén y sacó un bidón del maletero. Yo aproveché para mear entre los arbustos. Al volver, me tendió un sándwich de mortadela con aceitunas y le di un par de bocados para que no notara que, de los nervios, no tenía hambre. Se me hizo bola y tuve que echármelo en la mano. No podía seguir fingiendo.

—Mamá, ¿quién nos persigue?

—Aún nadie —contestó Lina—. Puedes estar tranquila.

Me explicó que era militante de una organización comunista. Su función era desviar dinero a la organización, que esta utilizaba y luego le devolvía para que lo restituyera sin que nadie se enterase, pero esta vez algo había fallado en la cadena y el dinero no había vuelto. Todo me resultaba muy confuso. No me gustó oír aquella palabra, «comunista», en boca de mi madre, pero tampoco entendía bien la huida.

—Si Franco ya se ha muerto, ¿por qué tienes que esconderte?

—Nadie sabe lo que va a pasar, hija. Ningún partido comunista ha sido legalizado todavía. Además, lo que trato de explicarte es que yo... no formo parte del partido. Lo nuestro es algo más. Nosotros somos los que hacemos las cosas.

La satisfacción de formar parte de su secreto no me dejaba ver más allá.

—Trabajaremos duro y seguiremos ahorrando —dije para consolarla, ya que era consuelo lo que me pareció que demandaba.

—No lo entiendes, Fina. —Lina se asomó por su izquierda, para comprobar que no venía ningún coche en sentido contrario, y dejó de hablar mientras adelantaba a dos camiones—. Nuestros ahorros están en esa bolsa que tienes a tu lado. El dinero lo desviaba yo de las cuentas de la empresa. Es un procedimiento sencillo. Los proveedores sirven los materiales y Santos Juguetes les paga a ciento veinte días. Mi trabajo, tú lo conoces bien, es encargarme de cuadrar la balanza de cuentas, para eso tengo que jugar con los tiempos de los pagos y los cobros. Me bastaba con retrasar algunos pagos y adelantar otros cobros para tener una liquidez extra.

—¿Y al señor Santos le parecía bien?

—Fina, ¡por Dios! El señor Santos no sabía nada.

—Pero él confiaba en ti, ¿no?

—Él es mi jefe.

—Nuestro jefe.

—Sí, y *nuestro* jefe solo confía en la plusvalía. Mira, el procedimiento era delicado y entiendo que entre en conflicto con tus sentimientos. El señor Santos se ha portado muy bien contigo.

—¿Contigo no?

—Conmigo también. Y, aunque no sé cómo ha llegado a pasar, me doy cuenta de que se ha convertido en un referente para ti. —Nunca lo había pensado pero me gustó cómo sonaba: referente—. Pero no puedes quedarte en esos sentimientos, ni en esa fábrica. Fuera hay mucho más, más sentimientos...

—¿Más fábricas? ¿Es eso?

—No te obceques. Muchos presos que están en la cárcel por sus ideas ya han empezado a salir a la calle. A algunos los soltaron en julio y pronto irán los demás. Todos fueron encarcelados injustamente. Y si no queremos que este país siga siendo la misma vergüenza de los últimos cuarenta años, más nos vale organizarnos. Los otros llevan tiempo preparados.

—No te entiendo. ¿Los otros, quiénes?

El viento de la noche que entraba por la ventanilla me arañaba la cara, pero me agobiaba la idea de subirla.

—Podría haberte contado esto antes, pero era ponernos en peligro —dijo—, así que decidí correr el riesgo de que tuvieras que entenderlo todo de golpe. Si mucha gente en Ibi hubiera sabido que soy comunista, habría estado inmediatamente bajo sospecha.

—Pili no creo que te juzgara. Seguro que ella también es comunista.

—Hija, no sabes lo que dices.

—¿No es comunista?

—¡No lo sé! ¿Por qué me hablas de Pili?

—Ahora que sé que eres comunista entiendo más cosas. Y si para ti no es una cosa negativa, no sé qué hay de malo en que Pili también lo sea.

—Claro que para mí no es una cosa negativa. Pero para muchos sí lo es. Sobre todo para los que tienen propiedades y dinero. De haber sabido que yo lo era, te garantizo que Bienvenido nunca me habría nombrado contable.

—¿Nos has mentido? ¿Quieres decir? A él, a mí, a Termo.

—Y ahora Termo. ¿Qué pinta Termo en esto?

—Es nuestra familia. Nuestra familia de la fábrica. Y está enfermo.

—Aquí tu única familia de verdad soy yo. Hija, de verdad, que a veces no sé si eres buena o tonta de remate.

—¡A lo mejor soy las dos! Será eso lo que te molesta de mí, ¿no? Que no sea tan lista como tú.

—¡Por favor, no seas simple! Lo único que me molesta de ti es que seas tan cabezota. ¿A ti te parecería justo que me metieran en la cárcel por mis ideas?

—Tú misma me has dicho que el problema contigo no son tus ideas. Le has robado dinero a la empresa, ¿cómo puedes ser tan hipócrita?

—Sé que Bienvenido ha sido muy bueno contigo, pero tienes que ver más allá. Si llega la Ley de Amnistía, mucha gente, gente a la que no conoces pero que se ha dejado la piel luchando para que tú tengas libertad, va a reintegrarse a la vida. Necesitan casas, comida, ropa. Algo con lo que empezar en un país que ni siquiera conocen. Y todos necesitaremos organización. Eso cuesta dinero. Ayudarles está bien, ¿no te parece? ¿No crees eso, hija? —Se lanzó a adelantar un camión y la cabeza se me pegó al asiento—. También queremos demostrarles que su resistencia en prisión ha tenido sentido, que los que estamos fuera sabemos lo que han pasado. Y no solo a ellos. Hay mucha gente que en las últimas décadas lo único que ha visto en cada rincón de este país ha sido dictadura, dictadura y dictadura. Pero no era así. Había mucha gente trabajando, dentro y fuera, para construir un país diferente. Ahora tenemos que conseguir que toda esa lucha se vea, se materialice. Necesitamos imprentas, periódicos, organizar actos... Hay mucha... mucha gente a la que le damos miedo, cuando lo que tendríamos que darle es esperanza. ¡Esperanza! Y hay que ir todavía más allá, necesitamos formar abogados, jueces, catedráticos... Necesitamos todo eso si queremos cambiar de verdad este país. Hay mucho mundo lejos de la fábrica y de Ibi.

—No lo conozco y dudo que me interese. El señor Santos ha confiado en ti. Y ha hecho todo lo que ha podido para que no seamos una familia de parados.

—Es verdad que ha confiado en mí. Demasiado. Y que yo me he aprovechado de él. ¿Pero crees que él no se aprovecha de nosotros? ¿Crees que sin aprovecharse de los demás se puede levantar una fábrica como la suya? Hace tiempo que Santos Juguetes está al borde de la bancarrota. Bienvenido vio su última oportunidad en un soplo que le dieron desde el Ayuntamiento. Un amigo le dijo que comprara unos terrenos de uso industrial que pronto serían recalificados para construir más viviendas para los trabajadores que llegarían. Hace unos años lo habría hecho sin problema, pero ahora hay que guardar las formas porque Franco ya no está, nadie sabe lo que viene, y no quieren que llegue a la prensa que un grupo de empresarios está comprando el cinturón de Ibi.

—¿El señor Santos es un corrupto?

—Claro que lo es, pero eso no es lo importante de lo que te estoy diciendo. Le hacía falta poner los terrenos a nombre de alguien que no llevara su apellido, pero que fuera de máxima confianza, así que ahora esos terrenos están a mi nombre.

—Entonces tú también eres una corrupta.

—Pienso devolvérselos, pero los utilizaré para negociar que no nos denuncie y nos deje en paz. Cuando dé el pelotazo, no echará de menos el dinero que nos hemos llevado, seguro.

—Yo no me he llevado nada. Y si el señor Santos se corrompió para salvar la fábrica y a sus empleados, puedo entenderlo. Lo que no entiendo es que tú le hayas robado. Que nos hayas robado a todos.

—Yo no quería robarle. Y no porque no lo considere justo, sino porque no estoy loca. No quería ponerte en peligro, pero algo nos ha salido mal. ¿Entiendes eso? —Un coche que venía de frente nos cegó con las largas y, en vista de que mi madre no respondía, metí la mano en el volante para darle un bocinazo—. Esta vez el dinero que sacábamos de las cuentas de Santos Juguetes para la organización se ha perdido. Aún no tenemos claro qué ha pasado. Uno de los nuestros puede habernos engañado. O quizás alguien de fuera. Lo único que sabemos por ahora es que hay medio millón de pesetas que no va a volver. Saltarán las alarmas. Puede parecerte mucho para asumir en una noche, pero sé que lo entenderás, porque eres muy inteligente.

—¿Medio... millón?

Pasado Belchite me incliné sobre la palanca de cambios para darle un beso en la mejilla. Luego volvió a hacerse el silencio. Cada una nos quedamos rumiando nuestros pensamientos. Mi madre, una revolucionaria. La idea me daba miedo, aunque también me excitaba. Por primera vez, los números que faltaban de mi bingo genealógico empezaban a destaparse para mostrar la serie. Seguía habiendo huecos, no estaban todos, pero ya se atisbaba una lógica. Yo, Josefina Jarama, era una víctima. Mi madre se había visto obligada a ocultar una parte importante de su vida, tan importante que yo había terminado por no saber quién era. ¿Cómo alegrarse de que la nueva muñeca, emblema de la marca a la que ellos necesitaban robar, llevara la cara y el nombre de su hija? Y así pude entenderme a mí un poco también. Pues a fin de cuentas, ¿no latía en mi temeraria empresa de vender muñecas en el colegio para ayudar al señor Santos el mismo impulso que la llevaba a ella a la acción revolucionaria? ¿No habíamos demostrado las dos idéntica capacidad de sacrificar el tener amigos por un ideal? En mi cabeza todo iba rápido, a mucha más velocidad de lo que afuera iban pasando los carteles: La Almunia, Borja, Ejea de los Caballeros, Sos del Rey Católico... Mi manera de pensar, para no ahogarme, era tener conversaciones imaginarias con personas a las que trataba de explicarles lo que me pasaba. Así que el chorro de pensamientos que me venía yo estaba contándoselo a la hermana María Teresa, a la que trataba de explicarle por qué había cambiado los estudios por los juguetes; a Pili, que me regañaba por no darle a mi madre el apoyo que necesitaba; a Termo, que entubado en una cama de hospital intentaba quitarse el oxígeno para regañarme, pero no podía; y, sobre todo, al señor Santos, que se estaba levantando en ese preciso instante, minutos antes de que sonara el despertador, para a continuación darle un beso a la foto de Vicenta que dejaba sobre la otra almohada, pues desde hacía ya unos años Bienvenido roncaba tan fuerte que tenían que dormir separados pero, como se echaban de menos, tenían cada uno en su lecho un retrato del otro. Finalmente bajaba a desayunar su rebanada de toña con café y me preguntaba si pensaba llegar puntual a mi turno. Quería que todos ellos me perdonaran. Yo me había visto arrastrada por un imperativo que era el de mi madre y, en realidad, el de un país por construir en el que yo no sabía todavía cuál era mi papel. Lina había encontrado la determinación que a mí siempre me habría faltado.

Se nos habían acabado los bidones de repuesto, así que íbamos a parar en una gasolinera. Allí dejaríamos nuestro coche, que no era seguro, y vendría alguien a buscarnos. Íbamos con unos minutos de adelanto sobre lo previsto, de modo que tenía tiempo para volver a mear. Lina me pidió que no lo hiciera en el baño de la gasolinera; era muy importante que nadie pudiera reconocerme. Ella se alejó a fumar. Cogí la bolsa de deportes para evitar que alguien nos la robara y me metí entre los árboles. Lo mucho que pesaba el dinero me hizo cobrar conciencia de la gesta de mi madre. Me admiraba que fuera una mujer tan valiente, mucho más de lo que yo podía serlo. Y, sin embargo, su valentía no le había dejado ver el bosque. Por eso mi madre había podido militar en una organización clandestina. Por eso había podido darle un golpe maestro a su valedor. Por eso mi madre había podido echarse a la carretera en plena noche rumbo a un norte incierto. Porque la valentía es el árbol que no deja ver el bosque. Aún más, porque la valentía es el fósforo con el que los egoístas le pegan fuego al bosque. El problema es que en ese bosque, acuclillada, con las bragas bajadas, tratando de no salpicarme los zapatos y dispuesta a secarme con un ticket de la compra, estaba yo. Era a mí a quien no veía y era mi trasero el que estaba a punto de arder. Y conmigo Termo, el señor Santos y *Fina, vecina*.

Di un saltito al subirme los pantalones para terminar de encajármelos en la cadera, rodeé la gasolinera por detrás y me alejé unos metros. Vi una acequia y me metí en ella como si fuera una trinchera. La viscosa alfombra de hojas y barro me recordó el puré de lentejas que servían en el menú de un bar de carretera al que el señor Santos me había llevado alguna vez. Eso me dio hambre. Intenté tumbarme bocarriba, pero la espalda no me cabía y de lado estaba demasiado incómoda, no resistiría ni cinco minutos. Con la pesada bolsa al hombro, corrí como pude hacia el bosque. Cuanto más nerviosa me ponía, peor respiraba, y oír mi respiración entrecortada me ponía más nerviosa. Pensé que si seguía corriendo como una loca en la negrura entre ramas, troncos y piedras, no tardaría en caerme. Pero no sucedía. Tal vez, me dije, exista un orden secreto, tal vez la oscuridad sea piadosa y cuando aceptas sumergirte en ella y abandonas los fósforos y cualquier otra forma de resistencia, te abrace y te deje recorrerla sin falla. Tal vez los bosques respeten a los cobardes. Tal vez, pero no. Me caí en un río. Al principio movía los brazos como cuerdas histéricas que pudieran atarse a algún sitio, hasta que vi que hacía pie, pero en esos movimientos poco gráciles solté la bolsa con el dinero y la noche no tardó en engullirla.

Me dejé ir para seguirla, pero la corriente me llevaba demasiado deprisa y no me dejaba escrutar bien todo el cauce y asegurarme de que mi presa no se había quedado atrapada en algunas ramas, como efectivamente sucedió. Por suerte la atisbé justo antes de que el río girara y desapareciera de mi campo de visión. A nado no conseguía remontar los metros que me separaban de ella, así que lo hice dando pequeños saltos. Pensar en todos aquellos billetes arrugados y vapuleados por el agua me produjo una enorme tristeza, a la que se sumaba la de ver que no avanzaba. Estaba cerca de todo aquel dinero, pero me era imposible alcanzarlo. Me iba a rendir, a dejarme ir con la corriente y que me llevara hasta el mar si era necesario, por boba, cuando una de las ramas cedió y la bolsa bajó serena, ceremoniosa, hasta mí. Aunque raspándome con las ramas, conseguí salir por la margen por la que había caído. En realidad, para recuperar el dinero hubiera valido con salir y remontar a pie los metros que me separaban de la bolsa. No se me había ocurrido antes. Tanta angustia para nada.

Comprobé los billetes. Empapados pero enteros. Decidí que lo mejor sería volver a la carretera, para no perderme entre la maleza. Caminé un poco a tientas. Imaginé qué sería lo peor que podía pasarme. Era una estrategia que me había enseñado el señor Santos para tranquilizarme. Ponerse en lo peor para ver que en realidad no es tan malo, y desde ahí ir cortando. ¿Lo peor? Tener que pasar la noche al raso y orientarme por la mañana. O peor: que estuviéramos en una zona de montaña donde pudiera caminar durante días sin llegar a ningún lado. O peor: partirme el tobillo y quedarme tendida. O peor... Un grito me sacó de mis cavilaciones. ¡Fina! La voz de mi madre sonaba angustiada a lo lejos. «Dios mío, ¿qué he hecho?», me oí decir.

Mi huida había sido un impulso, un calambrazo. Mi madre, tan coherente, con esa lealtad tan de una pieza, se había revelado como una desagradecida, una traidora y una egoísta, anteponiendo sus ideales a la persona que más había hecho por ella, la que le había dado un oficio y la había formado, la que se preocupaba por darnos una vida más digna. Puestos a robar, ¿no había nadie mejor? ¡Fina! ¿No había grupos clandestinos que robaran bancos o que estafaran a grandes empresas? ¿Por qué elegir precisamente al eslabón más débil? ¿Acaso no entraba eso en contradicción con sus ideas? ¡Fina! ¿Y los trabajadores? ¡Los trabajadores! Santos Juguetes pasaba por momentos difíciles. ¿Podría reponerse de semejante desfalco? ¡Fina! Si para luchar por la igualdad de los trabajadores había que dejar a decenas de ellos en la calle, ¿qué tipo de lucha era aquella? ¿Valía tanto la pena como para esconderle a una hija la propia personalidad? ¡Finaaaaa!

La vida nos prepara para recibir todo tipo de golpes. ¿Pero qué pasa cuando la persona que más debería protegernos es quien los asesta? Fue justamente la inmensidad del golpe y el deseo de zambullirme en líquido amniótico los que me decidieron a volver junto a Lina. Quizás me dio miedo verme condenada eternamente al rencor. Yo no nací para eso. Los gritos me orientaban en la noche. Debía de estar cerca. Pero de pronto pararon. Eché a correr y distinguí las luces de la gasolinera. Llegué a tiempo de ver un coche arrancar. Lina se había cansado de buscarme y me había abandonado. ¿Cuánto había pasado? ¿Media hora? ¿Una? ¿Era esa la duración de su amor? ¿Era ese el tamaño de su lealtad? Me arrepentí de haber decidido volver. Mi único consuelo era que nunca lo sabría.

Llegué a la puerta de la casa del señor Santos una hora antes de que terminara el día de mi cumpleaños. Yo traía arañazos en la cara y motas de barro como pecas culposas y un olor a arenque fermentado que casi podía tocarse. Pero al verme, en lo primero que se fijó Bienvenido fue en la bolsa. Me gritó muchas cosas que no recuerdo, aunque sí recuerdo que ninguna estuvo fuera de lugar. Unos reproches le llevaron a otros y acabó por preguntarme si sabía lo que de verdad tenía ganas de hacer, le dije que sí; rehusó el sobreentendido y tuvo a bien aclararlo: darme un buen bofetón. Le pedí, por favor, que lo hiciera, y me soltó un guantazo que me cambió el gesto y que todavía hoy, con el cambio de estación, me escuece. Viéndole más calmado, aproveché para preguntar.

—¿No ha llamado a la policía?

—¿Has venido a hacer preguntas?

—He venido a poner la otra mejilla.

—¿Qué hay en la bolsa?

—Dinero.

—¿Mi dinero?

Quise aclarar que aquel dinero eran los ahorros de mi madre, aunque yo lo trajera para restituir una parte del desfalco, pero no estaba el día para matices y en ellos me podía ir el segundo bofetón. Afortunadamente, para cuando empecé a aclararme sobre cómo explicarlo todo, el señor Santos ya había abierto la bolsa.

—Aquí no está todo. Vas a tener que trabajar muy duro para reponérmelo.

—¿Le importa si antes me doy una ducha?

Los meses siguientes fueron los más agradables de mi vida. A ver, es difícil de medir, pero se me entiende. No tenía techo bajo el que dormir; el señor Santos y su familia habían perdido la confianza en mí; los trabajadores que odiaban a Lina por haber puesto en peligro la empresa me veían como el símbolo descarado de la traición; y los que la consideraban una suerte de Bonnie & Clyde monoparental me tenían por una delatora. Es decir, no podía caer más bajo. Es decir, tenía todo por hacer. Con lo bien que me sienta a mí un desafío. Que el señor Santos anunciara a los empleados que la empresa suprimiría la extra de Navidad para hacer frente al desfalco no hizo sino aumentar el reto. Tenía ante mí la inmensa oportunidad de dar la cara y sacar de su error a todos y cada uno de ellos. No fue un camino de rosas. Hubo días malos en los que el llanto me sobrevenía sin previo aviso, días difíciles en los que el hambre era tan fuerte que me impedía estar triste y días insoportables en los que, en fin, las penurias, los insultos y las zancadillas se me anudaban a la garganta y no me dejaban respirar. Pero la esperanza de que el apellido Jarama se asociara en Hoya de Alcoy a una mujer rica y honrada, que se levantó del barro para labrar su fortuna con su propio esfuerzo, me infundía el ánimo necesario para desanudar la angustia, taparme las ojeras con pote y salir a comerme el mundo. O al menos darle un tiento. Deberías haberme visto los días después de que me bajara de aquel coche. Me hice cargo de todo, como esa especia a la que te encomiendas al final del guiso cuando crees que todo está arruinado y, por arte de magia, potencia los aromas, liga los sabores y todo coge cuerpo.

Aunque para dar, hube de empezar pidiendo. Mi intención de volver a la casa del carrer Cid, donde siempre había vivido, no había sido sino el último deseo de la joven mimada que había muerto para siempre en una cuneta a las afueras de Sos del Rey Católico, un año antes de cumplir la mayoría de edad. A sabiendas de que se iba a largar, Lina había dejado una mensualidad a deber y el propietario, que era más feo que un susto y uno de esos tíos de acero a los que tienes que hablarles sin saber si te están entendiendo, me dejó ahogarme en excusas y lamentos para luego llamarme mentecata, pollina y rebuznona. Cuando no tienes dinero, aprendes a dejarte insultar.

Como no hay mal que por bien no venga, dejar Tibi me permitió cumplir mi sueño de vivir en Ibi. Allí el señor Santos tenía una parcela, fuera del Desvío, por donde años después pasaría la autopista. Cuando se construyó, la promotora le cambió su parte del terreno por un piso de lujo, que estaría destinado a Anamari. Luego vinieron problemas con los materiales y el bloque se había quedado a medio hacer. Lo que sí habían terminado era el trastero, y cada apartamentito tenía el suyo correspondiente en la planta -1. El señor Santos me ofreció gentilmente quedarme allí el tiempo que necesitara a cambio de hacer alguna ronda nocturna por la fábrica los fines de semana. El trastero era espacioso —algo menos de cuatro metros cuadrados— y no demasiado lóbrego. Tenía incluso un ventanuco de orientación este, así que el sol me despertaba temprano por la mañana para ir a trabajar, lo cual hubiera sido perfecto de no ser porque en el trastero de al lado alguien se había dejado un despertador programado a las 5:30, que en la madrugada me arrancaba del sueño dos horas antes de lo necesario, y por la tarde me acortaba la cabezadita. El lado bueno era que así nunca se me pegarían las sábanas. Los domingos, eso sí, no tenían lado bueno.

Allí cabía un colchón, una caja con la ropa debidamente apilada y una silla de escay que recogí de la calle y en la que me sentaba a escuchar la radionovela hasta que pillaba el sueño. La finca tenía un patio trasero con una letrina pensada para el conserje que, hasta que hubiera conserje, podía usar. Había también un grifo con agua corriente donde podía llenar los barreños para ducharme, que muchos empleados se justificaban con su vida modesta para no lavarse bien, y ese no iba a ser mi caso. No se pueden hacer cosas importantes oliendo mal. A tal efecto, yo me echaba por las mañanas unas gotitas de una colonia que me agencié de un bolso olvidado. Pero el mejor momento del día era cuando llegaba a la fábrica y el olor de la goma quemada durante el turno de noche, que todo lo impregnaba, me hacía olvidarme del mío propio. El señor Santos me dejó volver a trabajar con la advertencia de que nunca, jamás, entraría en contacto con el dinero. Me puso de repasadora, comprobando los detalles de cada muñeca antes de su empaquetado. Yo sabía el porqué de ese puesto, pero Bienvenido no se ahorró la explicación: «Aquí los aciertos no serán tuyos, solo los fallos». En otras ocasiones habíamos bromeado juntos sobre ese aspecto. Me dolió que lo explicitara, no porque ahora la repasadora fuera yo, sino porque sintiera la necesidad de recordármelo como si yo hubiera vuelto de un largo viaje. Pero era justo. Y aunque no lo fuera. Ya sabía que el sentimiento de injusticia era un humo capaz de filtrarse por las rendijas de nuestra voluntad y doblegar todos los principios a su paso. Si lo dejaba entrar en mí, ¿qué atrocidades no acabaría cometiendo en su nombre?

A falta de unos números por cuadrar, Bienvenido estimaba el desfalco en 425.000 pesetas. En la bolsa que yo le entregué había 130.000, de modo que faltaban 295.000 por restituir. Me asignó un sueldo de 21.000, ligeramente por encima del salario mínimo de entonces, pero del cual debía pagarle 4.000 por el alojamiento. Del restante, acordamos que 10.000 pesetas mensuales irían al fondo de restitución, con lo que me quedaban 7.000 para mis necesidades, que ya me encargaba yo de necesitar poco. En dos años, seis meses y quince días, si no la pifiaba, podría disponer de mi sueldo completo y mudarme a una casa, comprarme una moto y volver a pasear por Ibi, y aun por Tibi, con la cabeza bien alta.

Lo único malo de aquella etapa fueron los retortijones con los que yo iba dando las horas, un campanario intestinal que a las en punto me recordaba que seguía teniendo hambre. En el trastero no tenía cocina ni estaba la cosa como para andar comiendo fuera. Le había oído comentar a más de uno que en Benidorm, Altea y La Vila los turistas se dejaban mucha comida en los platos y que si el camarero era piadoso una podía pedírsela o simplemente llevársela de la terraza con disimulo. Pero en el Valle no había turistas sino trabajadores castellanos, que venían con un pan bajo el brazo, dispuestos a rebañarlo todo. Las veces que lo intenté me llevé poco más que unos muslitos de pollo que ni para Carpanta.

Pasé unos meses en galeras, doblando turnos y, cuando acababa el trabajo de repasadora, me mandaba a ordenar la correspondencia, limpiar la goma de la maquinaria y hasta recoger colillas, porque si me restituía en mi puesto de ayudante, me aclaró el señor Santos, mis enemigos en la fábrica —es decir, todos— iban a poner el grito en el cielo. Lo que más satisfacciones me dio fue volver al hospital. Allí el panorama era desolador. En la sala de espera solo estaban los dos hijos de Termo, que habían desmontado un par de sillas para levantar un campamento apache desde el que disparaban pelotitas de papel a los pacientes empijamados que osaban atravesar la frontera del pasillo. Mi madre me había arrancado de cuajo mi legitimidad y mi capacidad de liderazgo, así que ya no podía espolear la bondad innata de nadie más. Debía afrontarlo yo sola. En la habitación encontré a Termo solo y de un amarillo tristón.

—No te preocupes, a mí también me da aprensión tocarle.

La voz de su mujer me sobresaltó. Acababa de volver del baño.

—No es aprensión. Es solo... emoción.

—Dime una cosa, Fina.

—Josefina, por favor.

—Josefina. ¿Era Termo un buen jefe?

Me daba pudor hablar de él estando de cuerpo presente. ¿Y si podía oírnos?

—No lo sé.

—¿Cómo que no lo sabes?

Ni siquiera podía recordar su papel el día del incidente.

—Yo nunca lo vi como un jefe. Era parte de la familia. En la familia cada uno tiene sus responsabilidades, por supuesto. No era el típico jefe que va de amigo. Pero tampoco de jefe tradicional, no sé si me entiende.

—¿Pero allí está contento?

—Mucho.

—¿Sonríe?

—Siempre.

—¿Y trata bien a sus empleados?

—El que más.

—Conmigo es cruel —cuando dijo eso, me arrepentí de haberle mentido—. O indiferente. Me pregunta mucho por mis cosas, pero luego nunca escucha. Recita un guion. Tardé en darme cuenta. Cada noche la misma retahíla de preguntas, cada noche como empezar de cero. Pero luego para contarme sus cosas de la fábrica sí que me quiere: contarme las peleas con los proveedores, las máquinas nuevas de Alemania, los informes de ventas... Y yo como una tonta me lo aprendo todo. Me sé cada modelo que habéis sacado, con todas las particularidades. ¿Tú crees que a las mujeres nos educan para ser tontas?

—Yo creo que a veces nos toca ser el socarrat de los demás.

—¿Qué quieres decir?

—Que mi madre me abandonó.

—Algo he oído. Conozco la historia.

—No creo, porque fui yo la que la abandonó a ella.

—¿Sí?

—Un poco cada una, en realidad. Se fue persiguiendo el sueño revolucionario. Yo no tengo una opinión formada sobre la revolución. Pero da igual. Es su sueño y eso es lo que importa. Es su arroz, su garrofón y su conejo. Otros se lo comerán. A mí me tocó su socarrat.

—A mí el socarrat me gusta. Es lo mejor de la paella.

—Mejor para ti. Así no te costará perdonar a Termo.

—Tú debes de quererle mucho.

—¿Por qué?

—¿Cómo que por qué? ¿Crees que no vi el campamento que montaste aquí? Has venido casi todos los días y cuando te fuiste tú desapareció el resto.

—Era mi obligación.

—Nadie hace algo así por obligación.

Me pregunté qué significaría para todo el mundo la palabra «obligación». Algo que desde luego no era «obligación».

—Yo sí.

La vi extrañarse.

—Pero le pusiste auténtica pasión.

Quise explicarle que no había ninguna contradicción en que me apasionaran mis obligaciones, pero a veces hay que pararse a tiempo, y yo no suelo saber hacerlo, así que probé a callar por si acaso esa era una de esas veces.

En esos días, en los que hacía todo lo posible por redimirme de un pecado que yo no había cometido, se decidió el destino de *Fina, vecina*, y podría haber sido otro mejor. Por culpa del desfalco no había dinero suficiente para la publicidad en la tele, así que ni se emitió el anuncio, ni se añadió en la caja el rubro de «Anunciado en TV». Los jugueteros no lo vieron como una apuesta seria y *Fina, vecina* apenas llegó a los escaparates. Sin una buena promoción y con una colocación deficiente, las miserias de la muñeca quedaron pronto al descubierto: el rey estaba desnudo y, al contrario que en la fábula, no hubo Dios que no gritara. Salieron reportajes sobre el fenómeno Nancy y sus imitadoras. Todos se ensañaron con Fina, burlándose de quien hubiera pensado que los compradores iban a establecer alguna semejanza entre ambas, cuando sus acabados y sus complementos estaban a años luz en diseño, cromatismo y materiales. Uno de ellos comentaba la dureza de la goma, que la convertía en «un auténtico pedrusco, un arma arrojadiza en manos de cualquier niña furiosa con sus padres por haberle regalado una muñeca de segunda». O sea, que al final un poco famosa sí me hice. Un periodista local se acercó a la fábrica a entrevistarme porque se enteró de que allí trabajaba la modelo de cara de la muñeca. Pude ver cómo mis compañeros pasaron del desprecio a la compasión. Había muchas lecturas posibles sobre lo sucedido. Siempre las hay. Pero mis oídos solo escuchaban las que pronunció el señor Santos la mañana en que me llamó a su despacho para informarme de la situación:

—Tu madre nos ha jodido a todos. Hay que ser mala, con perdón.

No es «mala» la palabra que usó el señor Santos, pero esta es mi historia y hay cosas sobre mi madre que no me da la gana reproducir. Y, ojo, que razón no le faltaba. Yo estoy segura de que hoy tendría menos inseguridades si aquella muñeca hubiera triunfado, si tuviera un espejo lustroso en el que mirarme, si mi madre no hubiera antepuesto sus sueños a los míos.

—A mí me ha robado dinero. Pero, a ti, la posibilidad de llegar lejos.

Y, sin embargo, la aquiescencia que yo mostraba ante el señor Santos cuando despotricaba de Lina tenía algo de impostada. ¿Y si yo no había vuelto por cuidar a Termo, por el bien de Santos Juguetes y por restituirle al señor Santos lo que era suyo, sino por ambición, por mi anhelo de llegar lejos y por el placer de ver mi cara en las jugueterías de toda España? La lista de ingredientes, sí, ¿pero cuáles eran los porcentajes? ¿Y si yo estaba equivocada en todo? Imposible. Pero ¿y si era así? No podía serlo. ¿Y si aun así? Afortunadamente, el teléfono interrumpió aquellos ataques en los que me sentía obligada a pagar la traición de mi madre con un odio que no sentía.

No llegaba a la noche. Termo. Llevé a Bienvenido al hospital y los demás fueron llegando. Una vez allí, el médico que nos había anunciado que nuestro jefe de fabricación no sobreviviría nos dirigió unas palabras de agradecimiento. Soltó también alguna lágrima que, aclaró, no se debía a la inminente muerte del paciente, pues pacientes veía irse todos los días, sino al afecto que habíamos demostrado estando allí casi siempre. Ese «casi» se me clavó en la autoestima como un puñal y no me dejó disfrutar del resto del merecido premio. El señor Santos, que se encontraba unos pasos detrás de todos nosotros, habló:

—Doctor, cuénteles por favor lo que me dijo a mí en privado.

—El mes pasado ingresamos a un paciente con polio. Era también jefe de producción de otra empresa de la comarca, no puedo decirles cuál, pero murió solo. Ni un solo compañero vino a visitarle. Es para que estén ustedes orgullosos.

Instintivamente los empleados se buscaron los unos a los otros. Se palmearon las espaldas, se estrecharon las manos y crearon un circuito de emoción que se cerró conmigo fuera. Pili fue la primera en verme y devolverme al círculo. Yo sentí que me estaban pidiendo perdón. O perdonando, no lo sé. Estaba pasando algo de lo que había oído hablar pero que nunca había vivido en carne propia: que las desgracias sirven para curar heridas. Esa tarde nadie abandonó la sala de espera. Y aun así, a pesar de estar todos en un estado de máxima expectación, lo que estábamos esperando nos sorprendió. Al menos yo no me lo vi venir. Amparo se fue a fumar, estaba al borde de la crisis nerviosa y yo tomé su lugar en la habitación. La cosa se complicó rápido. Los espasmos se aceleraron y Termo se fue amoratando. Me puse a gritar para que viniera algún médico. El enfermero apareció y me dijo que el final era inminente y que hiciera el favor de cogerle la mano para que no se fuera solo. Yo no pude moverme, así que él nos cogió las manos y nos las juntó.

—Háblele, no deje de hablarle, que sepa que está con alguien —dijo antes de irse.

Yo no sabía qué decir. Quería mirar por el pasillo a ver si volvía Amparo, pero ahora Termo no me soltaba la mano y, cuando intenté asomarme, estirando nuestros brazos en una cadena, casi lo tiro de la cama, así que volví a la silla. Rígida, empecé a cantar «Gwendolyne»: «Tan dentro de mí / conservo el calor / que me hace sentir / conservo tu amoooor / tan dentro de mí». Al siguiente espasmo me pareció que Termo se esforzaba por decir algo, quizás una última voluntad, así que hice de tripas corazón, superé la aprensión y acerqué mi cara a la suya:

—Que aún puedo vivir, muriendo de amor, muriendo de ti —cantó.

Luego me vomitó en la cara y expiró. Insuficiencia respiratoria, dijo el médico. En la puerta se agolparon mis compañeros. Alguno fue a buscar a Amparo. A la habitación solo entró Bienvenido. Me felicitó por haber sabido estar ahí. Del armarito que había, cogió una camisa azul celeste de Termo.

—Él ya no la va a necesitar y si te la remangas un poco no te estará mal. Cámbiate y te llevo a casa, que aquí ya no hay nada más que ver. Conduces tú.

Estaba anocheciendo. Los objetos no eran más que sombras verticales. El señor Santos batallaba en el asiento por encontrar el cinturón detrás de su ancha espalda, mientras soltaba su discurso sobre lo absurdo de que hubieran puesto la obligatoriedad solo en los asientos de delante, pero que más absurdo era que la gente atrás siguiera sin ponérselo, como si vivir no fuera también obligatorio. Yo le miraba y pensaba en lo que nos unían a ese hombre y a mí nuestras ideas sobre la obligatoriedad, pero aún más en cómo un hombre de su importancia no se permitía quebrarse en ningún momento ante sus trabajadores. Seguía conmocionada por haber visto a Termo morir en mis brazos y buscaba en el señor Santos, sin éxito, rastros de la emoción; el pulso que tiembla al meter la hebilla en la caja de enganche, la voz que se ahoga al empezar una frase, los ojos que se humedecen antes de que un rápido parpadeo los seque. Cualquier cosa. Pero si él cae, caemos todos, me dije. Se lo había oído decir muchas veces en la fábrica: «Al trabajo se viene llorado de casa». Apenas un día después lo interpretaría todo de un modo completamente distinto. Un día después pensaría que en realidad Termo no le importaba un pepino. Hoy no pienso ni lo uno ni lo otro. Hoy pienso que a los jefes no hay que comprenderlos, hay que interiorizarlos.

—Tengo hambre, señorita. La invito a cenar.

Paramos en un bar de carretera camino de Ibi. Él se pidió una cerveza y un plato combinado: filete de ternera, huevo, loncha de panceta, dos croquetas, ensalada y patatas fritas. Yo quería lo mismo, pero era el plato más caro de la carta y, aunque venía con pan, bebida y postre incluidos, se iba a las 130 pesetas. Como sabía que Bienvenido iba a invitarme, me sentí más cómoda pidiendo un bocadillo de salchichón y un Vichy, que juntos no pasaban de 90. Estábamos solos. La tele, a mis espaldas, sonaba tan alto que tenía que inclinarme sobre la mesa para oír bien al señor Santos. Él miraba hacia arriba mientras me hablaba, un poco como si estuviera hablando con una versión gigante de mí.

—Mi abuelo Rosario, que Dios lo tenga en su gloria, fue un hombre aventurero. A veces pienso que a mí también me hubiera gustado serlo, pero no es más que la nostalgia que siempre nos invade a los viejos. Me conozco. Yo soy hombre de escritorio y calendario. ¿Qué iba a hacer yo fuera de esta fábrica? ¿Y qué iba a ser de mi Anamari? Mira, Fina, ¿qué ves aquí? —Usó el índice y el pulgar como pinza para estirar un trozo de su carrillo, algo flácido, la verdad.

—¿Experiencia?

—Disgustos. Cada una de estas arrugas es una muñeca que hemos hecho —se rio tan fuerte que por unos segundos volvió inaudible la tele—. Con doce años, el abuelo Rosario se fue a Marruecos, de camarero. Volvió con la determinación de hacerse rico. Eran otros tiempos, ¿sabes? Por entonces el dinero todavía no era un problema. Luego empezó a serlo. A los rojos os da vergüenza quererlo y luego...

—Yo no soy roja, señor Santos.

—No te enfades, mujer, que solo estamos hablando. Lo es tu madre y uno, por mucho que se empeñe, siempre acaba del lado de sus padres: de tal palo, ya sabes. Lo verás.

—No es verdad.

—Y yo no me enfadaré contigo. Pero no me interrumpas. Esta va a ser una noche larga. No te imaginas el gusto que me da comerme las patatas y las croquetas con las manos. Vicenta no me deja y hace bien, porque luego me lleno la camisa de grasa, pero es que con el tenedor no es lo mismo. Tú no me irás a regañar, ¿no? Decía que a los rojos os da vergüenza querer dinero. Y a los católicos nos da vergüenza gastarlo. En eso os sacamos un cuerpo de ventaja. Tú no me lo tomas a mal, ya lo sé. A todos nos cuesta aceptar el dinero tal como es, con sus cosas buenas y sus cosas malas. Y es que las unas llevan a las otras. Por eso tenéis que aprender a hacer lo que hacemos nosotros. Tenerlo y no gastarlo. Esa es la única libertad que puede darnos. Si te gusta tanto que te lo gastas, puedes olvidarte. Serás su esclavo. Y si no lo tienes, serás su esclavo también. Guardarlo es la única manera de no necesitarlo. Yo tardé en entender. Ojalá alguien me lo hubiera explicado como yo te lo estoy explicando ahora, ante este plato combinado. Pero el abuelo Rosario, que lo sabía bien, era hombre de poco hablar y menos comer. A su vuelta, decidió dedicarse a las muñecas y dio con la fórmula de una pasta, hecha de patata, harina, serrín, corteza de pino picado y una pequeña cantidad de cáustica, que le permitió olvidarse del barro y crear las peponas. Las vendía por los mercadillos de la zona y consiguió juntar unos cuartos. Poco después montó su fábrica. Vivió toda su vida en el Ravalet, se casó con una mujer del pueblo, de marca mayor, y se metió a la banda local. Se le veía a menudo en el casino, charlando, bebiendo y sin jugar. Todos le preguntaban «¿qué haces, Rosario, que no juegas?».

—¿Ahorrar?

—Eso es. Iba al casino a ahorrar. Allí se volvió un hombre fuerte. Mi abuela se lo había dicho mil veces: los hombres podéis con mucho, pero si estáis solos os echáis a perder. Así que no le dejó salir a recorrer los caminos, de viajante, hasta que no estuvo segura de él. Dos veces se quemó su fábrica y dos veces la levantó de nuevo, con el sudor de su espalda. —Me pareció que lo correcto, y ya de paso menos asqueroso, era decir el sudor de su frente, pero no quise enfadarle y que volviera con aquello de que no distingo lo importante, así que le dejé en su error, que es lo que uno consigue cuando no es receptivo—. Mi abuelo Rosario, además, tenía una consigna: el trato a tus empleados tiene que ser ejemplar. Hay que alabarles, aconsejarles y darles las gracias por todo, y si hay alguna discusión, que se quede solamente en eso y sea para bien. Un jefe bueno puede hacer más por los trabajadores que cien obreros cabreados. Eso es lo que vosotros no termináis de entender.

No sé si fue aquí, pero en algún momento de la conversación el camarero apagó la tele, y nos dijo que iba a cerrar. Antes de pagar, Bienvenido me pidió otro Vichy Catalán —«para el camino»—. Como a mí me daba vergüenza pedir, me encantaba que me hiciera sentir como una dama. Me propuso dar un paseo hasta el pantano. La noche era fresca.

—Mientras tanto el abuelo Rosario fue preparando a mi padre para que tomara el relevo. A él lo trataba con más dureza que a cualquiera de sus empleados. Así tiene que ser. Una vez que lo estaba acompañando a la ferretería, tendría yo siete años, se me escapó y lo llamé «abuelo» delante de la gente. A él le gustaba que le llamara Rosario o don Rosario. Lo de abuelo, decía, era de débiles. Y si sus empleados le veían débil, quién sabe qué podía pasar. Íbamos por la plaza San Vicente, me acuerdo. Me soltó la mano y no me la volvió a dar nunca más en la vida. Eran otros tiempos. A mi padre se lo dejó muy claro desde el principio: una empresa no es como una casa, que se hereda. Una empresa hay que ganársela. Todas las mañanas hacía que mi padre rotara por todos los puestos posibles: almacén, máquinas, embalaje, tienda… Por las noches le obligaba a trabajar de tranviario para que se quitara la cosita bonita esa de ser el hijo del jefe. Pero mi padre no tenía madera. Era muy impaciente. Vio la oportunidad y metió la mano en la caja. Arregló con unos productores de maquinaria extranjeros. Le habían dicho que era un chollo, así que mi padre cerró la compra. El acuerdo era que él se llevaba cruda una parte. Pero el horno fallaba mucho. Hubo un accidente. El abuelo Rosario, aunque ya estaba medio retirado, lo solucionó todo y mandó a mi padre lejos. Santos Juguetes se quedó tocada. La gente hablaba mal, habíamos invertido capital en una compra que no valió para nada. Ahí perdimos el tren. Me lo dijo el abuelo Rosario: «Te va a tocar jugar en segunda muchos años. A lo mejor para siempre, porque no sé cuánto tiempo más se van a seguir fabricando juguetes en un mundo que ya no tiene sueños». La guerra le había vuelto muy pesimista. Aun así, nunca claudicó. «Cumple, cumple con tu labor» me decía. Los mejores consejos que te pueden dar son los más sencillos, porque no son consejos de pensar, sino empujoncitos para seguir adelante, que es lo que hace falta. Para levantarte y venir cada día a ser gerente de Santos Juguetes, y que no te venza la responsabilidad de todas esas familias a las que debes dar de comer, hay que tener ganas de empresa, pero eso no basta. Hace falta una energía extra que cada uno encuentra donde puede. ¿Sabes dónde la encuentro yo, Fina? —creí que lo iba a decir de seguido—. Pregúntame, anda.

—Perdón. ¿Dónde?

—En la Asamblea General de las Naciones Unidas. En 1959 todos los países de este mundo se reunieron y firmaron una declaración universal que decía que jugar es un derecho de cualquier niño. Saber que trabajo para la felicidad de los niños es lo que me da fuerzas. Eso es, y así será hasta que deje este mundo.

—La historia de esta empresa es muy bonita —le dije emocionada.

—La historia de la empresa es muy bonita, pero hay que hacerla. El juguete es un mundo. Todo el día peleando pero, como yo digo, si no tuviéramos que pelear, malo. Si no te critican, si no dicen de ti esto o lo otro, es que no estás. Mira, yo ya tengo sesenta y ocho años, pero sigo haciendo mis catorce horas diarias, de ocho a diez, luego llego a casa, me fumo un cigarrito, me bebo una cerveza con mi mujer y a descansar, para mañana volver a bregar con todo el mundo. Te cansas y dan ganas de dejarlo, pero te dices ¿y van a ganar los otros? Yo vuelvo cada día: a ver quién gana, si ellos o yo. Y así es esto. Aquí se trabaja duro porque Ibi es un pueblo trabajador. Tú lo sabes, muchos de los que vienen de fuera se van porque no aguantan estar aquí de sol a sol.

Aunque de noche no se veía nada, el camino hasta el pantano era bonito. Hacerlo en compañía del señor Santos, y más con lo locuaz que estaba, era un auténtico placer, pero un placer del que me costaba disfrutar, porque refrescaba y la camisa de Termo no abrigaba y porque cada vez más me daban rachas de estornudos y se me ponían los ojos rojos. Tenía alergia al polen de los olivos, aunque aún no lo sabía. Cuando me lo diagnosticaron, me supo mal porque era una deshonra para una chica de la Hoya de Alcoy. El caso es que la alergia había venido a interrumpir el primer momento de intimidad que teníamos el señor Santos y yo desde lo del robo, la primera vez que le veía hablarme sin acritud, como antes, así que, como se le veía un poco absorto en su discurso, cuando me venía el estornudo me lo cortaba apretándome la nariz. Si notaba que yo estaba mal y regresábamos a casa, quién sabe cuánto tiempo tardaría en volver a darse una situación como aquella, donde estuviéramos los dos solos hablando *de verdad*.

—Luego están los que vienen solo a ganarse el pan. Los panaderos, como yo los llamo. No traen ilusión y lo mismo les da juguetes que zapatos o turrones. La culpa no es suya, es de este país en el que gusta más discutir que hacer faena. Incluso Azaña, que mira tú, lo reconocía, ¿te lo he contado ya alguna vez? —Me picaba tanto la garganta que no me salió la voz, pero asentí con la cabeza—. Azaña decía que si los españoles hablaran cuando deben y solo cuando deben, se produciría un profundo silencio que nos permitiría a todos trabajar mejor. En eso el hombre acertó.

Los panaderos son panaderos porque lo han pasado mal, que ha habido mucha hambre en este país, yo lo sé, por eso no pueden mirar más que por su propio interés y, aún peor, por su interés de hoy, que a lo mejor no es el mismo que el de mañana. Pero eso no lo saben porque no tienen cultura de empresa. Creen que están solos y no se dan cuenta de la inmensa oportunidad que supone contar con un grupo de gente a tu alrededor que, si a ellos les va bien, a ti te va a ir mejor, y que es gente dispuesta a ayudarte. ¿Acaso no lo hemos demostrado estos días con Termo? —Dejé de frotarme los ojos para asentir—. Que en paz descanse. Esto es una colaboración, no una competición. Pero colaborar también es dejarse pisar por tus colaboradores. Servirles de trampolín, para que luego ellos tiren de ti. Es complejo. No son ideas que se le puedan explicar a los panaderos. Pero tú no eres una de ellos, ¿a que no? —Entre estornudos contenidos, negué con la cabeza—. ¿Dirías que eres inteligente, Josefina? —Me ahogaba, pero asentí—. No, no lo eres. Yo tampoco. Mi abuelo sí lo era, pero tú y yo no. Tú y yo nos parecemos, más incluso de lo que me gustaría. Perdona que me ría, es una broma. Tú y yo tenemos intuición, que tiene que ver con la inteligencia, pero la gente apenas las distingue y ahí está nuestra oportunidad. El inteligente puede partir de cero. Sabe inventarse el juego y poner las reglas para acabar ganando la partida. El intuitivo no, pero lo que sí puede hacer es entender las reglas, aprendérselas de memoria y, en el último momento, hacer un movimiento para darle la vuelta a la partida. Nosotros jamás crearemos las reglas, pero sabemos aprovecharlas. ¿Sabes cuándo me lo demostraste? —Lo sabía, pero temía no poder articular palabra, así que negué de nuevo—. La noche en la que apareciste en mi casa con la bolsa de deportes. Porque, Josefina, yo también he robado, como tú.

Aquí la voz me salió sola, como si hubiera estado ahorrando esfuerzos para el momento crucial.

—Yo no he robado.

—No seas susceptible, chiquilla.

—Yo no he robado.

—Tú eres una ladrona, Josefina. Pero no importa, muchos lo somos. En la vida te encontrarás con dos tipos de hombres: los ladrones honrados y los estafadores. Yo soy un ladrón honrado. Tú también. Tu madre es una estafadora. Yo sé que me robó para algún tipo de grupo comunista, uno de tantos que se creen diferentes y mejores que los demás. Pero no deja de ser *su* grupo comunista. Santos Juguetes da de comer a más de cien familias, ellos a ninguna. Y ese es el dinero que robaron. Mi padre era un estafador y yo pagué por ello. La familia es así. Es nuestro cielo y nuestra condena, los que vienen pagan por los que se fueron. Yo pagué por mi padre. Tú vas a pagar por tu madre. Pero como tú y yo somos honrados, no dejaremos que nuestros hijos paguen por nosotros. Tendrán un futuro limpio.

—Yo no voy a tener hijos.

—Hija, tú siempre te quedas con lo menos importante. ¡Pero, Fina, qué mala cara tienes! Toma, suénate. —Sacó un pañuelo blanco.

A mí me dio apuro ponérselo perdido, así que me giré, protegí el pañuelo en un puño, me soné los mocos directamente sobre la otra mano y se lo devolví impoluto.

—Quédatelo, tengo más. Mañana tenemos que ir a Alicante al velatorio de Termo. Será un día largo y emotivo. Los demás pasarán un rato pero tú y yo nos quedaremos todo el día, acompañando a la viuda. Además, tengo algo importante que comunicarte. Me da pena que esta noche duermas sola en el cuartucho ese. ¿Por qué no te vienes a casa? Anamari está en Madrid, haciendo un curso de exportación y administración de empresas. Te puedes quedar en su cuarto.

La primera vez que estuve en aquella casa, unas Navidades de tiempo atrás, no había tenido excusa para subir a la habitación de Anamari. Así que en esta nueva oportunidad la examiné con calma: la cama, de una plaza y media, estaba en el centro y empotrada contra un cabecero de madera maciza. A la derecha había un velador donde descansaba un ejemplar forrado con plástico transparente de *Viaje a USA o el que la sigue la mata,* de Camilo José Cela, y un ejemplar de la revista *Garbo* con la princesa de Mónaco en la portada. Había también una lamparita de noche que tenía la pantalla de gasa blanca con lunares verdes, al igual que las cortinas y el edredón. Debajo del vidrio de la mesa, una estampita de la Mare de Déu dels Desemparats, una postal de *Las meninas* y otra de un puente precioso, que tuve que descorrer el vidrio y darle la vuelta a la foto para aprender que se trataba del Ponte Vecchio, de Florencia. A los pies de la cama, una alfombra que imitaba una piel de conejo veteada de blanco, negro y marrón. En la pared de la derecha había una estantería, que tenía toda la pinta de estar hecha de encargo, donde se exponían los más bellos modelos del catálogo de Santos Juguetes y algunas piezas cuidadosamente elegidas de otras marcas de la región, como Mariquita Pérez, con el precioso vestido azul marino atravesado por una costura blanca en el centro —y que utilizó Marisol para promocionar *Un rayo de luz*—, una Guendolina —de las primeras en incorporar el sistema de ojos flirty—, la Pierina geisha —dificilísima de encontrar—, e incluso alguna extranjera, como la Tressy Maniquí —que se distinguía fácil de las nacionales porque tenía pecho—. Estaba también la Sabela, la primera muñeca de Santos Juguetes que yo había pedido por mi cumpleaños. Instintivamente me la metí en el bolso y luego la devolví a su sitio porque seguro iban a saber que había sido yo.

El corazón se me aceleraba viendo aquel ajuar. La pared opuesta estaba entera ocupada por un ropero de estilo provenzal, con cerraduras de bronce. Dentro había colgados dos vestidos largos y cortos, faldas de tablilla, camisas y un par de pantalones vaqueros. Había también distribuidos aquí y allá varios algodones impregnados de suavizante. En el cajón inferior no me sorprendió encontrar, bajo las pilas de blusas, pañuelos y medias, la única pieza que faltaba en la estantería, una Nancy que seguramente Anamari había escondido allí para no irritar a su padre. Junto al ropero, había colgado de la pared un marco con una foto de ella con sus padres, frente a la puerta de la fábrica.

Después de inspeccionar la habitación, me deslicé bajo las mantas de la cama, consciente de que me iba a costar dormirme. Estaba excitadísima. La invitación del señor Santos a su casa me había puesto loca de contenta. Me pareció un claro gesto de acercamiento y de confianza, después de las desavenencias. La cama de su hija, nada menos. Respecto al anuncio del día siguiente no quería hacerme ilusiones pero ¿qué otra cosa podía ser sino un ascenso, después de cómo me había desvivido? Y todo ese discurso de limpiar el nombre de los padres. ¿Me ofrecería el puesto de Termo? Era pronto para pensarlo y me lo reproché, pero los muertos dejan un hueco, eso es innegable, y alguien tiene que ocuparlo. ¿O es que Termo hubiera preferido que su puesto, crucial para la empresa, quedara vacante? Jamás. Me imaginaba, al fin, firmando un contrato laboral, estampando las letras de mi nombre, una a una pero ligadas por un fino hilo azul, que ahora solo podía ver como el hilo de mi vida, lleno de altibajos, de tramos sin salida, de saltos, encerronas en forma de *a* de las que siempre había encontrado in extremis el arabesco de salida. Aunque nunca había firmado nada *oficial*, había ensayado mi firma centenares de veces, primero solo el nombre, luego solo el apellido, tal vez las iniciales, para concluir que la única de aquellas puertas con posibilidades de dar a la gloria era «Josefina Jarama», para servirle a usted y al que lo pague. Porque no nos engañemos, y aunque mi alma a veces naufrague en un mar de dudas, esto casi siempre lo he tenido claro: para llegar a lo más alto, para alcanzar la cumbre de toda buena fortuna y no ser flor de un día, antes de mandar hay que obedecer, y mucho. Así que con ese espíritu desenrollaría mi nombre, Josefina Jarama, largo y bien trenzado como una alfombra, pero una alfombra voladora, que me llevaría hasta lo más alto de la industria juguetera, y hasta mi propia casa, con una habitación-vitrina en la que descansaran todas las muñecas que había conseguido sacar adelante, pero sin dejarme cegar por el éxito, siempre con los pies en la tierra, siempre trabajando duro, pues qué otra cosa sino el trabajo duro era lo que me había llevado a reingresar en la familia que nunca debía haber abandonado, la familia Santos. Y así me quedé dormida, envuelta en el aroma a lavanda que desprendía la almohada de quien por una noche sería mi hermanita y, por tanto, mi rival en la carrera por la herencia.

En la mesa de la cocina me esperaban un café, una tortilla francesa, un trozo de toña y un plátano. Bienvenido llevaba un delantal rosa con faldón floreado un poco descolorido.

—Iba a avisarte ahora, pero te has levantado por ti misma. Eso está bien. Hay gente a la que no le gusta mezclar dulce y salado en el desayuno. A mí sí. Verás como a ti también. Es muy completo.

Nunca había tomado un desayuno tan copioso. No sabía por dónde empezar.

—Cómete la tortilla primero, que no se enfríe. Yo las hago poco cuajadas, me gusta que chorreen un poco. Si quieres le doy otra pasada, pero está mejor así. ¡Y no le cuentes a nadie mi pequeño secreto! —dijo señalándose el delantal rosa—. Vicenta me ha comprado ya tres nuevos para que deje de usar este, que además está lleno de manchas que no salen, pero es el que más me gusta, que tiene un bolsillo aquí muy práctico para llevar la receta siempre a mano. Los de hombre no lo tienen.

—Hablando de ropa de hombre... Es un poco inapropiado que vaya al velatorio con esta camisa de Termo, ¿no? Convendría que fuera lo más decentemente posible.

—Bien. Estás más despierta que de costumbre. ¿Y qué quieres ponerte?

—¿Un vestido de Anamari?

—No creo que te valgan, ella tiene más cuerpo que tú, que por cierto, chiquilla, tienes que comer más porque te estás quedando en nada. Casi ni pareces mujer. Voy a ver si le queda alguno de cuando era más niña. Y sé que tiene una gabardina roja de la que se encaprichó en una tienda de segunda mano, cuando la llevé a Londres. Le quedaba justa pero la vi tan contenta que se la compré y ahora ni se la pone. En lo que terminas el desayuno te la busco.

El vestido era de satén, color mostaza y corte palabra de honor. No era el ideal para un tanatorio, pero era tan bonito que merecía la pena. Además, la gabardina roja lo tapaba entero. A Vicenta no le gustó verme vestida como su hija, porque al despedirme le puso a Bienvenido una cara rara a la que él solo respondió, después de inclinarse sobre ella para darle un beso en la frente, que hoy era un día importante.

Durante el camino a Alicante, siguió dicharachero. Yo trataba de mirarle por el retrovisor, siempre que la carretera me lo permitía, para que viera que le escuchaba. Me informó de que *Fina, vecina* había dejado un pufo en la empresa superior al de mi madre, amén de un sinfín de unidades que nos habían devuelto las jugueterías y que no había dónde meter. Pero esta vez no puso el foco en el enorme contratiempo que había supuesto quedarnos sin fondos para la campaña publicitaria de *Fina*, ni en que el anuncio se hubiera quedado sin distribuir. La clave del fracaso había sido equivocarnos en el tipo de muñeca. Y, según él, había dos tipos de muñeca que se correspondían con dos tipos de niña y, tal vez, dos tipos de España. La que buscaba modelos en los que reflejarse para seguir creciendo y la que pretendía cuidar de los demás. Nancy era claramente aspiracional. Nació como la muñeca maniquí de plástico más moderna y adaptada a los tiempos. Tenía la melena más larga que se hubiera visto hasta la fecha en una juguetería española. Y pronto desembarcaron sus accesorios: una cama, un sifonier, un armario, un ropero de primera dama; en definitiva, un dormitorio propio. Nancy podía llevar la melena rubia, pelirroja o a lo afro. Era enfermera, azafata y geisha. Sabía jugar al tenis y esquiar. Salía sola de compras por los Campos Elíseos y paseaba con su novio Lucas en las románticas veladas que una podía imaginar en los canales de Venecia. Desde su aparición en 1968, Nancy había vendido un millón de copias cada año. Nancy fue la hermana mayor de todas las niñas de España.

—Fina no podía competir con eso —dijo en un tono más apagado—. La idea de subirnos a la ola de Nancy fue buena, pero nunca debimos competir con una muñeca aspiracional, sino apostar por las otras, las cuidables. Fina debió haber sido la vecina ordinaria a la que Nancy hace de niñera los fines de semana porque sus padres nunca están en casa. Fina era la hermana pequeña con la que aprender a ser mamá. La niña necesitada que realza la humanidad de Nancy cuando la cuida. Y yo tenía que haberme dado cuenta de eso.

El tema me agobiaba y no entendía por qué lo sacaba de nuevo, así que, por primera vez, imaginé cómo estaría el mar detrás de las montañas. Tan cercano en realidad. Sería como en las postales, con un río de luz partiéndolo por la mitad. En el Valle, el sol caía con fuerza sobre los olivos, pero no lograba sacarle ni un tono vivo a aquel verde mate. Lo único verdaderamente radiante en aquellos campos era yo. Me dirigía por fin al mejor de los destinos posibles. Le pregunté al señor Santos si le molestaba que bajara un poco mi ventanilla. El día empezaba a pasar de espléndido a caluroso y yo, envuelta en mi gabardina bermellón, estaba sudando como un pollo. Me dijo que sí le molestaba y me tuve que aguantar. Pronto ese se iba a convertir en el menor de mis problemas.

—Cuando estemos allí, ya no tendremos ocasión de hablar, así que mejor te lo cuento ahora. Ya tengo con Famosa casi arreglado lo tuyo. Mi amigo Velasco se ha portado como un caballero. Es de esa clase de hombres, ya casi extinguida, que todavía ayuda a los demás sin calcular qué podrá obtener a cambio. ¿Sabes?, hubo un tiempo en que todo el mundo era así en el Valle del Juguete. Todos vendíamos lo mismo, así que en lugar de competir remábamos en la misma dirección. Si no, ¿cómo habríamos conseguido que el gobernador civil nos allanara el camino de la exportación?

—¿Su amigo Velasco formó parte de la comisión que se reunió con el gobernador civil? —yo quería preguntarle a qué se refería con lo mío, que no me había quedado nada claro, pero no me pareció oportuno.

—Qué va, Velasco tiene un puestazo, sí, pero dentro de Famosa no es nadie. Él no tendría fuerzas para sobrevivir fuera de esa estructura. Los que seguimos bregando al frente de una pequeña empresa estamos hechos de otra pasta. Allí se lo hacen todo. Tienen un empleado para cada función. Y cada día se inventan funciones nuevas. Los empresarios como yo no hay forma de que nos acomodemos porque no tenemos un colchón donde caer. El colchón lo hacemos cuando empieza el día y luego se deshace durante la noche.

—Claro, todo es más fácil en una gran juguetera. Su amigo Velasco...

—A ver, no hay que exagerar. Lo nuestro tiene sus ventajas. Tenemos más libertad para arriesgar. Nosotros todavía no estamos en las manos de un equipo de contables a los que les importan más los números que los niños. Y no mires tanto por el retrovisor, Josefina, pega los ojos a la carretera. Lo que te decía, tu futuro está arreglado. La semana que viene empiezas a trabajar allí. No les he pedido que me aclararan en qué puesto entras porque me parecía abusar, pero te desenvolverás bien, de eso estoy seguro.

Y mañana puedes tomártelo de descanso, para irte preparando. Allí vas a aprender mucho también. Al final, lo mejor que te puede pasar es conocer por dentro cómo funcionan las grandes y las pequeñas. Te envidio. ¡Josefina, la carretera!

—¿Me está despidiendo?

—Más bien diría que te he conseguido un trabajo. No puedes seguir en la fábrica. Fina, yo te propuse que fueras el símbolo de una nueva época para nuestra marca, pero tu muñeca ha sido un fracaso. ¿Y quién quiere ver la cara del fracaso todos los días? Sería desmoralizante. También para ti. Además, después de lo que ha pasado, la gente no te quiere. Y aunque yo te he perdonado, no puedo pretender que todos sean como yo.

—¡Pero si yo no hice nada!

—La gente es más primaria que eso. Ya te irás dando cuenta. Yo te he dado techo y trabajo, no lo olvides. Mi puerta siempre estará abierta para ti, pero es inútil que vengas. Quizás coincidamos en alguna feria, ya no como jefe y empleada, sino como colegas. Visto así, tiene gracia, ¿o no?

¿Qué sentido podía tener para mí fabricar muñecas en otra empresa del Valle? No pienses, por favor te lo pido, que fue una cuestión de orgullo. Aunque el orgullo a veces es bueno. No pienses entonces que fue una cuestión de orgullo malo. Hubiera aceptado un despido sin más, pero un jefe que te busca otro jefe es una humillación similar a un marido que, para dejarte, te buscara otro marido. Al señor Santos no le preocupaba que pusiera mi talento al servicio de la competencia.

Y dudé, porque la carne es débil, y mi carne es más débil que ninguna otra, pero para salvarnos de los momentos de flaqueza tenemos los ideales. Y en aquel preciso instante, en ese coche, mientras el mundo se deshojaba a mi alrededor, descubrí que Santos Juguetes era para mí más importante que el propio Bienvenido. Santos Juguetes era mi ideal y por ese ideal debía yo sacrificarme y abandonar el Valle. No pondría mis capacidades, por escuálidas que fueran, al servicio de ninguna otra juguetera. Así fue como la vida, con sus sacudidas de toro mecánico, acabó poniéndome en el mismo bando de mi madre: y si no en el mismo, en uno parecido. El de las cazadoras de utopías.

Quizás el señor Santos siguió hablando, no lo sé, porque a partir de ese momento, y por vez primera en mi vida, dejé de escucharle, supongo que se me puso ese gesto que tantas veces había visto en otros y que tanto me desagradaba: una mirada fija, el cuerpo como cáscara vacía mientras la clara se escurre por una grieta hacia cualquier otro lugar, solo que en mi caso la clara no era blanca sino roja, y como una difusa mancha roja me vi desplazándome por los tonos blanquinegros del tanatorio, donde una ristra de flechas nos llevó hasta la sala donde la plañidera agitaba un rosario al son del cual lloraban los familiares de Termo y los trabajadores de Santos Juguetes se daban la paz. Entonces Amparo quiso que yo dijera unas palabras de recuerdo, y lo intenté, vive Dios que lo intenté, más por no decepcionarles que otra cosa, pero no me vinieron, me quedé en blanco ante aquellos rostros expectantes. Luego la plañidera me sacó de allí, la misma plañidera que vendría a buscarme un poco después a la cafetería, donde me encontró absorta en mi Vichy. «Pero, mujer, qué haces ahí encorvada sobre el vaso, que pareces una gamba». Me hubiera gustado decirle que mi gabardina era bermellón y no rosa, pero no tenía fuerzas, y menos ante aquellas palabras que, aunque pueda parecerlo, no escondían esa ternura que en los pueblos se camufla bajo una capa de rudeza, no, eran rudeza por fuera y rudeza por dentro porque, después me enteraría, no había sentado nada bien mi bermellón a los asistentes, que me consideraron una insolente mancha roja —o rosa— que había interrumpido el luto de los desamparados; una mancha roja —o rosa— que lejos de hacerme caminar inadvertida entre el suplicio de los demás, divina y rota, como yo hubiera deseado, me hizo visible y detestable. Pues bien, la plañidera vino a buscarme, me pagó el Vichy —yo iba sin un duro— y me llevó de nuevo a la sala porque, decía, la viuda insistía en que yo dijera algunas palabras en honor al difunto. Cuando entré se hizo el silencio. Amparo, sus hijos, el señor Santos, mis excompañeros y un montón de desconocidos más me miraban como si yo fuera el final de la película.

Y pude haberlo sido. *Fina, de Josefina*. Me hubiera gustado contarles a todos que acababa de perder mi primer trabajo, y con él mi sueño de llegar a lo más alto en la industria que me había visto nacer; explicarles que la muñeca que llevaba mi cara merecía que el mundo y los mercados le dieran una segunda oportunidad y que yo había sido juzgada injustamente. Pero en esas ocasiones tan especiales no vale la pena enredarse en largos discursos, la gente espera de ti que busques en el fondo de tu corazón y elijas las pocas palabras que expresen tus auténticos sentimientos. Y eso hice.

Fue la primera vez que dije un taco en público.

II. Sueca

La primera película de zombis que vi en mi vida no era una película; sucedía cada noche, en los alrededores de Valencia. Al ponerse el sol, aquellos monstruos bailones y cariñosos abandonaban sus guaridas y tomaban calles y parkings para imponer su extraña versión de la felicidad. Claro que no eran todos iguales: había skins, punks, after-punks, rockers, mods, siniestros, psychobillies. Primero me asustaron por su aspecto, después por su capacidad de seducción. Sobre todo los new romantics, que eran los más galácticos y dulces. Mezclaban prendas de bucanero, gorros siderales, casacas de Luis XIV, hombreras, pinturas de guerra india, cardados... Eran de los pocos que no parecían enfadados y ya sé que es importante enfadarse y yo soy una de esas personas que deja que otros se enfaden por ella, lo cual me ha dado muchos dolores de cabeza, pero qué le voy a hacer. No me lo tengas en cuenta.

El epicentro de aquella siniestra y amorosa plaga fue la Ribera Baja, al sur de la albufera. Los naranjos y arrozales que se extendían en el abrazo entre el Turia y el Júcar entraron en aleación con el asfalto de la carretera de El Saler (CV-500) que, paralela al mar, conecta las poblaciones de Valencia y Sueca, y produjeron un fenómeno irrepetible, por fortuna para todos: la huerta trajo dinero y el mar, aires de libertad. Las hordas llegaron por carretera de todas partes del país. Por suerte, yo me fui de allí antes de que la fiesta alcanzara aquellas cifras de treintaiún mil zombis cada fin de semana.

Desde el principio supe que aquel no era lugar para una chica como yo, pero tuve la mala suerte de encontrar todo lo que necesitaba, un jefe y un amigo, que durante un tiempo fueron dos amigos. No sé si ellos dirían lo mismo. Pero, ya lo he dicho, esta es mi historia. Aunque me parece de justicia dejar constancia también de la visión de los demás.

Mi amigo se llamaba Craso y era lánguido como un niño de coro extraviado. Le conocí la misma noche que llegué a la zona. Entré en la gasolinera donde trabajaba buscando una botella de Vichy que no tenían. Eran las once de la noche y él no estaba en el mostrador, sino en un estand promocional de la Guía Campsa. Hay gente que, al conocerla, dan unas ganas terribles de llorar. Craso es uno de ellos. No por el estand, que era moderno y llamativo, con un rótulo en lo alto que le enmarcaba la cara de tal forma que daba la sensación de estar viendo *El pequeño ruiseñor* en la tele. Él también estaba, como yo, fuera de lugar. ¿Qué hacía aquel Joselito de pelo lacio y voz dorada despierto a las tantas de la madrugada, intentando vender guías de viaje a gente que con dificultad era capaz de situar la carretera? Porque la gasolinera estaba de bote en bote, eso hay que decirlo. Tenían una tienda muy completa que servía cafés, cerveza y hasta licores, así que se había convertido en un punto de encuentro.

Por un motivo que entonces no podía ni vislumbrar, y que confundí con la ternura, el encargado trataba a Craso extraordinariamente bien y se desvivía por agradarle durante el rato del horario que compartían. Llegadas las doce de la noche, este se retiraba y mi amigo pasaba a llevar la tienda hasta las siete de la mañana. Su propósito era aprender a hacerse cargo de todo. Nos unía la conciencia de que empezar desde abajo es un imperativo moral: reponía mecheros, servía cafés, cobraba la gasolina y limpiaba los baños. Yo aprendía mucho viéndole trabajar, era metódico sin parecer un autómata y cortés sin resultar artificioso, nunca una mala respuesta, una mala cara, solo la tristeza floja que desprendía su cara. Bueno, y un apego por el dinero que no quería ocultar: alisaba escrupulosamente los billetes antes de meterlos en la caja registradora y, al dar el cambio, los acariciaba como si estuviera despidiéndose para siempre. Yo iba a verle muchas noches, sobre todo los fines de semana cuando acababa con mi negociado. Era el único rincón en el que protegerme de la euforia que arreciaba afuera. Hablábamos mucho, o más bien hablaba yo porque Craso siempre escuchaba. Era la primera vez que conocía a alguien así.

Nos hicimos amigos porque, cuando entré en busca de mi botella de Vichy, él leía un libro del que copiaba frases en un cuaderno. Le pregunté qué libro era y me recitó un pasaje:

—«La vida es una cosa horrible, ¿no crees? Es como una sopa en la que flotan muchos pelos y que no hay más remedio que comerse».

Me dijo que era un libro de cartas de Gustave Flaubert, un escritor del realismo francés. A Craso le encantaban los escritores franceses, sobre todo los existencialistas. Yo le recomendaba que leyera cosas más alegres, pero dejé de decírselo, por temor a que lo hiciera solo por complacerme. Me di cuenta de que éramos, en ese aspecto también, almas gemelas. Y nada de lo que pasó después me ha hecho cambiar esta opinión. Aunque a lo mejor debería.

Mi jefe se llamaba Pep y era como una catástrofe natural: algo imprevisible y devastador, pero que todo el mundo quiere experimentar al menos una vez. Llegó a mi vida un tiempo después que Craso. Pep era culto e iracundo, zalamero y victimista, tenía intuición y muchas ganas de ponerlo todo patas arriba. De su mano recibí la segunda oferta de trabajo de mi vida y eso, creo, emociona a cualquiera. Durante un tiempo formamos la pareja perfecta: él era un fantasma y yo ansiaba dejarme engañar.

Pep me encontró en el parking de la Dream's Village. Entonces yo había montado, modestamente, una empresa. Me dedicaba al estampado de sellos. Los ruteros que no querían o no podían pagarse la entrada de una discoteca venían a mi tenderete para que yo les pusiera un cuño en la muñeca. Daba gusto contemplar la sonrisa de benditos que se les ponía. Todos, pero es que todos, se llevaban el brazo al pecho, se lo sujetaban con la mano y se quedaban unos segundos mirando su recién nacida felicidad. A fin de cuentas, yo les cobraba cien pesetas, mientras que el precio de las entradas oficiales estaba entre mil y mil quinientas. Así fui descubriendo su lado más humano.

Antes de poner el negocio en marcha, tuve varios intentos fallidos, y aquel fue un tiempo borroso, del que apenas guardo recuerdos, en el que me alimenté de la caridad. Pero finalmente di con el método: primero necesitaba que algún buen samaritano me enseñara su sello, lo copiaba en un papel, le daba la vuelta y lo ponía sobre una goma Milan Neon —otras más baratas no ofrecían la consistencia adecuada—; luego, con un cúter tallaba la forma del sello en la goma para darle relieve y, finalmente, con un rotu, coloreaba el símbolo de rigor. Tiré muchas Milan Neon a la basura pero al final, con la práctica, en media hora podía tener listo el sello de casi cualquier discoteca.

Con el tiempo, aposté por diversificar las líneas de negocio para no depender de un solo producto. Para ello, lo más importante era terminar de deshacer mis prejuicios y aprender a conocer a mi público. Afiné el oído y escuché a varios ruteros lamentarse de lo duras que se les hacían las semanas de lunes a viernes. Una chica, al parecer abogada especialista en lo contencioso-administrativo, comentó que a veces, en la oficina, cerraba los ojos y trataba de rememorar alguna de sus sesiones favoritas; solo así conjuraba la apatía y conseguía sentirse más cerca del viernes siguiente. A partir de aquella pista me puse manos a la obra. Husmeando en las discotecas, yo ya había visto que a veces un rutero se acercaba al pincha y, muy discretamente, le pasaba una cinta virgen que el otro, con idéntica discreción, le devolvía luego con la sesión grabada. Yo hice lo propio, deslizando también 500 pesetas en monedas, pero el primer pincha con el que lo intenté me las tiró a la cara. Anduve merodeando por algunas cabinas para captar los pormenores del intercambio hasta que di con el secreto: la cinta debía llevar, adherida con celofán, una pastillita de color. Yo no tenía forma de conseguir metanfetaminas, ni estaba dispuesta a llegar tan lejos, así que fui a una farmacia y pedí que me vendieran unas pastillas, me daba igual el tipo, pero que fueran rosas. Me echaron. Me sobrepuse a la vergüenza y volví a otra, y a otra, hasta que me llevé el premio. El intercambio funcionó y conseguí hacerme con un repertorio de las mejores sesiones de la Ruta. Con el primer dinero que gané me busqué un techo. Y digo un techo porque a habitación no llegaba. Era una cava de ladrillo en Sueca, que daba a la carretera general. Me la alquiló por 200 pesetas a la semana la dueña de la tienda de azulejos que había justo encima. Me acostaba al amanecer, pero incluso a esas horas el trasiego de coches no me dejaba dormir, así que hice de la necesidad virtud y, con las siguientes 2.200 pesetas que gané, le compré un walkman de segunda mano a un tipo que sabía mucho de calidad de sonido. Me ponía música hasta que la cabeza me iba a explotar y entonces caía rendida. Era como fundirme los plomos. Por las mañanas me agenciaba las revistas musicales que algunos ruteros dejaban tiradas en los parkings, de forma que iba haciéndome una idea del incipiente panorama musical del país. Además, para completar la formación que había interrumpido en el colegio, me leí la Constitución, el *Manual de urbanidad y buenas maneras* de Carreño y unos clásicos que me dejó Craso: los poemas de Garcilaso de la Vega, el *Quijote, Moby Dick, La educación sentimental* y la autobiografía de Benjamin Franklin. Este era mi favorito. Estaba lleno de frases inspiradoras: «Dime y lo olvido, enséñame y lo recuerdo, involúcrame y lo aprendo». De hecho, fue el único que leí completo, pero del resto creo que capté sus ideas más importantes. En aquella época desarrollé un sistema de lectura diagonal que me acompañaría siempre y que me sirvió para acumular cierta cultura a una velocidad nada desdeñable.

Pero no quiero darte una imagen idealizada de mí (¡no sabía lo difícil que es contar la vida propia sin ser indulgente con una misma!). A mi llegada a la Ribera Baja no fui la persona entregada y bien labrada que dejan ver mis palabras. Bien lo sabe Craso, que en nuestras largas charlas nocturnas, acodados en el mostrador de su estand y puestos hasta arriba de café, se esmeraba por sacarme de lo que llamaba «tus prejuicios del interior». Al contrario de lo que él creía, lo que más me molestaba de aquel sitio no era el ruido, la suciedad ni las pintas de los ruteros. Lo que me daba rabia era pensar en todas aquellas madres que estaban en sus casas, preocupadas por sus hijos y echándoles de menos, mientras yo andaba por ahí a la fuerza y echando de menos a la mía. Los ruteros eran, de eso estaba segura, un hatajo de vagos. Lo que pasa es que eran vagos simpáticos y caritativos. Unos me ofrecían comida, otros me dejaban una mantita para echarme en su coche mientras iban a bailar, y hubo hasta quien me dio dinero para que pudiera sobrevivir entre semana. Y todos, sin excepción, me ofrecían estupefacientes. No he conocido ningún otro bien que se comparta tan alegremente. Supongo que es porque tomarlos es morirse un poco y nadie, absolutamente nadie, quiere morirse solo. Yo nunca los probé. Casi nunca.

En la Ruta cobré conciencia de lo dañino que es el trabajo para mucha gente. Si era verdad que allí iban a desahogarse, sudando, bailando compulsivamente y desollándose hasta el amanecer, ¡cuán terrible debía de ser su ahogo!

—No les juzgues solo porque no tienen la suerte que tenemos tú y yo de que nos guste trabajar —me decía siempre Craso.

Yo intentaba defenderme, pero él tenía razón en que, en cuanto me descuidaba, les juzgaba. Tardé en comprender la situación tan difícil que afrontaban.

—¿Es que no tienen vocación?

—¿Y si te digo que su vocación es la fiesta?

—Es raro.

En el fondo trataba de ocultar que era yo la que se había quedado sin vocación. Siempre había pensado que mi vida profesional giraría en torno al juguete y ahora no sabía nada sobre mi futuro. Me acordaba de cuando, tan ufana, le había dicho a mi madre que no necesitaba conocer más mundo. Y bien, ¿adónde podía ir ahora? Lo primero que me había encontrado en mi huida era la Ruta. ¿Y si me convertía en zombi?

—No es raro. Es una oportunidad para ti. Los que queremos llegar lejos no podemos permitirnos el lujo de tener prejuicios. Debes volcarte con idéntico entusiasmo en el sector que tengas ante los ojos y, por si no te habías dado cuenta, este es bastante más ventajoso: la noche.

Incluso cuando resultaba iluminador, Craso conservaba su aspecto triste. Esa vez fue la primera que me puse nerviosa y le meneé un poco el flequillo para que no lo llevara aplastado contra la frente, como si fuera un manojillo de acelgas. Me sorprendió que, teniendo las ideas tan claras, estuviera siempre en su estand de la Guía Campsa, sin vender ni una, haciendo buena parte del trabajo de su superior, y todo por un sueldo que rondaba las treintaicuatro mil pesetas al mes.

El día en que conocí a Pep yo estaba en horas bajas. Un cliente había venido a reclamar porque el puerta de Distrito 10 había detectado que su sello era falso y no le había dejado entrar a ver a los Killing Joke. En realidad casi me mata, pero gracias a la mediación de Pep se contentó con darme un tortazo y vaciarme un cubalitro de calimocho por encima, para mi fortuna, con una proporción de vino muy inferior a la habitual en ese tipo de combinados. El saldo no estuvo mal, si tenemos en cuenta la falta de profesionalidad que yo había cometido, aunque esto lo digo en voz baja, porque Craso siempre me echaba en cara que empatizara con mis verdugos.

—¿Qué bebes? —me preguntó Pep cuando todo se hubo calmado.

—Vichy Catalán.

Me tendió la mano para levantarme, con tanta fuerza que casi me tira para el otro lado, y me soltó un billete de 5.000. Tenía una nariz muy grande y me la acercó al pelo.

—¿Ves aquel chiringuito? Pídeles eso para ti y un vodka naranja para mí. Yo de ti aprovecharía para lavarme. Apestas a calimocho. Te espero en la playa.

A la vuelta me olfateó de nuevo.

—¿Por qué no te has lavado?

—El baño está imposible.

No me dejó darle las vueltas.

—Lo necesitarás para comprarte ropa. Eres buena, pero tienes que tener cuidado. Unos u otros acabarán por venir a buscarte. Yo puedo ofrecerte un trabajo y algo de protección, aunque antes necesitaría saber una cosa. ¿Puedo hablarte con franqueza o tenemos que andarnos con rodeos como todo el mundo ahí fuera? —Pep me hacía sentir que el vínculo entre los dos era íntimo, que yo era importante—. ¿Tú te drogas?

En vistas del sitio en el que estábamos, dudé de cuál sería la respuesta que esperaba oír, así que opté por ser sincera.

—Jamás.

—¿Cómo puedo estar seguro?

Se quitó la gabardina y la extendió sobre la arena, a modo de mesita. Del bolsillo de la camisa sacó una bolsita blanca de papel y me la dio. Luego me pasó su DNI.

—Pinta una raya.

Miré alrededor. Nunca había visto la cocaína tan de cerca. Me esforcé para no dejarme dominar por el miedo, aunque un poco sí estaba temblando. Pep, que escrutaba cada uno de mis movimientos, me fue guiando. Logré algo parecido a una línea.

—Te descontaré del primer sueldo todo lo que has tirado, pero el trabajo es tuyo. Nadie podría haberlo hecho peor. Si vamos a trabajar la noche, no quiero yonquis a mi cargo. Imagino que lo entiendes.

—Por supuesto, pero ¿en qué consiste el trabajo?

—¿Por qué no me acompañas y lo ves por ti misma?

—Mejor no.

—¿Qué crees que soy? Vamos.

Di por hecho que acababa de ser contratada como narcotraficante y, sorprendentemente, no me sentó mal. Si la respuesta a los desplantes que había sufrido por parte de quienes más quería pasaba por volverme un poco mala, bam, la suerte estaba echada. De Pep me asustaban su nariz aguileña y sus formas electrificadas, pero justamente por eso podía sentirme segura, porque le tenía de mi lado. Además, vestía bien.

Atravesamos el pinedo, con las panochas crujiendo bajo nuestros pies. Éramos apenas dos sombras en la noche. Él caminaba en línea recta, como si no hubiera impedimentos; caminaba en línea recta incluso cuando cruzaba entre los coches, mientras que yo, detrás, iba sorteando obstáculos. Se acercó a una verja donde había candadas dos bicicletas de chico y anduvo manipulando. Luego me miró.

—¿Te gustan nuestras nuevas burras?

La suya era la grande, pero aun así le quedaba pequeña y las rodillas se le abrían, a pesar de lo cual conseguía pedalear rápido. Yo tenía que esforzarme porque el pie no se me quedara colgando cuando el pedal bajaba. Intenté pegarme lo más posible a él para que su cuerpacho me cortara el viento. Vistos desde los coches que nos adelantaban por la carretera, recortados contra la luna y recorriendo los campos a lomos de nuestras bicicletas, debíamos de ser una pareja espectral. Tal vez utópica. Era 30 de diciembre y hacía un frío del demonio.

Pep frenó sin avisar y yo, por sortearlo, fui a parar a unos arbustos. Cuando conseguí salir, con algunos arañazos de propina, ya no estaba. Solo se oía el estruendo de una discoteca al otro lado de la carretera. Junto a la puerta, vi encenderse la brasa naranja de un cigarrillo y corrí hacia allí.

—No es bueno pegarse tanto cuando vas en bici. Puedes tener un accidente.

Asentí. Frente a la ventanilla tintada de un coche, tuve un instante para mirarme: me recoloqué la falda, me estiré la camisa, que se había quedado hecha un Cristo y me sacudí el abrigo; con el pelo no había mucho que hacer: aquella humedad era letal. Pep me barrió con la mano los hierbajos que aún arrastraba en los hombros. Me miró de arriba abajo. Algo no le gustaba.

—¿No te maquillas?

—No.

—En cuanto puedas, hazte con algo. Pintalabios, rímel, colorete, lo que quieras. El buen comercial entra por los ojos y sale por los bolsillos. Tú no eres fea, pero tienes que sacarte más partido.

Pep y el gorila de la puerta chocaron las palmas con familiaridad. Aún no había cola, era pronto. La Rubik era de mis favoritas porque su cuño era solo un cubo, muy fácil. El puerta nos condujo por un acceso lateral. Supuse que los pocos clientes que había no debían vernos. Ser clandestina en una discoteca, donde ya de por sí todo era clandestino, me dio un escalofrío de emoción. Por un instante, comprendí cómo debía de sentirse mi madre en los sitios. Relajé los músculos todo lo que pude para que no se me escapara ninguna mueca: ni sonrisa amable, ni sonrisa nerviosa, ni, por Dios, sonrisa histérica. Llegamos a una habitación que tenía la mitad inferior pintada de azul cian y la superior de blanco. De las paredes colgaban los carteles de las distintas fiestas que se habían celebrado. En uno de ellos había tres falleras, con un rectángulo negro en los ojos y, sobreimpresos, los colores de un cubo de Rubik en su gama más estridente; en la franja superior se podía leer: «Arde Rubik». También había un póster de los jugadores del Valencia levantando la Copa del Rey de 1979, con la leyenda «Valencia C. F. 2-Real Madrid 0». Nos pasaron a un sofá, mientras un hombre acababa de negociar tarifas con un grupo de cuatro bailarines, dos chicos y dos chicas.

—Me habíais dicho que seríais solo dos. Estos qué son, ¿espontáneos?

—Va, Quinto —intervino la chica del pelo cardado—. Como tú dices siempre, aquí lo hacemos a lo valenciano, improvisando.

—Ya, pero entonces la sesión se me pone en un pico.

—El sudor tiene su precio —le respondió uno de ellos.

—Además, la pista se va a llenar hasta reventar —volvió la del cardado—. Y te los vamos a dejar tan agotados que no van a hacer más que pedir copas.

—No sé en qué sois mejores, si como bailarines o como cuentistas. Firmad aquí el recibí, anda.

—Ya estamos con las firmas.

Vi algún billete de cinco mil y otros de dos mil, pero, desde el sofá, me era imposible precisar cuánto cobraban. Cuando se fueron, el tal Quinto vino a saludarnos. Llevaba una camiseta, encima una chaqueta roja abierta, y además otra negra, en cuya espalda ponía, en letras grandes, UNA CARA RARA. Ocupamos el lugar de los bailarines. Sobre la mesa había un calendario de cartón y un cubo de Rubik que vibraban cada vez que los bajos atronaban.

—¿Qué queréis beber?

—Vodka naranja.

Otro Vichy me daría gases, así que simplemente negué con la cabeza.

—Te presento a mi nueva colaboradora —dijo Pep—. Es especial.

—¿Cómo se llama?

—¿Cómo te llamas?

—Josefina Jarama.

—¿Pero de dónde la has sacado, si ni sabes su nombre?

—Vendía cuños falsos para tu discoteca en un parking.

Pensé que Pep me había vendido, que todo era una encerrona, pero era un especialista en caer de pie.

—Mira la perra esta. Me gusta. Siempre me están diciendo los puertas que nuestro sello es demasiado fácil de imitar, pues que se vayan ellos a hacer uno nuevo. A mí no me da la vida para más.

—La chica sabe vender. Y yo necesitaba urgentemente una nueva comercial. Ya no me da con la plantilla.

—Por aquí siempre vienes tú.

—Porque tú eres el capo de la Ruta.

—Chssst, que yo no soy un mafias.

—¿El gurú?

—Ni llevo una túnica naranja.

—¿Entonces?

—Solo soy el ideólogo.

—Nano, eres increíble. ¿Es increíble o no, Fina? Lleva tres garitos él solo...

—No exageres —dijo con una sonrisa—. Son cuatro.

—Hay quien se pasa tres días de fiesta sin salir de su circuito. Cuando uno cierra, otro abre. Se llama Carlos, pero todo el mundo lo llama Quinto por eso, porque en sus dominios no se pone el sol. No creas que yo le admiro porque ahora sea el empresario de moda, yo le admiro porque es un currante. Se sabe este negocio de abajo arriba. Nos conocimos de casualidad, cuando él trabajaba en la distribuidora que servía los licores a un bar al que yo iba a menudo.

Pep tenía esa capacidad para detener el tiempo, como un actor de teatro. Hacía un aparte y hablaba de los presentes como si no estuvieran allí. Funcionaba, porque halagaba a ambas partes: el público, en este caso yo, recibía información directa para entender la escena, mientras que el otro, que pasaba a convertirse en un convidado de piedra, se asomaba a la fantasía de todo ser humano, oír hablar de sí mismo sin estar delante.

—Hace ya mucho de eso. —Quinto se arrellanó en su silla, con las manos entrelazadas en el regazo.

—Sí, pero no me olvido. —Pep le señalaba a él, pero me hablaba a mí—. Ha hecho lo que hay que hacer, pero que pocos hacen. Ha sido puerta en Barraca, relaciones públicas en New Bunker, ha puesto copas en la playa y hasta ha limpiado baños en tugurios del centro.

—Tanto no.

—Y antes de todo eso, este tipo que ves ahí, Fina, sentado en su silla de capo, llevaba un toro mecánico de feria en feria.

—Cargaba el cacharro todos los veranos desde Jaca hasta la Manga del Mar Menor. Así me gané mi primera paga, con diecinueve añitos.

—Otros han llegado donde él por un golpe de suerte o el dinero de sus padres, pero este tío se lo ha ganado a pulso. Ahí fuera le adoran.

—Te equivocas en eso —le interrumpió—, porque no soy tan tonto ni tan vanidoso. Nadie, más allá de los que colaboráis conmigo, sabe quién soy. Algunos han oído hablar de Quinto, y cuentan la historia esa que acabas de contar tú, pero cuando me paro a su lado no me reconocen. Yo no me dejo entrevistar por los que vienen aquí preguntando. La gente solo conoce mi trabajo, que ahora es la Rubik. Yo he reinventado este sitio. Antes, cuando era el Eclipse, no venían más que tíos a mirar bailar a las tías y luego, cuando ya iban mamados, a zurrarse entre ellos. Ahora no, ya no les importa ligar porque vienen a bailar y a olvidarse del curro. Ese será mi legado a este país de desagradecidos. Porque la noche es muy cabrona, ¿sabes? Te levanta rápido y, cuando empiezas a pasártelo bien, te deja caer. Somos como los perros. Vivir una hora de noche equivale a siete de día. Haz la cuenta. Lo importante es no quemarse. ¿Y qué poción mágica hay para eso? —Quinto empujó con los pies para desplazar hacia atrás su silla giratoria y cerró la puerta del despacho, luego tuvo que avanzar dando pequeños pasitos—. Los pincha. ¿Conoces al que tengo ahora de residente? Tony Simons. Mitad belga, mitad valenciano. Dice que lo más importante para él es la psicología de la pista. ¿La psicología de la pista? Qué narices será eso. Solo a un fuera de serie se le ocurriría esa idiotez. Yo le necesito y necesito que la gente venga por él, que sea una estrella. Es la única manera de que luego se cansen de él y no de mí. Él se va a otro club, y todos contentos. Como hace el Valencia con los entrenadores. ¿Cuánto duró Manolo Mestre? Un año. ¿Domingo? Poco más, y porque era extranjero. ¿Pasieguito? No llegó al verano. ¿Di Stefano? Una temporada. Es la única manera de mantener viva la ilusión de la gente. Que rueden cabezas.

Yo estaba muy concentrada en la conversación, trataba de retener todas las palabras, los gestos, los detalles, ya que estaba segura de que el intercambio se haría con dobles sentidos, un guiño, una mirada. Llegado aquel punto de nerviosismo, recé para que fueran estupefacientes y no algo peor.

—¿Ves como sí que eres un gurú?

—No me des vaselina, que me gusta —Quinto rio fuerte—. Tengo que estar muy alerta porque tengo un punto débil.

—¿Y cuál es? —se me escapó.

—Impertinente, la chica. Me gusta. Te lo voy a decir solo porque ahí fuera no se habla de otra cosa: el éxito se me ha subido a la cabeza —al decirlo, le dio impulso a la silla y giró sobre sí mismo—. Hay un ejército de gente dispuesta a decirme todo lo que quiero oír. Y, además, a mí me encanta que me digan lo que quiero oír. ¿Os dais cuenta del problema que es eso?

Llamaron a la puerta y asomó la cabeza de una mujer.

—Tony dice que hay focos que no funcionan y que él así no pincha.

—Ya bajo. —Y volviéndose a nosotros—: La noche es muy cabrona. Vamos a lo nuestro. —Abrió un cajón y sacó un fajo de billetes que no pude contar—. Esto es por la última semana. Los carteles no han quedado mal. Siguen saliendo un poco oscuros, tienes que ajustar tu máquina o comprarte una nueva. Ahora viene la bomba, que no salga de aquí. Vamos a por los Reyes Magos. La noche del 5, en Rubik. Hasta ahora nadie la ha tocado, los demás cierran, pero mucha gente está ya cansada de tanta familia y quiere salir. Bombazo. Concierto de The Cure. Yo no puedo pagar su caché pero me los llevo un fin de semana a Ibiza y les pongo hasta arriba. Luego los mejores pinchas. Pero no lo voy ni a poner en el cartel. Vais a decir que estoy loco y yo os digo una cosa: para ganar a veces primero hay que perder. Esos cabrones se enterarán de quién tocaba cuando ya haya pasado. Y se morirán de rabia. Así aprenderán a no perderse las fiestas de Quinto. ¿Y queréis saber lo mejor? Bombazo. Por la mañana, cuando salgan del garito, con el amanecer y la paellita para desayunar, voy a traerles un elefante. Esos cabrones van a pensar que es una alucinación de la mesca, pero habrá un elefante, con su trompa de elefante y orejas de elefante, y tres Reyes Magos encima. Quien pague podrá darse una vuelta. ¿Bombazo o no?

—Quinto, tú y yo nos conocemos hace mucho, ¿te puedo decir una cosa? —Ese era exactamente el tipo de pausa dramática que le gustaba crear a Pep, como la subida de una montaña rusa en la que ya podías ver la caída que venía—. Tú eres de verdad. Y yo también lo soy. Por eso puedo hablarte de tú a tú. Te estás metiendo en un lío. A ti te gusta jugar a la ruleta rusa y yo puedo hacer que no te toque la bala. Quieres hacer una fiesta increíble en una fecha difícil y sin anunciar ninguno de los ganchos. Te va a hacer falta muchísima cartelería.

—Eso no me preocupa. He conseguido al mejor. Le he robado a Montesinos a los de Barraca. —Casi por primera vez desde que entramos a su despacho, Quinto me miró—. ¿Qué te parece, bastará con eso?

—¿Montesinos es un pinchadiscos? —pregunté.

—¿Pero a esta tía de dónde la has sacado? Montesinos es capaz de diseñarte un cartel que haga que todo el mundo vaya a la fiesta y se emborrache tanto que al día siguiente de lo único que se acuerde sea del cartel. No sé qué te habrás pensado, pero esto no va de un montón de gente pasadísima, aquí se están haciendo las cosas bien: arte, joder, arte.

—La teoría nos la sabemos todos. Vamos al grano. Tú necesitas a Pep para que esto te salga bien y Pep te lo va a hacer mejor que nadie. No te va a valer con tus relaciones públicas, que te llenan esto con los cuatro modernos de siempre de Valencia. Tienes que empapelar todos los pueblos para que la gente de la huerta venga y alucine. Esa gente, que es la gente de verdad, está pidiendo a gritos que alguien se encargue de ellos. Tú eres el único que puedes hacerlo y yo soy el único que se conoce la zona. Tengo equipo suficiente para empapelarte todos los pueblos en una semana. Invitaciones en las barras, carteles en las calles, pósters en las tiendas...

—Nada de subirse a la parra, Pep. Tengo un presupuesto limitado.

—No me vengas con presupuestos.

—No te lo digo por racanear. Ahora la gente, para ahorrarse unos duros, bebe en el parking. La recaudación en la barra está bajando, no aquí, sino en todos lados. Si la cosa sigue así, esto se va a poner mal.

—Sí, lo sé, la noche es muy cabrona. Pero tú no te estás metiendo en este follón por gusto. Aunque hayas levantado tres garitos, si el cuarto falla, nadie te dará el próximo y el sol empezará a ponerse. Por eso te gastas la pasta que no tienes en esta fiesta, ¿sí o no? —Quinto no movió un músculo—. Si quieres que mucha gente sienta que se ha perdido tu fiesta, la difusión tiene que ser igual de buena, o mejor. Sería una cagada histórica, loco, cerrar el grifo con los carteles.

La mujer volvió a asomar la cabeza por la puerta con gesto de fastidio.

—Ya baja —dijo Pep y levantó la palma de la mano para dejar a la mujer en suspenso; de golpe, se había convertido en el director de escena—. Yo te lo voy a hacer mejor que nadie. Y, además de las gorras y las camisetas de siempre, vas a vender abanicos, llaveros, bolos, pañuelos y mecheros. Orgullo rubikero. ¿Tienes ya el cartel?

—Montesinos me ha jurado que me lo entrega mañana.

—O sea que será pasado. No te voy a mentir, tengo que ver si consigo el papel adecuado. A esto le hace falta un estucado mate de cien gramos y estas fechas son difíciles, que todo lo que no sea venta al público está a medio gas. Si no consigo ese papel, no te cojo el pedido, que yo chapuzas no hago.

—Mira, nano, yo no te iba hacer a ti este encargo, porque es que me sacas todos los carteles oscuros. Pero también me caes bien. Solo una cosa: esto tiene que hacerse ya. Hoy me tengo que quedar hasta las siete de la mañana, que cierro el garito. Si me lo confirmas antes, es tuyo. Si no, llamo a otro. ¿Vas a poder localizar a tu proveedor a estas horas?

—Es de confianza.

—No se hable más —dijo mientras golpeaba suavemente la mesa con las palmas de las manos—. Aquí tienes las 4.600 pelas que te debía.

Pep las cogió y le dejó en la mesa una tarjeta de «Imprenta Malferit».

—Por si has perdido la otra. Coge el abrigo, Fina, que aquí tienen mucho que trabajar. —Pep estaba ya en la puerta—. Quinto, tú no te preocupes de nada, ¿no ves que somos siameses? Nadie necesita que te vaya bien tanto como yo.

Yo me levanté y le di la mano.

—Oye, chica, tú hueles a calimocho que no veas.

—Digamos que me estoy empapando del negocio.

—Tiene gracia tu currela, tiene gracia. No la dejes escapar.

Antes de salir, en el baño de la Rubik pude lavarme el pelo. Una chica muy simpática me dejó un frasquito de champú, que siempre llevaba en el bolso porque, me dijo, nunca se sabía dónde acababa la noche, y tenía razón. Por primera vez yo también podía decir lo mismo.

Pep y yo retomamos la CV-500 en dirección norte. En aquel tramo los pinos crecían a ambos lados y cortaban el viento, así que rodamos más despacio, el uno junto al otro, disfrutando de una noche que repentinamente se volvía más amable. La bronca que me echó me cogió desprevenida. Me regañó por haber hecho ver que no tenía ni idea de quién era Francis Montesinos delante de un cliente. Tardé en entender que no me regañaba por no saber quién era Francis Montesinos —tampoco él lo dominaba—, así que al principio me disculpé por mi ignorancia y le prometí enmendarme. Siempre he considerado que esa es una de mis principales virtudes: soy una esponja. El lado bueno de la inseguridad es que aprendes rápido a repetir todo lo que dicen los demás.

—Cada vez que demuestras que no sabes algo, perdemos pasta.

La frase la dijo de forma algo más agresiva, yo la he depurado un poco en mi memoria porque Pep tenía buen fondo pero, como descubriría más adelante, era algo rudo hablando. De hecho, te puedes imaginar que en la conversación anterior, entre dos tipos tan malotes, se utilizaron muchas más palabras gruesas, pero he preferido limarlas, porque me cansan. Te decía que Pep era rudo, incluso iracundo. No. Iracundo es otra cosa. Él tenía solo algún brote de ira puntual. Y si digo que lo descubrí más tarde, y no esa noche, a pesar de que fue cuando dio la primera prueba, es porque entonces, rodando nuestras bicis entre humedales, abrigados por los pinos y las estrellas, gracias a aquel broncazo yo solo podía pensar en que por fin volvía a tener un jefe que se preocupaba por formarme.

Así que no había código oculto: Montesinos era un diseñador de carteles, y no un narco, Pep era un impresor y no un camello, y su nombre no era un alias, sino que estaba estampado en su DNI. Volver a estar del lado de la ley me puso un poco triste. Pep imprimía de día y cobraba de noche, porque los gerentes de las discotecas no son de hacer transferencias y facturas, me explicó, había que ir a verles, dejar que te invitaran a una copa y llevarte su dinero. Eso era lo que más le gustaba de su trabajo, pasearse con los bolsillos llenos de efectivo. Varias veces le escucharía esa misma frase, que siempre pronunciaba agitando sendos fajos en sus manos, como si fuera a echar a volar.

—¿Te compro algo de cenar?

A pesar del hambre que arrastraba, pues con tanto ajetreo no había comido más que un par de longanizas a mediodía, aquejada como he estado siempre de una ristra de complejos que me hacen decir «no» cuando quiero decir «sí», negué con la cabeza, una negativa pírrica, apenas una sacudida, siquiera un estremecimiento, en realidad una forma de implorar que me insistieran. Cualquiera se habría dado cuenta. Pero Pep no era cualquiera. Él sabía lo que quería, y lo que quería lo cogía.

—Perfecto, entonces tenemos algo más de tiempo, iremos dando un paseo en bici. Necesitamos treinta mil pesetas antes de las seis de la mañana.

—¿Qué vamos a comprar?

—Tenemos que reunir el dinero antes de esa hora para confirmarle a Quinto que vamos a hacer el encargo. Sin la pasta, no podemos aceptarlo.

—¿El problema entonces no es el proveedor de papel estucado de cien gramos?

—Pero si la gente de la noche no distingue el papel blanco del reciclado. Eso da igual. Mi problema es conseguir la pasta, porque en la imprenta no me fían.

—¿Pero no es tuya?

Cogimos la CV-500 otra vez. Como seguíamos rodando despacio pude mantenerme a su altura.

—Yo empecé en la sección de música de Galerías Preciados. Pero me echaron porque les mangaba todo lo que podía. Entonces conocí a Chelo y nos enamoramos. Su padre tenía una imprenta, Malferit, que se dedicaba a hacer catálogos para tiendas de muebles y jugueterías. Pero otra empresa los sacó de ese nicho y tuvieron que especializarse en los cupones de descuento. Cerca de la plaza del Ayuntamiento de Valencia, acababa de abrir el primer Burger King de la ciudad y consiguieron un contrato para ser los impresores de toda su publicidad. Por entonces no era mucho volumen, pero la moda de las hamburguesas no había hecho más que empezar. Al poco consiguieron un contrato parecido con Foster's Hollywood. Unos y otros preferían trabajar con Malferit porque al ser una empresa familiar les era más fácil imponer sus condiciones de seguridad para evitar filtraciones en el proceso de impresión de sus ofertas. Pillaron el boom de la publicidad a domicilio, pero todo eso a mí no me importaba una mierda. Yo había descubierto la música y, aunque la Ruta no era mi mundo, quería acercarme.

Pep había pensado lo mismo que yo cuando llegué a Sueca: «Entre tanto caradura, ¿cómo no voy a encontrar un modo de ganarme la vida?».

—Mi suegro y mi mujer insistían en que las empresas españolas, para afianzarse ante la competitividad que traería la integración en la Unión Europea y el levantamiento de los aranceles, tenían que especializarse, que el antiguo modelo de proximidad estaba acabado; pronto la potencialidad de clientes se abriría hasta el infinito y, en ese nuevo contexto, solo sobrevivirían los que supieran hacer una sola actividad pero de manera excelente. No te voy a negar que me cansaba oírles hablar así. Todo tan medido, tan calculado, tan business. Pero luego veo aquí a los niñatos dejándose el dinero de sus padres y me cabreo. Y pienso que lo que nos hace falta son más personas como mi suegro y como Chelo. Pero yo siempre he sido más de que no hay que poner todos los huevos en la misma cesta. Al final les convencí y me lancé a patear discotecas con la tarjeta de Malferit en los dientes.

Pep aceleró y pedaleé fuerte para no quedarme atrás.

—¿Tienes hijos?

—Dos niñas.

La pregunta me había salido del alma y la respuesta destrozó mis ilusiones. Aunque aún me quedaba una esperanza:

—¿Y les interesa tu trabajo?

—No quieren saber nada, pero es normal. Tienen quince y diecisiete, les gustan otras cosas. La mayor quiere ser arquitecta y la menor, filóloga.

El asunto me escamó. Pep era un loco, eso estaba claro, pero tenía ese extraño empuje con el que algunos locos acaban haciendo realidad sus locuras. En sus manos, Malferit tenía futuro. Su suegro y Chelo sumaban visión empresarial, pero él era intuitivo, con capacidad para llevar las cosas hasta el final. Yo podía encajar a la perfección en el organigrama y estaba dispuesta a dejarme la piel, pero antes de hacerme ilusiones necesitaba saber si tenía competencia para, el día de mañana, llegar a heredar la imprenta y dirigir por fin mi propio negocio. Lo que vino a continuación fue peor que lo de las hijas.

—Al principio me costó hacerme un nombre, pero ahora ya trabajo para casi todas. Se me resisten las del interior, eso sí: Espiral, Zona y NOD, pero tampoco me importa porque la ruta de cobro se hace los fines de semana, y ese es el único momento en el que veo a mis hijas.

Llevaba seis meses separado. Eso alejaba todavía más la posibilidad de que yo pudiera llegar a heredar la empresa: nuevas parejas, más descendencia. Su suegro le había propuesto un acuerdo: podía seguir haciendo uso de la imprenta, pero siempre que se hiciera él cargo por adelantado de los gastos materiales. A cambio, no le cobraría nada por utilizar la maquinaria, pues el primer interesado en que pagara la pensión de sus nietas era él mismo.

—Si no conseguimos las 30.000 cucas, ya me puedo despedir de Quinto para siempre. Y tras él, el resto de clientes. No te quiero agobiar, pero nos estamos jugando nuestro futuro. Eso sí, si esto nos sale bien, Josefinita mía, prepárate para empezar a hacer mucha pasta. Solo necesito saber dos cosas más antes de confiar plenamente en ti. ¿A ti qué es lo que más te gustaría?

—Visitar las Torres Gemelas.

—Más allá de eso.

—¿En qué sentido?

—¿Que qué quieres conseguir en la vida?

—Llegar lejos.

—¿Cómo de lejos?

—Bastante lejos.

—¿Y quieres ganar dinero?

—Por supuesto.

—¿Cuánto dinero?

—Bastante dinero.

—¿Bastante dinero? ¿No quieres mucho dinero?

—Si se puede mucho dinero, mucho dinero.

—Mucho dinero. Tú ahora crees que lo has dicho por decir, para que Pep se quede contento y te deje en paz, pero lo deseas más de lo que crees. He conocido a otros como tú. Eso me lo sé. La carita de buena, la sonrisa gentil. Lo que hay ahí debajo da tanto miedo que ni tú misma lo quieres dejar salir. Si es que me lo sé. —Yo seguía sin tener claro a qué se refería, pero en sus ojos me veía más inteligente, más segura, más capaz—. Y te digo una cosa: te equivocas. Las nuevas generaciones venís obsesionadas con el dinero. Pero lo importante es otra cosa.

—¿El qué?

—Si te lo digo yo, ¿qué gracia tendría? No me harías caso. Pero ya lo verás por ti misma. Te lo digo: lo importante es no cansarte. Siempre que seas buena, claro. No cualquiera vale, pero tú lo eres. Tú eres buena. Has visto que podían pasarnos cosas importantes y has decidido seguirme. Eso no lo haría cualquiera.

—¿Y la otra cosa?

—¿Eran dos? Es verdad. ¿Quieres tener una familia?

No sabía qué quería oír, así que otra vez opté por la verdad.

—No está entre mis prioridades.

—Te equivocas, pero no pasa nada. Ya te darás cuenta de eso. Tienes tiempo. —Había fallado en las dos cosas importantes para que confiara en mí, pero nada de eso parecía haberle importado mucho—. ¿Cuántos años tienes?

—Veintitrés.

—Veintitrés. Creí que eras más joven. Pero da igual. Si quieres llegar lejos y ganar dinero, lo primero es echarte familia. Y cuidar de ella. Es lo que te ancla a tierra y te da la medida de las cosas. Y te lo dice un tío que se lo ha metido todo y que lo último que quería en la vida era tener familia. ¿Me habría enamorado de Chelo si no hubiera estado muerto de hambre? Quién sabe. ¿Y lo de tener hijas? Empeño suyo. Ahora son lo más importante de mi vida. Eso te salva. Cada día me decía, Pep, ahora vas a cruzar esa puerta, te vas a quitar la gabardina, te vas a poner el delantal y les vas a cocinar algo que esté rico, algo diferente. Y lo hacía. Si no, a mis años, se me hubiera pirado la cabeza. Yo he visto irse a muchos. Y la mayoría tenían una cosa en común. Querían ser importantes y tener dinero, pero no familia. O la tenían por obligación. Y ahora están sin un duro y no le importan a nadie. Isabel y Nuria. Por ellas dejé de meterme.

—¿Cuál de las dos es la filóloga?

—Nuria.

—¿Y ahí no estudian cosas de la imprenta?

—No lo sé. Supongo que sí. Pero aún no ha empezado, no es más que una idea.

—¿Y no crees que podría llegar a interesarle si lo estudia? Date cuenta de que la imprenta es quizás el invento más importante de la humanidad. ¿No podría llegar a apasionarle?

—Nunca lo había pensado. A lo mejor.

—¿Y entonces crees que querría trabajar contigo, heredar el negocio?

—No lo sé, pero mira, con la Iglesia hemos topado.

—¿Cómo?

—Que esta es la New Bunker. Nuestro destino.

New Bunker era una mole gris galáctico. Uno de sus laterales tenía una enorme cristalera por la que se veía a la gente entregada al baile. El edificio estaba flanqueado por hileras de coches y, apenas unos metros más allá, se abría la albufera, separada por un muro de cañas que habían ido cediendo ante los ruteros que se asomaban al agua a orinar.

Pep chocó la mano con el puerta. Yo fui a chocarle también, porque a esas alturas ya había asumido que el hueco que tenía que ocupar no iba a cedérmelo nadie; fue mi apuesta, no darle dos besos, no era una invitada ni una amiga, era Josefina Jarama, de la imprenta, y venía a cobrar. Pero él me dio dos besos, y para más inri, con una barba de estalactitas.

—Jaume no está.

—¿Y dónde está? —preguntó Pep.

—Eso queremos saber todos. Hablad con Malvina. Ahí la tenéis. Acaba de salir.

Malvina estaba fumando mientras miraba la masa de agua en calma. Era como si fuera ella la que la serenara con su mirada. Desprendía magnetismo.

—¿Qué haces aquí fuera?

—Respirar. Con tanto cerdo sudando, ahí dentro te ahogas. Además, desde aquí puedo ver si viene la policía por la carretera. Nos chaparon el otro día, pero el jefe ha mandado que quitemos el precinto.

—Oye, Malvina. ¿Y si Jaume no está quién me paga a mí?

—No tengas tanta prisa. —Malvina no se dio cuenta y me echó ceniza en el pelo, pero no le dije nada porque me caía bien. Solo recé para que no se me chamuscara. ¿Sabéis por qué los valencianos llevan la fiesta en la sangre? El secreto es la albufera. Cada fin de semana, la gente mea aquí, en estas aguas, y le devuelve a la naturaleza litros y litros de alcohol y mescalina depurados. ¿Y adónde va a parar todo eso? —Se puso de perfil y se recogió el pelo en una ensaimada sobre la oreja—: Al Arroz La Fallera. Estamos alimentando a las nuevas generaciones con los excedentes de nuestra fiesta. El ciclo de la vida. Intoxicamos su comida, pero la intoxicamos con vida. Aquí llegan pioneros de todas partes del mundo buscando el éxtasis del oro. Somos el último refugio de la aventura, el antídoto contra los registradores de la propiedad y los contables.

—Mi madre es contable —la interrumpí.

—Y así vamos a acabar todas si no hacemos algo. ¿Para eso queríamos tanto las mujeres trabajar?, ¿para levantar un país de madres contables? No, gracias. Queremos otras cosas. Los primeros en llegar aquí lo hicimos porque creemos en la fiesta y en la música. Pero ahora esto se está llenando de constructores y gente de Monteolivete. Todos empresarios oportunistas.

—Entonces, ¿yo soy un empresario oportunista? —dijo Pep—. Mira, aquí se está haciendo pasta gracias a que hay gente arriesgando su dinero. Si no, ¿cómo se iban a pagar los cachés de tanto grupo de fuera?

—Se pagan con el dinero que los ruteros se dejan en la barra.

—¿En la barra? Pero si todo el mundo dice que cada vez pasan más tiempo fuera. La gente entra a las discotecas a escuchar música, pero se vienen con la bebida del súper y se ponen hasta el culo en el parking. Si siguen haciendo eso, se van a cargar su propia fiesta.

—Perdona, pero ¿desde cuándo es un gran pecado conseguir las cosas lo más barato posible? ¿Desde que lo hacen los clientes? Porque los gerentes no les sacan todo lo que pueden a los camareros, a los proveedores y a los grupos, ¿verdad? Aquí no paga el que quiere, sino el que no puede hacer otra cosa. Esas son las reglas y lo son para todos. De hecho, mira, si Jaume fuera listo, lo que haría es cobrar a la gente por salir y volver a entrar, arreglar un poco el parking y poner un dial para que escuchen la sesión en la radio del coche. La peña fliparía. Solo tienes que montárselo tú antes de que se lo monten ellos.

—Joder con la roja.

—Por eso mismo ni se me ocurre contarle la idea. Que aprenda a trabajar en equipo si quiere que le ayudemos.

—No te pongas tan digna, que al final aquí todos vivimos de la frustración del personal. La mitad de los que vienen son parados de los Altos Hornos y la otra mitad amargados de la huerta y las oficinas. Gente que, si pudiera, serían notarios y contables, esos a los que tanto desprecias, pero que como no van a aprobar esa carrera en la vida, vienen aquí a pagaros la fiesta. En fin, no me quiero calentar. Dame mi pasta y nos vamos.

—¿Tú vienes a darme lecciones? El empresario que no es capaz de imprimir un cartel al derecho. Que te pague Jaume, si es que vuelve. Eres un resentido.

Pep se enfadó. Me pareció que iba a levantar el puño y tímidamente le cogí la mano para que la destensara. Luego le aparté un poco. Captó el mensaje y se alejó a fumarse un pitillo y a airear su rabia.

—Los dos tenéis un poco de razón —dije al fin.

—No me vengas tú también con gilipolleces.

Cambié de estrategia.

—Quiero decir: que yo también estoy cansada de que me hable así.

—Tú sabes que tu jefe es un inútil, ¿verdad? Porque si no lo sabes, estaría bien que alguien te lo dijera.

—¿Tienes que lidiar con muchos como él?

—Aquí la mayoría son así. No están acostumbrados a ver a una tía al frente de un garito. Se sienten atacados.

—A mí me pasa igual.

—Pero ¿tú llevas un garito?

—No, con la imprenta. Cuando voy a cobrar. Se hacen los longuis. Estoy segura de que con mi jefe no lo harían, pero a mí me torean. Y al final están jugando con mi sueldo, que me lo merezco tanto como cualquier otro. Menos mal que nos tenemos las unas a las otras para apoyarnos.

—Tienes toda la razón.

Bingo. Malvina se aplacó y nos llevó dentro. Nos dio el dinero y nos invitó a unos chupitos de vodka y los dos parecían tan amigos. Yo no quise bebérmelo, que luego había que coger la bici y, aprovechando que no me veían, lo tiré hacia atrás, por la izquierda de mi cabeza, con tan mala suerte que le fue a caer encima a un tipo que iba en camiseta de tirantes. Todo se precipitó. El tipo me levantó del suelo. Malvina avisó al puerta. Los amigos declararon que habían visto cómo la niñata —yo— le tiraba el chupito encima. Como Pedro, negué una, dos y tres veces. Al de los tirantes se lo llevaron fuera. Habrá quien piense que tuve suerte, yo sé que fue otra cosa: había empezado a disfrutar de las ventajas de tener autoridad. Me estaba volviendo una persona creíble. Cobramos las ocho mil pesetas que nos debían, Malvina me obligó a beberme otro chupito, me dio un sentido abrazo y nos largamos de allí.

La siguiente parada era Villa Adelina, un chalet blanco de dos plantas muy mono, reconvertido en discoteca. En su muro frontal había una pintada en letras rojas: «Quiero morir en el váter de Villa Adelina». En el parking había un coche con alerón y con baca; encima, una plataforma en la que bailaban dos chicos de aspecto estridente. A mí ya no me importaba porque había descubierto que detrás de sus camisetas con calaveras, sus crestas y sus pantalones con estampados militares no había en realidad mala intención.

—Aquí no se te debe nada, y lo sabes —dijo el puerta, y no se habló más.

Aún nos faltaban diecisiete mil. Tuvimos que deshacer parte del camino para ir a Spook, que acababa de abrir. Eran ya las cinco de la mañana.

—¿Qué pasaba en esa discoteca? ¿Por qué no nos han dejado entrar?

—¿Y tú qué le has dicho a Malvina para que nos pagara?

—A veces entre mujeres nos entendemos bien.

—Fina, la enigmática. No sabemos de dónde sales ni adónde vas —es curioso que me dijera eso, porque en realidad no me escuchaba. Pep ya había decidido cómo era yo y claramente no le hacía falta para confirmar o contrarrestar su juicio sobre mí. Era muy liberador—. Dime una cosa, ¿qué piensas de mí?

Me conmovió lo mucho que me necesitaba y, aunque aún no dominaba los rudimentos del oficio —nada sabía yo de papeles, gramajes ni tintas—, me pareció que el trabajo que en realidad me estaba ofreciendo sí iba a ser capaz de hacerlo: podía darle la seguridad que demandaba; sostener ante los demás sus mentiras bienintencionadas; evitar hacerle preguntas que no quisiera responder. Seguía molestándome —no lo voy a negar— el asunto de sus herederas, particularmente Nuria, la filóloga, en quien veía el foco de peligro, pero no debía adelantarme. Tenía a mi lado a un tipo hábil, capaz de desarrollar una línea de negocio y que además vagaba por los campos de Valencia más solo de lo que era capaz de admitir. Él necesitaba contratar a alguien a quien poder considerar amiga, ¿y no era ese oficio una vía tan buena como cualquier otra para cumplir mis objetivos? No te quiero mentir; dado que no llegarás a existir nunca, no tendría sentido. No soy ninguna cínica y no lo hacía solo por eso. Lo hacía también porque a mí la ternura me sale sola.

—Eres un buen jefe.

—Es decir, me odias.

Como buen jefe inseguro, necesitaba que le dijera algo más matizado, cada elogio que le dispensara debía ir acompañado de algún reproche que lo hiciera creíble. Pero tenía que elegir los defectos con cautela, porque si los consideraba amenazantes se acabarían volviendo contra mí.

—Eres impulsivo. Y un poco cabezota. Pero se ve que tienes buen fondo... —Su mirada me decía que seguía insatisfecho— y, lo más importante, olfato para los negocios.

—¿Y qué pasa, que no quieres saber lo que pienso yo de ti?

Un coche que nos adelantaba no se abrió lo suficiente, yo me asusté al verlo pasar tan cerca de mí, eché el cuerpo bruscamente a la derecha; Pep hizo lo mismo, y los dos acabamos en los arbustos. El golpe fue de alivio. Los dos tíos dejaron el coche en el arcén y se bajaron, visiblemente preocupados, pero Pep, que no estaba para sutilezas, cogió la bicicleta y se la tiró encima. Los otros consiguieron apartarse, pero la amabilidad desapareció de sus caras. Se encararon con Pep: yo intenté frenarles, pero se habían crecido y ya nadie atendía mis lamentos. Pep era más alto y de espaldas más anchas; se le daba bien poner cara de loco, pero se veía a la legua que no sabía dar ni media leche. Después de intercambiar un par de empujones, uno se colocó detrás de él y le sujetó por la espalda para que el otro pudiera partirle la cara a placer.

—En la cara no, que es pincha —supliqué.

El tipo bajó el puño y frunció el ceño.

—¿De dónde?

—Está de visitante en Barraca. Normalmente pincha en Barcelona.

—Yo soy de Barcelona. ¿En cuál?

Ahí me vi superada. Ya solo me quedaba esperar que Pep me agradeciera haberlo intentado al menos.

—Espera —dijo el otro—. No es pincha, pero sí que es músico.

—¿Músico? —dijo el que lo tenía cogido de las solapas.

—Sí, ayer lo vimos un rato en un pub lejos de aquí.

—¿Y qué tocaba?

—Rollo Nino Bravo.

—¿Cantaba bien?

—Le echaba ganas.

El tipo le soltó y se largaron en el coche. Yo me senté en el arcén a recuperarme del susto. Me flaqueaban las piernas. Pero la conmoción no me atontó. Quería una explicación para lo que acababa de oír y Pep, después de un rato tratando de disimular su miedo bajo una capa de rabia, acabó dándomela.

Hacía años había participado en una rondalla con la que tocaba en los alrededores de Valencia. Luego empezó a dar conciertos como solista de canción ligera, pero no tardó en darse cuenta de que había llegado tarde. En menos de diez años Valencia había cambiado más que los últimos cuarenta y su música ya no interesaba. Se empeñó en vivir de la Ruta aunque fuera a través de la imprenta, para cobrarse de algún modo lo que sentía que los jóvenes maquineros le habían robado. Malvina tenía razón, era un resentido. Y, sin embargo, había demostrado tener más astucia que orgullo. El mundo es una gran tortilla que requiere paciencia, porque siempre acaba dándose la vuelta, y ahí viene una nueva oportunidad de caer en el lado bueno. Pep la había tenido. Pero yo me sentía decepcionada. Vacía. Después de la admiración que habían despertado en mí su dedicación y sus dotes de empresario resultaba que tenía un... hobby. Una vulgar afición de media tarde. No quiero parecer exagerada. No es para tanto. Pero sí que fue un chasco inmenso, la primera intuición de que me había dedicado a seguir a quien no debía. ¿Tenía Pep derecho a hacer lo que quería con su tiempo libre? Sí. ¿Tenía un jefe como Bienvenido tal cosa, tiempo libre para sí mismo? No. Si todavía le hubiera dado por construir barcos en botellas o coleccionar sellos, pero ¿tocar la guitarra y cantar en bares?, ¿qué era?, ¿un creador frustrado?, ¿un bohemio de foco y taburete? ¿Sueno despótica? ¡Yo estaba dispuesta a darle mis mejores años! En cualquier caso, disimulé bien la decepción, y Pep siguió despotricando contra los dos del coche como si nada hubiera pasado entre nosotros.

De camino a Spook siguió contándome alguna cosa más, pero no me acuerdo muy bien, ya me iban faltando las energías. Sí recuerdo que el gerente nos pagó cinco mil pesetas y que Pep le suplicó un adelanto de otras tres mil. Negociaron. Y volví a ver al Pep tenaz y seductor. Le calentó la cabeza hasta sacarle al menos mil cucas y un vale para dos bebidas. Por momentos volvía a estar orgullosa de él. Ya en la barra, me dijo:

—Escúchame bien, porque estamos jodidos. Confiaba en sacar algo más aquí. Nos faltan todavía once mil y solo queda una discoteca por cobrar: Chocolate. Allí me deben seis talegos, pero no le caigo bien al dueño, no preguntes. Si voy yo y encima le pido que me fíe cinco mil, nos echa. Tienes que ir tú.

—¿Me estás dando más responsabilidad?

—Ni yo mismo lo hubiera dicho mejor.

—Pep, ¿tú crees que aquí, en la Ruta, podemos ganar mucho dinero?

—¿Tú qué piensas, Fina?

—Que sí.

—Pues eso es lo que cuenta. Y si nos va bien, te daré lo suficiente para que montes tu propio chiringuito. Pero tenemos que sobrevivir a esta noche.

Para mi vergüenza correspondí a su promesa con un bostezo, que eran ya las seis de la mañana. Pep vio que se me ponían ojitos de besugo y me llevó al baño de hombres. Nos metimos en la letrina, limpió la loza del váter con la manga y volcó allí un poco de estupefacientes. Estuve a punto de preguntarle por qué quería hacerme consumir, si unas horas antes me había hecho aquel test para comprobar que no lo hacía, pero me atuve al papel que yo misma me había obligado a cumplir. No confrontarle con sus contradicciones y remar siempre a favor de sus impulsos.

Eso sí, tenía miedo. Sabía que mucha gente que al principio los rechazaba luego se acababa enganchando, y yo puedo ser muy apasionada si me pongo. ¿Qué pasaría si me gustaba demasiado? Me comprometí a seguir una política de estupefacientes que me parecía la más racional: tomarlos solo en horario laboral, jamás por diversión. Pero en la estrechez del cuarto de baño, con Pep acuclillado junto al váter y yo apoyada contra la puerta para que nadie entrara, al ver la forma redonda de la bolsita blanca que me tendía, se me vinieron a la cabeza las tarongetes de la mujer del señor Santos. Fue un día de Navidad en que, de forma excepcional y para demostrarnos su afecto, Bienvenido nos invitó a mi madre y a mí a comer, porque en nuestra casa se había roto una cañería y no teníamos agua corriente. Yo ayudé a Vicenta a prepararlas por la mañana; ella me enseñó. Juntas, amasamos aquel picadillo de huevos, longanizas deshechas, sangre de gallina, tocino, carne, jamón, limón y perejil hasta conseguir las preciadas pelotas, que luego irían acompañadas de un buen puchero. Hermosas, redondas y cubiertas de col se me aparecieron en la memoria como un asidero, o más bien como el reflejo invertido del abismo al que me estaba asomando. Los estupefacientes me produjeron un picor agradable en la nariz, pero de pronto yo me había ido muy lejos de allí. ¿Qué hacía entre tanto joven extraviado? ¿Qué pensarían mis compañeras de la fábrica si pudieran verme por una mirilla? ¿Estaba dispuesta a dar semejante giro a mi vida, e introducirme en aquellos ambientes —un camino en el que no había marcha atrás— solo por haberme encontrado un puñado de gente simpática? Necesitaba ser menos maleable. Me urgía desarrollar carácter.

Antes de irme, Pep me miró de arriba abajo y me preguntó mi nombre. Me extrañó, pero se lo dije con todas sus letras: Josefina Jarama. Nada más abrir la boca, acercó su nariz. Negó con la cabeza y me dio un chicle de menta.

—El buen comercial entra por los ojos. Pero eso incluye también el aliento. Tienes que estar perfecta.

Quedamos en encontrarnos más tarde en la gasolinera de Craso.

Antes de entrar traté de revisar mi apariencia en el retrovisor de un coche pero era imposible saber si estaba aceptable porque no se veía casi nada en el parking de Chocolate. Habían quitado las bombillas a propósito. Aquella era la discoteca más afterpunk, más siniestra, más psychobilly. Se oían muchas historias. Se decía que era como una secta. Se decía que hacían ritos. Y se decía que Sito, el gerente, tenía muy malas pulgas. Yo nunca me había atrevido a copiar su cuño. La discoteca por fuera parecía una casita de Hansel y Gretel. Cuando dije que venía de parte de Pep, el puerta sencillamente extravió de nuevo la mirada, lo que no fue tanto un dejarme pasar como la resignación de no tener autoridad para prohibirme que entrase, aunque ganas no le faltaran. Tendría que buscar los despachos yo sola. Me quedé pegada contra la pared unos minutos, hasta que la vista se me acostumbró a la oscuridad. Poco a poco fui distinguiendo sogas, extraños símbolos y telarañas fluorescentes. Había leído que el aforo era de dos mil personas, y debían de estar las dos mil allí metidas porque tenía que abrirme paso con las manos, como si estuviera nadando a braza. Solo así podía atravesar aquel mar amniótico, donde los cuerpos embriagados se mecían al compás de la corriente que emanaba de unos altavoces camuflados entre calaveras y tumbas. La música era estridente, pero en lugar de taladrarme los tímpanos, como me había pasado en otras ocasiones, me dejaba en una extraña suspensión, como si ya no fueran mis piernas las que me tenían en pie, sino que me estuvieran llevando a la sillita de la reina. La psicodelia me arrullaba y quizás me hubiera quedado allí embrujada para siempre, de no ser porque las dos personas que había delante de mí se retiraron y me asomé a un vacío, un círculo creado en torno a un hechicero, vestido con una bata negra —y nada bajo la bata—, una cruz invertida en el cuello, la cabeza y las cejas rapadas, y dos enormes pendientes de aro. En tres saltos alcanzó la cabina. Yo aproveché el cambio de tema para seguir nadando en busca de alguna puerta en la que pusiera prohibido el paso.

Toqué la puerta con el ritmo de «una copita de ojén», lo hice instintivamente, sin pensar en lo inapropiado que podía resultar un soniquete tan naif en un sitio satánico, y me angustié por lo que me costaría remontar aquel gesto tan simpático y recuperar una imagen más de tía dura. Con el agobio no presté atención a la voz del otro lado, que gritó «espera» en vez de «pasa», y abrí la puerta con ímpetu, un ímpetu que buscaba recuperar el empaque perdido, pero que lo que hizo fue que el pomo del otro lado se clavara en la pantorrilla de Sito, porque Sito no estaba en su mesa cuadrando cuentas, ni ordenando los billetes en su cajonera, ni cerrando un pedido de licores, como cabía esperar de un hombre de su posición, sino que Sito estaba subido a una silla giratoria para cambiar una bombilla, que ya es mala suerte, pensé yo después, que en un local satánico y umbrío, sin luces en el parking ni en la sala, la única bombilla estuviera en el despacho del gerente, donde mi falta de oportunidad hizo que el tal gerente fuera a dar de bruces contra el suelo desde una altura no fatal, pero sí bastante mala. En su salto involuntario empeñó las gafas y dos dientes, lo que no fue mala combinatoria —para mí, quiero decir—, porque el pobre hombre, que no veía un pimiento, apenas si distinguió una figura entre las sombras y yo pude dar rienda suelta a un primer impulso del que todavía, por cierto, me arrepiento: ya lo dije, soy muy de arrepentirme. El impulso: esconderme y negarlo todo. Sito dio un alarido que se fundió en el éxtasis colectivo de la sala, es decir, no llamó la atención. Su despacho estaba al fondo de un pasillo que hacía recodo, así que nadie podía ver al hombre tendido. Denegación de auxilio, omisión de socorro, homicidio involuntario. La ristra de acusaciones que desfilaban por mi cabeza me hicieron pensar que huir era una opción.

Intenté acercarme a la barra, pero estaba bloqueada por una nube de ruteros. El camino hasta la cabina, en cambio, apareció despejado; fui hasta allí y, aprovechando que estaba de espaldas y no me veía, le grité al pincha: «El jefe quiere verte. Ahora».

Luego le observé en la distancia. Era guapo y llevaba unos vaqueros de pitillo, con una camisa abierta en V que le dejaba casi todo el pecho al descubierto. No le quedaba nada mal porque iba afeitado. Mi curiosidad fue más fuerte que mi discreción y le seguí por el pasillo. No se alteró al ver la estampa, solo soltó un «pero qué has hecho, tío» y, fuerte como estaba, se echó a Sito al hombro y lo sacó afuera a que le diera el aire, hasta que uno de los camareros se ofreció a llevarlo al hospital. Yo iba detrás de unos y de otros, como un perrito faldero, con la ilusión de ser invisible, ya que nadie me decía nada. Cuando el coche en el que iba Sito se perdió entre las palmeras del horizonte, Hamelín, que así se llamaba el pincha, se volvió hacia mí.

—¿Tú quién eres y qué le has hecho a Sito?

—Yo no he hecho nada.

—No creo que nadie se enfade contigo. Sito es un cabrón de primera.

—Abrí la puerta de su despacho y le tiré de la silla.

—Joder.

—Sin querer.

—Todos lo hacemos todo sin querer. ¿O tú crees que a mí me gusta fusilarle las sesiones a Tony Simons? Lo hago sin querer. Solo porque el talento no me da para más. ¿Quién eres?

—Josefina, Josefina Jarama: soy la responsable comercial de la imprenta Malferit para la comarca de la Ribera Baja. Vengo a cobrar.

—O sea que eres la nueva del Pep y te ha mandado a comerte el marrón. —Traté de asentir, pero debió de verme en los ojos que no entendía de qué hablaba—. ¿No te ha contado nada?

—¿De qué?

—La cagó con los carteles de Bauhaus. El rojo sangre le salió más bien Pantera Rosa. Si le ve Sito, le mata, por eso Pep hace ya tiempo que no pasa por aquí y ahora te ha mandado a ti a la boca del lobo. No te quiere mucho, ¿no?

—Somos una maquinaria bien engrasada. Sin fisuras. ¿No tienes que irte a pinchar?

—He dejado puesta una cinta. Uso la versión del maxi de los The The, la junto con la del elepé y luego empalmo con *Heartbeat City* de los Cars. Lo utilizo desde hace dos años. Cansa un poco, pero peor es trabajar. Toma, acábatela. —Me dio su cerveza—. Para mí son gratis. —Fingí darle un trago—. ¿Y no te jode que te manden aquí a comerte tú las hostias?

—¿Y a ti no te molesta que las discotecas te utilicen para no quemarse ellas?

—Mira, eres menos tonta de lo que parecía. Valencia es el reino de los relaciones públicas porque los gerentes así lo han querido. Y algunos todavía se creen que las discotecas compiten entre sí. Y una mierda. Si cada una tiene su horario. La competición es entre ellas y los pinchas. Y cuando se acaba el amor entre mamá y papá, ¿con quién se van los niños? En Barcelona no va así. Yo vengo de trabajar allí y allí los pinchas somos Dios, creadores absolutos. Hay que traer esa cultura aquí. La gente empieza a seguirnos. Ya lo verás, teta, dentro de poco se nos rifarán, porque somos el flautista de Hamelín. —Me guiñó el ojo.

Le pregunté si podía pagarme. Empezaba a hacérseme tarde. Vi que dejaba el vaso de cerveza en el suelo y se lo recogí. Dentro, le gritó a la camarera de la barra que yo era de la imprenta y que me pagara.

—¿Y cuánto se te debe? —me preguntó la chica.

—Seis mil —dije, pero con la música no me oyó.

—¿Cuánto dices?

—Once mil.

Pedaleando de vuelta, me sentí de nuevo enérgica y despejada. Por primera vez, no me veía como una intrusa. Aunque fuera a mi pesar, había empezado a formar parte de aquel mundo. Y lo cierto era que estaba descubriendo cosas buenas: el viento húmedo de los arrozales era mejor que el aire viciado de la fábrica, le estaba cogiendo el gusto a no madrugar, Pep había dejado entrever la posibilidad de que juntos llegaríamos a hacer mucho dinero y era verdad que aquel hervidero de hedonistas que odiaba el ahorro era el lugar perfecto para ello. Yo estaba siendo capaz de no juzgar nada de lo que sucedía a mi alrededor porque esa era la actitud con la que afrontar los negocios, pero ¿y si acababa dejándome llevar y esa gente pasaban de ser mis clientes a convertirse en mis amigos? Empezando por Pep, a quien repentinamente me sentía capaz de perdonarle su traición. Quizás porque teníamos en común algo muy importante. Los dos habíamos llegado tarde a nuestra cita con la historia. ¿Qué culpa tenía yo de que la Nancy, la muñeca más importante jamás fabricada en España, ya hubiera sido inventada cuando yo me incorporé al sector? Y Pep, en realidad, con su voz de *crooner* y su gabardina añeja, ¿no se merecía su época de canciones de amor y no aquella música taladrante y tartamuda? Éramos como dos viejos dinosaurios salvajes que hubieran escapado al meteorito y, para sobrevivir, tuvieran que reconvertirse en animales de compañía. Eso éramos, dos esplendorosos y esforzados dinosaurios domésticos.

Al entrar en la gasolinera fui a saludar a Craso. Estaba en su estand, leyendo la edición matutina de *Cambio16* que le acababa de llevar el repartidor. La luz blanca de los tubos fluorescentes le hacía parecer aún más pálido.

—Te vendría bien salir. Un día podríamos dar un paseo por la playa o tomar un helado.

—Vale.

—¿Por qué me dices que sí, si yo sé que los planes de ocio te incomodan?

—Porque tú tienes ganas.

—Eres lo peor.

—¿Prefieres que te diga que no?

—Estaría mejor.

—Pues entonces te digo que no.

—Me sacas de quicio, muchacho.

—Y tú me entiendes demasiado bien. ¿O no eres igual que yo?

—Yo solo quiero agradar en mi trabajo, no es igual.

—Y haces bien: el paro va camino del veinte por ciento.

—Hoy he empezado un trabajo nuevo. ¿O debería decir un curro nuevo?

—¿Y eso? —Señalé a Pep, que estaba en una mesa alta en el extremo opuesto de la tienda—. No será verdad.

—¿Por qué dices eso?

—Ese tío es un pelagatos. Lleva ya años rondando por aquí, pero nadie se lo toma en serio. Ni él mismo. Se aprovecha de su exmujer y su suegro, que deben de ser más buenos que el pan, para no pegar ni golpe. Lo sabe todo el mundo. Asegúrate de que no te toma el pelo.

—Este es un mundo muy superficial. La gente se mete a juzgar por dos chascarrillos que ha oído. No seas así tú también, por favor. Además, adónde quieres que vaya con ese veinte por ciento de paro del que hablas.

—Ya lo sé. Eso va a destrozar el país. Porque el paro no es una obesidad mórbida, que acaba contigo. El paro son esos kilos de más que te quitan la seguridad en ti mismo, y entonces todo lo demás lo haces mal. Te deja respirar, pero te quita las ganas. Te envuelve en una placenta hecha de retazos de chándal. Y yo no digo que el trabajo sea para todos. Hay gente que puede retirarse, dedicarse a otra cosa, pero la mayoría de las personas somos débiles, ¡necesitamos una profesión!

Aquellas eran cosas que yo había pensado muchas veces, pero ahora, dichas por él, me daban ganas de pelear.

—Bueno, tú estás colocado bien aquí, ¿no? No tienes nada que temer de momento.

—¿Yo? Yo padezco algo peor que el paro: envejecimiento prematuro.

—¡Pero si tienes cara de niño!

—¿Y hay algo más terrorífico que un niño viejo?

Fui a ver a Pep, que se estaba soplando otro vodka naranja. No se puso tan contento como yo esperaba cuando le conté que había conseguido el dinero.

—Aprendes rápido y eso está bien. Solo espero que ahora no quieras un premio por tu hazaña. ¿O me vas a pedir un aumento por haber hecho una cosa bien?

—Si aún no tengo sueldo.

—O sea que tengo razón: vienes endiosadita. Yo he tenido que hacer muchas faenas como la que tú acabas de hacer para llegar donde estoy. Voy a tener que andarme con ojo contigo, vas demasiado rápido.

Acto seguido me pidió que le custodiara la gabardina y se fue al baño. En cada movimiento de su alrededor, Pep veía una amenaza. Era fatigoso tranquilizarle y reafirmarle cada vez, aunque en su paranoia permanente a veces adivinaba mis intenciones. Apuré su vodka de un sorbo. No quería que siguiera bebiendo, porque le entraban más inseguridades y rendía peor. De hecho, se convirtió en algo que hice a menudo en los días que estuve a su lado —acabarme su bebida a sus espaldas— y que tuvo unas consecuencias más bien nefastas, porque a mí me daba una acidez que no me dejaba dormir y él acababa dejándose un dineral en pedir más y más copas, lo cual, dado que allí no había un salario estipulado sino que él repartía las ganancias a salto de mata, remataba mi desdicha. Y así me pasaba el día preocupada y cuando me preocupo no sé hacer otra cosa, salvo estar preocupada. Tanto que acabo perdiendo de vista aquello que me preocupaba y empiezo, sencillamente, a estar preocupada en general. Eso es la preocupación para mí, un agujero negro: empezaba preocupándome porque Pep pudiera llegar sano y salvo a la cama esa noche; luego me preocupaba por sus hábitos y el estado de su hígado, por su economía y por la mía, por la hora de cierre del bar, pues el dueño querría irse a dormir, y también por la resaca del día después y la imagen que dábamos ante clientes y proveedores y, por supuesto, por aquellos proveedores a los que mi madre había desfalcado de forma, también hay que decirlo, un tanto involuntaria, y es que también me preocupaba mi madre, que a saber en qué andaba metida, en un país tan apresurado por dejar atrás su pasado que corría como un ciego en un bosque: con esperanza pero sin futuro.

Cuando Pep volvió del baño, un poco asustada por las palabras de Craso, o tal vez inspirada por aquel arreón de vodka, yo ya había tomado la decisión de cambiar mi jugada: Josefina Jarama tenía que pasar a la acción. Le recordé que el plazo de Quinto estaba a punto de expirar y me ofrecí a ir yo a verle. Necesitaba unos minutos a solas con él, pero tenía que disimular. Me dijo que sí, pero cuando estaba ya montada en la bicicleta, como si su etílica y perversa intuición le hubiera susurrado lo que me disponía a hacer, Pep se plantó a mi lado.

—Te acompaño.

Con el viento frío del alba, mis nudillos y mis orejas alcanzaron un rojo merlot, pero las vistas eran maravillosas. El agua de la albufera se volvía violeta, y a nuestro paso se levantaban bandadas de garzas y flamencos. La sospecha de que huían de mí por la indignidad que me disponía a cometer enturbió el momento.

El parking estaba atestado. La Rubik acababa de cerrar y el puerta barría la entrada.

—Quinto se acaba de marchar.

Le pregunté dónde podíamos encontrarlo y nos dijo que buscáramos en alguna cafetería de la playa de El Perelló, solía desayunar allí. Yo tomé la delantera. Pep iba detrás, desfondado y sin la vieja aura que hacía que los obstáculos se apartaran a su paso. Me pidió una pausa para mear y se introdujo en los arbustos. Fue mi momento. Cogí una panocha gruesa y la clavé en su llanta. A las pocas pedaladas, no pudo seguir.

—¡Mierda! He pinchado.

—¿Quieres ir tú a buscarle con la mía? —Me estaba empezando a enamorar del riesgo.

—No, no. Adelántate. Voy andando y te alcanzo. No está lejos.

Recorrí el paseo marítimo como si fuera un periscopio, mirando a todas partes. Casi atropello a un perro. La señora que lo paseaba me escupió y me llamó sabandija y drogadicta. Yo sabía que era otra señal de que lo que me disponía a hacer no estaba bien. Y sin embargo seguí a pie y en el último bar divisé aquella frase, «UNA CARA RARA», estampada en la espalda de un cliente. Quinto estaba pagando.

—No tienes buen aspecto. ¿Estás bien? Mejor no me contestes, no tenemos mucho tiempo. Ahora voy a una fiesta y me acabo de tomar una pastilla de mescalina. Ya debería haberme hecho efecto, pero está tardando. De hecho —extendió las manos, como Jesucristo—, sí, ahora mismo estoy sintiendo los primeros vapores. Tienes cinco minutos para decirme lo que me tengas que decir, antes de que empiece a parecerme bien todo, pero luego no me acuerde de nada. Perdona, me gusta ser profesional, pero había dado por hecho que ya no vendrías.

—¿Se lo has encargado ya a otra empresa?

—No. A lo mejor es que en el fondo una parte de mí sabía que acabaríais llegando a tiempo. Eso estaría bien. Acrecentaría mi fama de visionario. ¿Habéis conseguido lo que necesitabais?

Le dije que sí y, cuando ya nos íbamos a despedir, le anuncié que quería hablar con él. Me dijo que mejor fuera porque le estaban subiendo los calores. Frente a la playa había un parque infantil. No tenía bancos, así que me senté en un extremo del balancín. Al sentarse él en el otro, me impulsó hacia arriba. El contrapicado me ayudó a llevar la iniciativa.

—Antes decías que estabas perdiendo dinero con los botellones de los parkings. ¿Cierto?

—Como todos.

—Puedo ayudarte. Tendrías que cobrarle a la gente si quiere salir y volver a entrar.

—Lo he pensado alguna vez, pero es una locura.

115

—Para que salga bien bastaría con decorar el parking. Puedes aprovechar y empezar ahora, para la fiesta. Y luego montar un dial para que puedan seguir escuchando la sesión en sus coches. No es complicado de hacer. Si quieren bailar al aire libre, móntaselo tú antes de que se lo monten ellos. Imagínatelo: gente pagando por ver el amanecer en tu recinto, con la música que tú les pones y con camisetas que digan «Quiero morir en los baños de la Rubik». Las camisetas te las imprimiríamos nosotros haciéndote precio. —Le vi dudar. ¿Y si me había pasado de listilla, ya conocía la pintada y se ofendía por el plagio?—. Entonces, ¿te hacemos las camisetas?

—Perdona si a veces soy un poco gilipollas. Mucha gente me dice que de primeras lo parezco. Es la noche. Todo el mundo se quiere salir con la suya y hay que estar siempre alerta, al final te vuelves un poco pitbull. Tienes madera. Pep no es mal tío, pero habla demasiado, es un embaucador. Tú eres más discreta.

Vi el terreno abonado y me lancé a culminar el plan.

—¿Puedo hablarte con franqueza o tenemos que andarnos con rodeos como todo el mundo ahí fuera?

—Adelante.

—Antes te equivocabas. —Quinto se levantó y yo me vine abajo en el balancín y me clavé el asiento en el culo—. A lo mejor al Valencia le funciona la estrategia de cambiar de entrenador, pero la música no es fútbol. No hay más que ver lo que está pasando en Barcelona. La gente allí piensa que los pinchas son los creadores y los sigue.

—Conozco bien la escena de Barcelona, sí.

—Claro, lo sabes tan bien como yo. Y yo no digo que me guste, pero es la tendencia. Aquí acabará pasando. Para ganar a veces hay que perder.

—Eso es. Para ganar a veces hay que perder.

—Cuida a... —no conseguí que me viniera el nombre, pero para entonces ya daba igual porque podía ver en sus ojos que había ganado la partida— tu chico belga.

—¿Por qué no te pasas esta semana a verme un día? Podría ofrecerte algo. Sé que ahora estás con Pep y no quiero problemas...

—Tranquilo, sé hacer dos cosas a la vez.

—Bien, entonces podemos trabajar juntos.

—¿Cómo puedo saber que no lo dices por el efecto de la pastilla?

—No puedes.

Mientras Quinto desaparecía por un lado del paseo marítimo, Pep llegaba, desfondado, por el otro.

—¿Y?, ¿ha ido bien?

Pensé que cuando le dijera que el trabajo era nuestro se pondría otra vez a la defensiva, para que no me subiera a la parra, pero se mostró contentísimo, sin sombra de resquemor, tanto que su entusiasmo parecía encaminado únicamente a hacerme sentir culpable. Quiso que tomáramos la última pero le convencí de que era hora de retirarse; al día siguiente, por no decir esa misma tarde, teníamos que empezar a empapelar. Fuimos los dos en mi bici: yo de pie dando pedales y él sentado, tarareando una agradable melodía que, me revolvió pensar, podía ser una de sus canciones.

—¿Dónde vamos?

—Hotel Vent del Mar, yo te indico.

Cuando llegamos me quedé impresionada. Un tres estrellas. La imponente fachada, con sus amplios balcones que daban al mar y su espaciosa recepción, me hizo replantearme la jugada. Pep era temperamental y anacrónico, pero ¿y si una vida hecha de improvisación y aventuras a su lado acababa siendo más satisfactoria que la seguridad que pudiera darme el emperador de la Ruta? Sin embargo, la ensoñación se deshizo, como los bajos de un pantalón demasiado largo. Pep rodeó el edificio y llamó a la puerta trasera, escondida entre contenedores y extractores de humo. Allí tenía una amiga que trabajaba en la lavandería del hotel y que cada noche metía de extranjis sus chinos, su camisa y su chaqueta para devolvérselos a la mañana siguiente, limpios y planchados, y que así pudiera ir impoluto a trabajar. Su amiga, que por lo visto era tan generosa que no sentía la obligación de ser amable, sin decir nada se llevó nuestra ropa en un carro y nos tiró un par de pijamas color cirujano, muy cómodos y nada favorecedores.

La pregunta me quemaba:

—¿Entonces dónde dormimos?

Desde ese mismo punto de la carretera salía un sendero, estrecho, oscuro y lleno de socavones, que llevaba al camping Les Palmeretes. Me dije que si el equipo de Malferit que yo iba a coordinar se alojaba allí, no quería ser la encargada que hace distingos con su plantilla. Quise ducharme antes de dormir, para quitarme el sudor de una larga noche de trabajo, aunque me arrepentí nada más ver las cucarachas del baño. Le había seguido para conocer cómo era la vida ambulante del comercial y me encontré como nunca hubiera creído: echando de menos mi cava junto a la carretera general. Me alivió comprobar que la tienda de Pep era grande. Él tenía dos sacos, uno más abrigado y otro casi deshecho, y me cedió el mejor.

—¿A qué hora pongo la alarma para juntarnos con el equipo?

—Josefina, aquí no hay ningún equipo. Somos tú y yo contra el mundo. Lo primero mañana será comprarle una guía a tu amigo para planificar la ruta.

—¿No le dijiste a Quinto que conocías la zona?

—No te hagas la tonta. ¿Qué quieres?, ¿que te diga que no he ido a esos pueblos en mi puta vida? Pues te lo digo. ¿Que no tengo la menor idea de cuáles tienen pubs y cuáles no? Pues te lo digo. Pero también te digo otra cosa: no nos pagan porque sepamos hacer el trabajo cuando nos lo encargan, sino para que hayamos aprendido cuando lo entregamos. Aquí hay que echarle cara; si quieres ser la más digna, a lo mejor no estás hecha para trabajar con Pep.

Pero yo no estaba fingiendo, ni me hacía la tonta. Me supo mal que creyera que yo iba de Pepito Grillo, desenmascarando sus mentiras. Me hubiera encantado explicarle que no lo había hecho con intención moralizante, era solo que desarrollaba sus discursos tan bien que, a pesar de ser su escudera, me costaba distinguir qué era verdad. ¿Eran sus mentiras saltos sin red?, ¿pruebas que se ponía a sí mismo para aumentar su autoexigencia? ¿O, como me habían dicho, Pep no era más que un fantoche y yo la única boba de la Ribera Baja que le había creído? Proyectar una imagen mejorada de uno mismo, de hombre versátil, experimentado y siempre dispuesto, puede quedar impostado, pero también es una buena estrategia para luego obligarte a sostenerla. Pep y yo estábamos unidos por ese fino alambre que separa a los soñadores de los charlatanes. Era la diferencia entre lo que los demás veían de nosotros y lo que sabíamos que éramos, una diferencia que solo nosotros conocíamos y que trabajábamos a diario por reducir.

Cuanto más le conocía, más admiraba aquella extraña forma de nobleza. ¿Qué mérito tiene decir la verdad cuando te es favorable? Sí, Quinto era el empresario de moda, pero estaba en su hábitat natural, donde todo le era fácil y reconocible. Pep había perdido ese tren y tenía que sobrevivir. ¿Y yo ahora estaba dispuesta a apuñalarlo por la espalda? Pero ¿qué habría hecho él en mi situación? ¿No era mi derecho llegar tan lejos como pudiera?

El 31 a mediodía Pep se fue a pasar el fin de año con sus hijas. Y a Craso su familia le iba a llevar de vacaciones a Guadalajara. En su momento no me sorprendió, porque creí que se iba a Castilla-La Mancha y no, como me enteré después, a México. Yo me pasé la Nochevieja triste y agarrada a la idea del lustroso porvenir que me aguardaba. El 1 de enero Pep reapareció por el camping y nos dedicamos a empapelar los alrededores. No quedó un bar sin su cartel de la Rubik.

Aunque en esa fecha estaba con su madre, la noche de Reyes Pep volvió a Valencia para darles los regalos a sus hijas. Eso me facilitó las cosas. Quinto me ofreció que trabajara de chica para todo durante el evento: recibir a los grupos, atender al pincha durante la sesión, refuerzo en barra... La fiesta fue un éxito, aunque a mí me dio pena ver la noche de Reyes reconvertida en un concierto de post-punk, llena de gritos, sudor y extravagancia. Se me venían a la cabeza todas las madres y padres de Ibi, que estarían colgando calcetines, escondiendo regalos en los balcones y dejando cuencos de leche para los camellos; yo, en cambio, tenía un elefante ante mis ojos. Pero todo dio igual, porque Quinto quedó satisfecho. Dijo literalmente: «Quiero tenerte cerca, no te me pierdas», y yo salí exultante.

A la vuelta de sus vacaciones, Craso vino a buscarme para tomar ese helado. Él se decantó por el pistacho y yo por la fresa. Los dos lo comimos con cucharilla.

—Craso, ¿tú crees que a veces para ganar hay que perder?

—¿Por qué me preguntas eso?

—Lo he oído por ahí, pero la verdad es que no estoy segura.

Se cogió la comisura con el dedo, como quien descorre un telón, y dejó al descubierto el lado derecho de su dentadura. Con la otra mitad de la boca me pidió que me fijara bien. Eso hice.

—No veo nada.

—Eso mismo. Es la prueba de que para perder hay que ganar. Con doce años los chicos de mi clase empezaron a montar en monopatín. Yo no quería, pero insistieron. El segundo día me fui al suelo. Iba tumbado, en la posición que llamaban «supermán». Es en la que es más difícil caerse, pero en la que la caída puede ser más mortífera. Te vas de boca. El accidente me costó el mote, porque una chica de clase dijo que todo lo que yo hacía era un «craso error». Se me saltaron varios dientes y tuvieron que ponerme implantes. Mis padres me llevaron a un ortodoncista en Inglaterra, porque aquí solo te ponían esos horribles dientes dorados, y el ortodoncista me explicó que, para que los dientes nuevos se notaran lo menos posible, no podía elegir los más blancos, que eran los que más me gustaban;

tenía que ponérmelos del mismo color que el resto, más amarillento. A mí me dolió que mis padres se gastaran ese dineral en dientes feos, pero de nada hubiera servido elegirlos bonitos. Mi declive físico ya estaba en marcha.

Era la primera vez que yo veía un implante dental.

—¿Y cómo sabes distinguir si estás perdiendo para ganar o simplemente estás perdiendo? —pregunté.

—Eso es lo aterrador. Nadie lo sabe en realidad. Pero en general depende de los apoyos que tengas. ¿Tú tienes apoyos?

—¿Te refieres a apoyos como tú, por ejemplo?

—En los últimos meses nos hemos hecho muy amigos y eso me alegra. Y yo estoy seguro de ser un buen amigo para ti mientras no haya problemas cerca, pero si alguna vez llegan..., prefiero que no confíes en mí. Josefina, escúchame bien: yo soy un cobarde, un miserable. Imagina que un día vienen a robarnos. Yo saldría corriendo. Se nos plantan ahora mismo dos quinquis delante y, cuando me mires para ver qué hacemos, yo ya no estoy. Además, gracias a mi complexión menuda, enclenque si quieres, soy muy rápido. Te dejaría atrás. Lo digo con seguridad pero sin orgullo, no creas. Si, milagrosamente, me dieras alcance y me pusieras la zancadilla para sumarte a la paliza, jamás te lo reprocharía. No soy más que una llaga en la historia de la evolución.

—Eso no me preocupa —dije para intentar sacarle de su bucle oscurantista—. Si vienen a pegarnos, yo puedo defendernos a los dos.

—Da igual, es solo un ejemplo. No me refiero solo a lo físico. Soy un cobarde en todo. Podría dejarte colgada en cualquier otra situación. No soporto la tensión, es superior a mí. No me gustaría decepcionarte, por eso prefiero ponerte sobre aviso. Y ya sé que el que avisa, justamente por permitirse hacerlo, es el más traidor de todos, pero, por favor, no confíes nunca en que te guarde las espaldas ni nada parecido.

A medida que fui entendiendo que hablaba en serio, su desmedida compasión me fue irritando. De la irritación pasé al desprecio, y siento utilizar una palabra tan fuerte para alguien que todavía era mi amigo, pero puedo usarla por lo que diré a continuación: me molestó pensar que era algo que yo podría haber dicho, que podría haber dicho pero que no decía, y justamente si yo no me permitía ir anunciando mi cobardía y mis defectos, si yo me condenaba, como he hecho siempre, a ofrecer la mejor cara de mí, ¿por qué él sí podía permitírselo?, y, más aún, conmigo.

Tuve la percepción de que Craso era un enviado del cielo, uno de esos ángeles que se aparecen en Navidad para mostrarte cómo sería la vida de los otros si tú no estuvieras en ella, solo que su estrategia había sido enseñarme esa versión desmejorada de mí misma que él encarnaba. Viéndole tan pequeño, de un blanco casi translúcido, me pareció muy verosímil que escondiera unas alas bajo la camisa y que trabajara al servicio de Dios. Él contenía mis defectos y los contenía en grado superlativo. Ocupaba mi espacio de tal forma que me expulsaba de ahí, lanzándome a nuevas y desconocidas dimensiones. En ese momento, en el que reconocí el verdadero motivo por el que me irritaba, pasé a adorarlo: sentía que estaba dando su vida por mí.

—Y si tan cobarde eres, entiendo que desapruebas que haya empezado a trabajar para Quinto.

Él asintió y yo lo tomé como la confirmación de que había elegido el camino correcto. Aun así, seguí el juego:

—Pero fuiste tú el que me hablaste mal de Pep, y también el que me animaste a perseguir mi ambición, a abandonar los rígidos caminos de una profesión para entregarme a un objetivo superior.

—Quizás me excedí, entonces. Podías dejarle, pero no por un amigo suyo.

—Al contrario, los dos trabajos se complementan. No hay exclusividad. Conocer por dentro la discoteca me ayudará a darle difusión. Además, aún soy joven, ¿no crees que es el momento de abrirme tantas puertas como pueda?

—Josefina, los jefes son gente muy sentimental. Como actrices en el declive de su carrera. Están todo el día expuestos y su principal necesidad es que les quieran, pero al mismo tiempo sospechan que se les quiere solo por su estatus. Necesitan saber que les queremos por quienes son. Los oficios dan igual, ¿a quién narices le importan hoy en día los oficios? La incompatibilidad es entre ellos. Por Dios, ¡son dos hombres! Y si ahora mismo tú eres la única empleada de Pep, eso significa que eres la responsable de darle todo ese cariño. ¿Serás capaz de hacerlo si tienes que atender también los desvelos de Quinto? ¿Podrás estar atenta a los más precoces indicios de sus necesidades de ánimo o le obligarás a pedírtelo? Y Quinto hoy por hoy apenas te requiere, pero si tu lugar en Rubik crece, pronto demandará todo de ti. Tu actitud, perdóname que te hable con esta franqueza, está siendo egoísta. Esto no es un reproche, como comprenderás, solo una advertencia. Pero es que también estás siendo miope, y esto sí es un reproche. Nadie puede aspirar a satisfacer a dos jefes si de verdad quiere ser importante para ellos, que es el primer paso para ser importante a secas. Y ese es tu objetivo, ¿no?

Yo perseguía, y cada vez con más determinación, la valentía en mis decisiones, pero en esta tesitura ¿de qué lado estaba la cobardía y de cuál el coraje? Pasé unos días atolondrada. Seguí haciendo cosas para Quinto, pero intentaba que nadie más me viera, no me empleaba a fondo e incluso me sentía mal si me elogiaba. Yo tenía claro lo que quería en la vida: llegar lejos, pero acababa de darme cuenta de que no tenía ni idea de qué significaba eso. Nunca me había imaginado cómo sería llegar hasta allí, ni dónde estaba ese lejos ni, mucho menos, qué peajes estaba dispuesta a pagar. ¿Serían los estupefacientes, que ya me habían cambiado para siempre? ¿Me había convertido en un ser amoral que no respetaba a sus jefes? ¿Era ya, a mis veintitrés, una descreída?

Una tarde que el techo bajo de la cava se me venía encima, devorada por el remordimiento y la inseguridad, decidí llamar a Pep. Me lo cogió la filóloga. Él había salido a hacer la compra y no tardaría en volver. Le dije quién era y pareció reconocerme. Mi corazón se reblandeció al entrar en contacto con la leche tibia del afecto. Pep le había hablado de mí, justamente a ella, mi máxima rival para liderar el porvenir de la empresa. Le pedí la dirección. Me abrió una de las hijas. Pep había llamado para decir que finalmente cenaría fuera. Ella, dijo, era Nuria. Media melenita, rasgos afables y cara de promesa. Incluso en ropa de andar por casa estaba guapa. Me obsesioné con que ya intuía lo que yo venía a contar y lo canté todo. Con razón mi madre me había ocultado su pertenencia a una organización clandestina. Yo la hubiera delatado a ella y a todos sus camaradas antes de que el torturador se presentara, si es que los torturadores se presentan. No había pasado de la puerta y ya le estaba hablando de mi cándida infancia en Tibi, de mis traumáticos inicios en Ibi, de cómo conocí a su padre en Sueca, de mi implicación en Malferit, mi sucia jugada con Quinto y la Rubik y de lo mucho que sentía haber rivalizado con ella por el control de la empresa. Nuria me escuchaba, cándida y universal. Juraría que estaba mano sobre mano, pero ese puede que sea un añadido posterior, porque a mí me gusta mucho la Gioconda. Lo que sí estaba es inmóvil, y solo rompía su quietud para ir a encender la luz del descansillo cuando, cada lapso de uno o dos minutos, volvía a apagarse. Ni siquiera a oscuras callaba yo. Cuando acabé, más por ahogamiento que porque no tuviera aún cosas que confesarle, me dijo que no entendía por qué le contaba todo aquello pero que si se la había jugado a su padre ya podía ir preparándome, porque a ella una vez le había pillado la mentira de que se iba a pasar el fin de semana en casa de su amiga Angi, cuando en realidad se escapó con su novio a Peñíscola, y estuvo castigada tres meses. Su respuesta fue letal para mis nervios. Me preguntó si quería dejarle alguna nota a su padre y me dio un taquito de pósits y un boli. Me ofreció pasar pero preferí escribir en el descansillo.

—Cuando acabe, te vuelvo a llamar.

La cosa iba para largo y prefería estar sola. El tictac que pautaba la luz terminal del descansillo me hizo sentir que estaba en una película de acción y que afrontaba el momento crucial en que el protagonista tiene la oportunidad de desconectar la bomba y salvar al mundo. Pues bien, debo de ser el primer personaje en la historia del cine que se equivocó de cable. Eso significaría que ahora todos estamos muertos. Pero como aquello no era una película de acción, la única que morí fui yo. Bueno, claro, y tú conmigo.

No fue una nota sino una carta. Reproduje, encadenando unos pósits con otros, lo que acababa de contarle a Nuria, solo que con un añadido crucial: escribí que ya había abandonado mi colaboración con Quinto porque me había dado cuenta de que aquello podía dañar mi trabajo en Malferit y, más concretamente, dañarlo a él. Esperaba que eso bastara para hacerme perdonar y poder seguir mi carrera ascendente en la imprenta. No era verdad que hubiera dimitido, pero lo hice sin dilación esa misma tarde, para estupor de quien solo había sido mi jefe durante un día y quien, a decir verdad, tampoco pareció darle demasiada importancia. Al acabar de escribir, llamé de nuevo a la puerta y le entregué a Nuria mis notas de expiación. Esta vez, sin embargo, había algo diferente en ella. Mostraba su otro perfil, el izquierdo, que antes había quedado cubierto. La media melena allí se interrumpía casi en la raíz y dejaba al descubierto un azulejo de pelo rapado y teñido de azul. Visto desde aquel flanco su aspecto cambiaba por completo. Su sonrisa ahora parecía más bien sarcástica. Fue una revelación. Aquella joven rebelde no podía querer quedarse el negocio familiar. Un nuevo mundo se abría ante mí. Tan segura estuve que me atreví a preguntárselo a bocajarro:

—Nuria, tú no estás interesada en hacerte cargo de Malferit, ¿verdad?

Me dejó ver unos segundos más aquella sonrisa diabólica y me dio un portazo en las narices. A mí ahí ya me daba todo igual. La realidad me parecía una habitación acolchada donde yo podía rebotar felizmente, ajena a todo mal. Y así, rebotando entre lucrativas ideas de futuro, volví a mi cava. Allí me dediqué a esperar una respuesta. Durante los días, miraba las nubes y adivinaba sus formas. Durante las noches, paseaba entre arrozales. En realidad no fue más de una jornada. Dos todo lo más. Pero se me hicieron largas porque en ellas mi ánimo zigzagueaba como un borracho volviendo a casa. Por momentos pensaba que Pep era un hombre exigente y temperamental, que aquella tímida intentona mía le parecería una deslealtad imperdonable, y que mi heroico gesto de redención caería en saco roto. Pero luego pensaba también que era un hombre cariñoso, presa de sus afectos, que sabría ver cuánto de entrega había en mi confesión y mi renuncia y que, en vista además de que su hija era una antisistema, yo era el mejor recambio generacional posible. En esas estaba cuando apareció Nuria en motocicleta. Con el viento de cara, su melena asimétrica le daba un aspecto un poco monstruoso. Me entregó una carta y se fue sin decir mucho.

Querida Josefina:
Dándole muchas vueltas a todo en las últimas horas, me he decidido a escribirte estas líneas. A pesar de que nos une un vínculo profesional, creo que somos de los pocos, entre los jefes y empleadas del mundo, que nos podemos permitir escribirnos sonando creíbles. Eso sí, como cuando andamos por ahí dando tumbos en bici, hoy no te escribe tu jefe, te escribe tu amigo.

Sé que mucha gente nos piensa como adversarios. Es normal, pero me preocupa, Josefina, que tú llegues a pensar lo mismo, atendiendo a lo que voy a decirte. Y aun así he de decírtelo porque me preocupa también que la imagen de Malferit salga dañada.

Agárrate porque viene una confesión fuerte: Malferit no me ha importado una mierda hasta que te conocí. Aunque aún no soy viejo, ya soy un tío malencarado. Caigo mal y mi fama me precede. Quizás por eso solo alguien puro como tú, llegada de quién sabe qué mágico e inocente lugar, podía confiar tanto en mí. Nunca te agradeceré suficiente el haberlo hecho. Pero no se trata solo de eso. He visto la cintura, la sensibilidad y la sutileza que has puesto en juego para sacarnos de los embrollos en los que mi mala leche nos ha metido. Has sido la avanzadilla allí donde yo no tenía valor para ir. Y, en definitiva, has contribuido a limpiar el nombre de Malferit cuando, en contra de lo que yo les había prometido a Chelo y a mi suegro, no había hecho más que pisotearlo. ¡Pero si incluso le confesaste a mi hija que fantaseabas con heredar la empresa! No se puede ser más tierna. Ni más trepa.

Pasar estos días al abrigo de tu ambición es lo que ha operado este profundo cambio en mí. Mi suegro siempre me viene con que la consideración de las imprentas está cambiando rápido en España, que antes eran vistas como un mero eslabón de la cadena, pero que ahora la gente se ha dado cuenta de que somos, en realidad, artesanos. Yo siempre pensaba que chocheaba, en cambio desde que te conozco he empezado a preguntarme: ¿y si el viejo está en lo cierto? ¿Dignificar el oficio no sería una bella tarea a la que encomendarme?

Ten por seguro que me esforzaré para lograr que Malferit se convierta en la imprenta de referencia en la Ribera Baja y, por qué no, también de la Alta. Y sé que pensarás que prescindir de ti solo me lo hará más difícil, y seguramente estés en lo cierto, pero no veo otra opción. Te lo comunico con la conciencia tranquila de saber que lo entenderás mejor que nadie. Nada, ni mucho menos tu bienintencionado y tardío gesto de abandonar otras ocupaciones, puede hacer que ahora te perdone. Mi obligación es transmitir a quienes nos miran la idea de que este es un oficio cualificado, no un trabajito de vacaciones con el que ganarse unas perras y que se puede simultanear con cualquier otro. Quiero una imprenta en la que tú, una de las personas con más talento y brillantez que he conocido, puedas trabajar con total entrega y dedicación. Pero para eso, para llevar la profesión a lo más alto y así convencer a los que son tan ambiciosos como tú, está visto que no puedo contar contigo.

Me preocupa, Josefina, la carnaza que le podamos dar a la clientela y a la competencia. Sabes como yo que piensan que soy algo impulsivo y que por mi carácter los empleados no me duran ni un mes. Pero falta poco para que a ti te vean como una medradora sin escrúpulos. Sabes como yo que alimentar estos dos estereotipos sería perjudicial para ambos, y que de algún modo van de la mano. Es decir, que tenemos la oportunidad de no andar diciendo cosas inapropiadas. Nosotros, que hemos cabalgado codo con codo por las carreteras con más accidentes de la comarca, sabremos estar a la altura. Tú y yo no hemos sido tan solo un caballero y su escudera, ni un amo y su lazarilla, somos algo más que eso.

Te admira,

Pep

Cerré el sobre decidida a no dejarme atrapar por la melancolía. En cierto modo la carta era la consumación de una decisión que yo misma había tomado unos días atrás, cuando atendí a mis instintos. Pero la realidad era que sí estaba presa de la melancolía. De una melancolía torrencial. Mi mundo se había vaciado. Pep aparecía en mi memoria como un dibujo, con una circunferencia por cabeza y un cuerpo rectangular, dos rayitas como brazos y otras dos más largas por piernas. Y a su paso todo se deshacía hasta quedar reducido a una realidad tullida. No podía volver a visitar a Quinto, me repudiaría. Y no podía mirar hacia delante porque delante de mí no había nada. Solo podía huir. Eso sí, no dejaría a Craso a su suerte, equivocado como estaba en todo o casi todo. Le propondría empezar de nuevo en algún sitio, lejos de la Ruta y sus desmanes. Nunca he experimentado un vínculo de afinidad tan fuerte como el que sentí ese día por mi amigo. Los dos habíamos luchado por abrirnos paso en aquel tumulto de hedonistas, habíamos renunciado a nuestras ideas y nuestros gustos, pero aun así su realidad nos expulsaba. A algunos les parecerá que bajo aquella renuncia latía, al fin, un prejuicio, que mi retirada dejaba al descubierto mi rechazo por aquel mundo indisciplinado. A esos les diré que no es verdad, aunque un poco sí lo sea. Y no lo es porque mi rechazo no fue fruto de mis prejuicios, que siempre estuvieron ahí. Mi rechazo fue por despecho. Ese mundo me despreció a mí más de lo que yo podría nunca despreciarlo a él. Y eso le duele a cualquiera. Sentí alivio al pensar que me alejaría de allí. Tanto frenesí era demasiado incluso para una persona apasionada como yo.

Me di cuenta de que Craso nunca me había dicho dónde vivía. Pedí su dirección en la gasolinera y me sorprendió descubrir que vivía en una colonia de chalets. Llamé al telefonillo. Cuando una voz de mujer me preguntó quién era caí en que tampoco sabía el nombre de mi amigo. Me quedé bloqueada y la voz se cansó de preguntar. Eché a caminar calle abajo, pero tuve lástima de mí misma, ¿qué clase de vida iba a emprender si me dejaba vencer a la primera adversidad? Volví y cogí el toro por los cuernos:

—Hola, señora, soy la chica que antes se quedó callada.

—Lo sé. Te he visto por la ventana. —Me asomé por la reja de la puerta y, efectivamente, ahí estaba la mujer, saludándome a través del cristal.

—Busco a mi amigo Craso, pero es que no sé cómo se llama.

—Te abro.

Yo le fui a dar dos besos, pero ella me tendió la mano, eso sí, con una cálida sonrisa. Llevaba un delantal de flores muy bonito.

—Pasa. Joaquín me ha contado que muchos de sus amigos le llaman Craso. Tú debes de ser...

—Josefina. A lo mejor le ha hablado de mí.

La mujer abrió todavía más la sonrisa, lo que al principio interpreté como un sí, pero que bien mirado podía ser un no.

—Joaquín no está, pero avisó de que vendría a comer. Yo tengo la comida casi lista y siempre hago de sobra, así que puedes comer con él. Hay espaguetis con gulas y gambas. Acompáñame a la cocina, así me haces compañía.

Recorrimos un largo pasillo con muchos cuadros a ambos lados. La cocina era muy grande, con una isla en el centro y un ventanal que daba al jardín trasero, un poco como en las películas americanas.

—¿Quieres algo de beber?

—¿Vichy Catalán no tendrá?

Había dos neveras juntas, la de la izquierda solo para bebidas. Me tendió la botella y un posavasos.

—Joaquín me ha hablado mucho de usted —le dije.

—Me tiene mucho cariño.

—¿Mucho? ¡Muchísimo!

—Es que es un chico muy afectuoso. Ha salido buen crío.

—No sea modesta, será que lo ha educado usted muy bien.

La mujer se echó a reír.

—Yo me siento como de la familia porque llevo en esta casa muchos años, pero creo que lo que quieres decir es que el señor y la señora lo han educado muy bien.

Los colores se me subieron a las mejillas y con la misma aura maternal que había tenido desde el principio, la mujer me cogió del brazo y me llevó al salón. Allí, sobre la tele, había una foto en la que estaba Craso con su padre y su madre, que, efectivamente, en nada se parecía a la mujer que me había abierto la puerta. Estaban los tres delante de unas pirámides. La asistenta volvió a la cocina a terminar de servir la pasta, como si considerara que yo necesitaba unos instantes a solas frente a aquella información. Y así era. Estaba perpleja. Otra pared estaba cubierta entera por unas vitrinas que tenían libros en español y en inglés, y luego una preciosa enciclopedia en francés. Allí, sobre las repisas, había algunas fotos más, pero estas solo del padre: en una estaba con casco y traje en una visita a una plataforma petrolífera en alta mar, en otra cortando la cinta de una gasolinera Campsa, que no era otra que en la que trabajaba Craso, y en la de más allá era el tercero de una fila de hombres a los que iba saludando el rey Juan Carlos (mucho más alto que todos, por cierto).

No me costó atar cabos. El padre de Craso era un alto ejecutivo de Campsa. Y Craso había empezado como meritorio, sabedor de que le esperaba un futuro en las alturas. Los dos habíamos hablado tanto de que la única forma de llegar a mandar era conocer el negocio, pasar por cada tarea; pero lo que en mi caso era una idea, firme pero idea, en el suyo era un plan en marcha. Sus prácticas eran un teatrillo. Tampoco es eso. Un entrenamiento, solo que con la certidumbre de que luego iba a jugar. Qué digo jugar. Iba a ser el entrenador. El presidente. Y yo iba a proponerle que nos fuéramos lejos en busca de un futuro mejor. Me sentí ridícula. Estaba muy enfadada con él pero se me pasó enseguida. ¿Y si no había querido restregarme por la cara nuestra desigualdad? ¿Y si era yo quien no lo había visto? ¡¿Qué otro joven llevaba implantes?!

Todo se desmoronaba. Yo había estado preocupada por todo y por todos, ¿y de qué había servido? De nada. Esa era la respuesta que tenía que haberle dado a Pep cuando me preguntó que cuál era mi mayor ambición: dejar de preocuparme tanto. Todo el día preocupada por los demás, reaccionando a sus impulsos. ¡Yo!, ¡con los sueños que tenía por cumplir! Me dije que nada de lamerme las heridas, por mucho que se acumularan.

Volví a la cocina. La mujer no estaba allí, habría ido al baño o a la planta de arriba. Sobre la isla estaba la olla con espaguetis y un utensilio dentado para servir la pasta, que yo no había visto en mi vida. Me lo intenté meter en el bolso pero no cabía, así que lo llevé en la mano y salí disparada por el pasillo. Cuando fui a abrir la puerta, esta se vino sobre mí con demasiada facilidad. Al otro lado empujaba Craso, que estaba llegando a casa. Se sorprendió al verme.

—¡Josefina!

—Ya me iba.

—Pero ¿dónde vas con eso en la mano?

—A Madrid.

—¿Cómo...? ¿Y cuándo vuelves?

—No lo sé.

—¿Y el trabajo?

—Me han echado.

—¿Por qué?

Lo de Madrid lo había improvisado, pero sonaba bien. Nunca había pensado en ir allí. Compré un billete de autobús, decidida a descubrir qué tenía la capital reservado para mí. No quise responder a su última pregunta porque lo fácil era que me ofreciera consuelo y que increpara a Pep por haberse portado mal conmigo, pero yo sabía que el problema no era ese, el problema era que aún no había aprendido a volverme imprescindible.

III. Montalbán (de Córdoba)

La mañana en que llamaron para anunciar la visita del presidente del banco a Montalbán (de Córdoba) yo había salido a comprar altramuces. Fue una pena porque, uno, yo era la encargada de coger el teléfono y seguro que no causó buena impresión que no estuviera y, dos, esa llamada es de las que se producen una vez en la vida y me hubiera hecho ilusión atenderla, pero, cosas del destino, me había aficionado a pelar y mascar altramuces a todas horas. Fue una de las consecuencias directas de tener nómina: me di al picoteo. La otra fue hacerme un seguro Santalucía. En la oficina me insistían en que estaba ganando peso y yo, después de tantas estrecheces como había pasado, tardé en entender que lo decían como advertencia y no como halago. Pero, por más entusiasmo que pusiera en mis tareas, la jornada se me hacía cuesta arriba si no tenía una bolsita de altramuces en el cajón del escritorio. Al principio la ponía en la mesa, pero el director me llamó la atención porque, decía, daba mala imagen. Yo repliqué que siempre le ofrecía a los clientes, y bien que todos cogían, pero ya no me contestó. José Luis Pérez Ladra no discutía. Yo en su lugar habría hecho lo mismo. Dar una orden y pasar a otra cosa, sin justificarme ni buscar aprobación. Es decir, tener aplomo. Es decir, tener autoridad. Te acordarás de aquel primer ataque de autoridad que tuve en la discoteca New Bunker, bien, pues tardé en volver a tener otro. Yo, que ya sabía que tener autoridad es descubrir lo bella que es la vida. Tener autoridad es confundir la noche con los días. Tener autoridad es caminar con alas por el mundo. Tener autoridad es vivir con el corazón desnudo. Tener autoridad es ignorar el tiempo y su medida. Tener autoridad es contemplar la vida desde arriba. Tener autoridad es ver el mar con árboles y rosas. Tener autoridad es escuchar tu voz en otra boca. Tener autoridad es respirar el aire más profundo. Tener autoridad es confundir lo mío con lo tuyo.

Ya sé, la canción originalmente hablaba de amor, pero ya hay muchas sobre ese tema, y en cambio sobre la autoridad hay pocas o ninguna. No andar sometido siempre a la presión de tener que estar en lo cierto porque tu posición te asiste. Eso es para mí la autoridad. Una ayuda extra. Un pequeño empujón. Para no tener que pelear tanto. Para poder, ay, dormirse un poquito en los laureles. Pero me hago trampas al solitario. Porque la autoridad es lo que uno se gana después de haber estado siempre en lo cierto. Y yo, en cambio, ¿cómo he podido ser la que menos sabía en todos los sitios donde he trabajado? No me desmorono. He cambiado tanto de empleo... ¿Aunque de qué me sirve encontrar motivos que expliquen mi fiasco? Me sirve. A lo mejor tenía razón la compañera de la sucursal de Serrano, que me dijo «Josefina, tienes la ambición de un hombre». Creí que era un chiste.

No quiero que pienses que acabar en Montalbán (de Córdoba), cuando yo me iba a Madrid, fue una derrota. Aunque lo fuera. Porque Montalbán (de Córdoba) no es menos apasionante que Madrid. Aunque lo sea. También es cierto, y no es por presumir, que yo lo conocí en su tercer periodo de máximo esplendor demográfico. Déjame que te introduzca: el pueblo pertenece a la comarca de la Campiña Sur Cordobesa, subcomarca de Campiña Alta, partido judicial de Montilla. A finales de los ochenta Montalbán llegó a tener 4.500 habitantes, 58 menos que a principios de los 2000 y 255 menos que en 1940. Se trata de uno de los pueblos que mejor capeó el éxodo rural de los sesenta y uno de los que aún hoy conserva una de las tasas de paisanos de pura cepa más altas de España. «Montalbán, pocos llegan pero nadie se va». Es un dicho local. No es verdad, me lo inventé yo, ¿pero a que podría serlo? Debe de ser que no, porque alguna vez lo dejé caer y nadie me hizo caso. Cuesta entender por qué unas expresiones triunfan y otras no.

Uno de los motivos por los que nadie se va de Montalbán (de Córdoba) es su tasa de paro, históricamente la más baja de Andalucía. El campo mantiene ocupados a los montalbeños durante todo el año debido a la diversificación de sus cultivos. En septiembre se pincha el ajo, auténtico símbolo local. Inmediatamente después viene la campaña del verdeo de la aceituna, a la que seguirá la recolección. Luego la actividad se vuelca en las almazaras, donde se fabrica el aceite. Avanzada la primavera, arranca la recolección del ajo. Y en pleno agosto, cuando la actividad agraria cae a mínimos, se recoge la uva, que se trabaja en la pasera. Así que permíteme que repita la palabra: di-ver-si-fi-ca-ción. Me apunté la idea por si tenía ocasión de aplicarla en algún otro ámbito.

Las cifras de Montalbán (de Córdoba) brillan si se las compara, por ejemplo, con Montalbán (de Teruel), una localidad que en los últimos cincuenta años ha perdido la mitad de su población. No puedo decir que hubiera rivalidad entre ambos pueblos, pero no me negarás que la comparación se hace sola. Mi Montalbán, el que me vio dar algunos de los pasos más importantes de mi carrera profesional, se halla en la depresión del Guadalquivir. Allí corona una montaña rodeada por dos arroyos: el de Chorreras de Orejón y el de Pedro Bascón. Desde lo alto se pueden ver olivos, viñas y ese «mar de cerritos» del que hablaba el mayor poeta local y alcalde del pueblo durante dos meses, don Eloy Vaquero. Muy al contrario que don Eloy, los que vendrían después, en democracia, habrían de ser alcaldes de izquierdas. Pero muy de izquierdas. Como puedes ver, por tanto, mi misión allí tenía algo de quijotesco. El banco me enviaba a un pueblo comunista a captar al máximo de clientes posible en un momento en el que nos jugábamos dar el salto a primera división o, por el contrario, caer en picado y desaparecer. Te preguntarás cómo una mujer que desembarcó en la capital con una mano delante y otra detrás, con la autoestima de un suicida y una sola muda en la maleta, llegó a encargarse de una misión tan importante. Ven que te cuente.

En Madrid alquilé una habitación en una pensión de la calle del Pez. Lo que de día me pareció una zona señorial, de noche se convirtió en una orgía de orín, jeringuillas y cristales rotos que explicaba, sin miramientos, por qué podía yo costearme aquella habitación con servicio de lavandería y plancha una vez a la semana. El tiempo, por cierto, que podía pagármelo, porque no me alcanzaba para más.

La primera vez que cogí el metro fue para ir a ver la Torre Picasso, que habían empezado a construir en 1982. Fui porque había oído que el arquitecto era el mismo que el de las Torres Gemelas. Aunque todavía estaba sin acabar, me gustó porque se veía el parecido. De hecho, eso es lo que le habían reprochado algunos: que la Torre Picasso era igual que otra que había hecho en Seattle poco antes, y que encima esta le había quedado chata y regordeta, pero a mí no me molestaba que fuera un poco copia con tal de tener edificios modernos en nuestro país. La gente tiene muy mal conformar.

Desde allí fui caminando a dos entrevistas de trabajo que había encontrado en el *Segundamano* y que estaban por la zona. En ambas torcieron el gesto en cuanto les conté mi currículo. De nada sirvió que pusiera énfasis en cómo había sabido regatear la perdición valenciana. Ahora estaba en la meseta. Allí si te equivocas le pides perdón a una puerta cerrada. Recuperé las enseñanzas de Pep: la verdad no es algo que necesiten escuchar, sino que les vale con que cumpla mis mentiras, como esa falda que algunas operarias de la fábrica se compraban una talla por debajo de la suya y que no era una falda, sino un compromiso para adelgazar. Yo estaba nerviosa. Ya acumulaba dos empleos, pero nunca me habían invitado a ese tipo de baile. En el escaparate de una tienda de zapatos me di cuenta de que me había arreglado de más. Entré y me sinceré con la dependienta, que se apiadó de mí. Me llevó al baño, me borró el estropicio y me maquilló de nuevo. Me dijo que todas habíamos pasado por eso y me recomendó que no me pusiera nerviosa y que fuera yo misma porque era la única manera posible de gustar. Todavía no sé cómo pude hacer algo tan impropio de mí, pero antes de irme le dije que aquel era el consejo más idiota que había oído en mi vida. Es que fui incapaz de contenerme. Bien mirado, era la prueba de que nunca jamás hay que ser una misma. Para compensar le prometí que volvería a comprarle zapatos: le había echado el ojo a unos de ante preciosos y cualquier día me atrevía con el tacón.

En la sucursal del banco de la calle Serrano me entrevistó José Luis Pérez Ladra, pues el puesto era para ser su persona de confianza. Le caí bien desde el principio. Mis tareas como auxiliar de dirección consistirían en responder al teléfono, llevar su agenda y preparar las pólizas de crédito y los préstamos. Pero todas mis funciones quedaban subsumidas en una, tan titánica que daba ganas, tan hermosa que daba miedo, y que José Luis resumió inmejorablemente: «Cuando no esté, harás de mí».

Eso que algunas personas sienten cuando se echan pareja —que tienen que ser mejores que la exnovia del otro—, esa lucha contra el fantasma, estaba yo dispuesta a librarla en aquel puesto contra la anterior auxiliar de dirección. En su ausencia, sería un mejor José Luis Pérez Ladra de lo que lo había sido ella. El desafío me entusiasmaba. Pero los sueños, yo ya me lo he aprendido, se cumplen por partes y eso quiere decir que cuando ganamos un quesito a veces perdemos otro, y que el desafío, para los que hemos tenido que ajustar nuestros sueños a nuestros logros, es que cuando acabe la partida los hayamos tenido todos en diferentes momentos del juego. Digo esto porque, cuando ya estaba lista para librar la batalla, descubrí que José Luis Pérez Ladra, director de una oficina con hasta cuatro mil millones de pesetas en inversiones, una de las más importantes de la red, era de los pocos que tenía derecho a contar no con uno, sino con dos auxiliares de dirección. De modo que mi lucha por ser una buena José Luis Pérez Ladra no sería contra un fantasma, sino contra una persona hecha y derecha, sindicalista para más señas, varón y dos años más joven que yo. Le llamaban Modesto y todos mis esfuerzos por odiarle fueron en vano. Era un bendito.

Todos los días despachábamos de ocho a ocho y media, o a nueve si la mañana venía cargadita: nosotros informábamos a José Luis de cómo se presentaba el día, le extendíamos las propuestas de riesgos que tenía que firmar y él nos indicaba las cartas que debíamos redactar; si algo desbordaba su competencia, lo elevábamos a superioridad. Eso era sobre el papel. Pero, como comprenderás, yo ya no era una recién llegada al mundo de la empresa y sabía que lo importante no está en los cargos que uno ejerce, etiquetas a menudo abstrusas, sino en lo que se hace de ellos. En mi trayectoria en el banco, vi a directores de zona con más ascendiente que directores territoriales y a directores territoriales que le comían la tostada al director general de banca comercial, por dar solo algunos ejemplos. En mi caso, en cambio, las funciones estaban bien acotadas. Yo era la auxiliar de dirección, es decir, la pinche de José Luis Pérez Ladra. Yo no escribía las recetas, ni elegía el momento de echar los ingredientes, ni improvisaba las especias; yo era la que remueve las lentejas sin que se deshagan, la que echa un vasito más de agua para que se terminen de hacer, la que las prueba para ver si están buenas.

Cuando me incorporé a sus filas, el banco estaba inmerso en el mayor proceso de transformación desde su creación. Fueron los años en los que la banca pasó de ser un negocio familiar, de préstamo a la antigua usanza, a un sector especializado, al que empezaban a gustarle el riesgo y la expansión. Entonces, quiero recalcarlo, la gente no nos odiaba, salvo por las largas colas de las ventanillas. La productividad aún no lo era todo. Como José Luis decía, éramos un negocio de barrio. ¿Y qué vendíamos? La posibilidad de cumplir sueños. José Luis, por supuesto, exageraba. Era un nostálgico, pero a mí un poquito también me gusta dejarme llevar. Salvo cuando toca decir basta, por supuesto. A principios de los ochenta, para ser un alto cargo no importaba la formación, sino tener un padre en el negocio o venir recomendado. A mediados de la década, la situación se empezó a revertir y se priorizaba a los jóvenes que salían de las universidades. Belén, la apoderada de caja y decana de la oficina, les llamaba los Masters del Universo: «Están tan especializados que hacen falta tres para lo que antes hacíamos uno».

Los Masters importaron nuevos conceptos que ayudaron a modernizar nuestra percepción de la oficina —como *back office* y *front office*— y capitanearon la reconversión de las sucursales de espacios administrativos a centros orientados a la función comercial. La mayor parte del personal —algunas llegaban a tener noventa personas— pasó al Centro de Proceso de Datos y los pocos que quedaban se debían a la captación de clientes. Aquellos fueron los años en los que se empezó a diferenciar las oficinas por su volumen de negocio y en los que un programa informático permitió distinguir a los clientes con los que se ganaba dinero y con los que se perdía. Para los primeros se creaban carteras que comprendían doscientos cincuenta clientes cada una, con un gestor al frente, mientras que con los otros se hizo una carpeta llamada «mercado masivo», una especie de fosa común donde iban a parar aquellos a los que el banco quería quitarse de en medio. También dividieron los sueldos en la parte fija y la variable, una hermandad fratricida en la que la segunda no paraba de engordar a costa de la primera.

Aristóbulo Sin era el máximo exponente de los Masters. Tenía furor renovador. Podía darle la vuelta a las cosas tantas veces que acabaran por estar como al principio, pero eso era mejor que dejarlas como estaban. Ese era su lema. Los demás le tenían miedo porque decían que, tras su paso, el banco quedaría irreconocible, pero nadie podía negarme que era al que mejor le caían los trajes. Mis compañeros decían que, como yo era una recién llegada, me daba igual que nos lo pusieran todo patas arriba y que me había dejado engatusar por la buena percha y las formas de lord que aquel se gastaba. Lo cierto es que a mí nunca me ha gustado juzgar a las personas por su físico, ni por sus actos, sino por sus aportaciones, que es distinto, y en eso era difícil ganar al señor Sin. Mi jefe no pensaba igual y yo tuve que aprender a esconder mi simpatía para no afligirle. Porque no lo he dicho, pero José Luis Pérez Ladra era muy dado a afligirse. Se me deprimía a las primeras de cambio. No tanto. Tenía sus días. A veces cogía carrerilla y parecía que tenía fuerzas suficientes para levantar un puente él solito. Pero al día siguiente el peligro era que saltara por él. Nunca se enfadaba, pero si le dabas un disgusto se quedaba de un mohíno que te partía el alma. Con las orejas bien pegadas, pero largas, la papada en acordeón y los cachetes colgantes, José Luis tenía cara de perro pachón. También es de justicia decir que el hombre padecía una enfermedad respiratoria; una pesca, la verdad, porque teníamos que estar todo el invierno con las ventanas abiertas y sin calefacción, que el pobre no la aguantaba. Tratábamos de hacer un apaño con estufas eléctricas y yo, que soy muy friolera, echándome también una mantita por encima. Pero daba igual, hacía siempre un frío del demonio y todos le odiaban por eso. Yo le maldecía igual, pero para mis adentros, porque él no tenía la culpa. Y Modesto, estoy segura, ni eso. Alguna vez José Luis se mareaba, y esos días, en los que teníamos que ponerle en un sillón junto a la ventana, yo un poco me alegraba, a pesar de su sufrimiento, porque sabía que los demás, al verle pálido y medio ido, se avergonzaban de la tirria que le tenían. La gota que colmó su vaso de lágrimas vino por ahí. Un día de los que volvía deshecho de sus reuniones periódicas, precisamente con el señor Sin, me pilló en la oficina a las tres en punto de la tarde, con todo el mundo ya recogido y yo muertita de hambre. Me faltaba un informe por cerrar y más me hubiera valido dejarlo a medias.

—Josefina, estamos jodidos.

Su «estamos» fue definitivo para que asumiera que me tocaba quedarme. En la taquilla tenía pan y encurtidos para hacerme un sándwich, pero José Luis ya me había regañado una vez por aprovechar el descanso del café para irme a hacer la compra (que no me pillaron por echarme de menos, sino por mi afición al cabrales, cuyo aroma al final de la mañana había convertido la oficina en un mercado de abastos), así que tendría que pasar mi pequeño ramadán. Huelga decir que aquel *nosotros* en realidad no existía. Una vez que yo tenía mi plaza, si a él le iba mal, llegado el momento, me bastaba con dar un tímido pasito a un lado, demostrando que mi lealtad a José Luis tenía límites, para que el señor Sin me encontrara un hueco en otra oficina. Esa posibilidad no me desagradaba porque yo venía advirtiendo que mi jefe andaba de retirada. No era el mismo del principio. Aunque al del principio yo apenas había llegado a conocerlo. Modesto me había hablado de él. Era el José Luis que llegaba el primero y se iba el último. El que arengaba a la oficina. El que le presentaba al director territorial unos resultados asombrosos. Al que llamaban desde presidencia cuando querían pedir opiniones sobre el terreno. Ese José Luis se fue quedando mustio cuando entré yo. Pero eso fue solo coincidencia. Lo importante es que por entonces empezaron las obras de remodelación de las oficinas más simbólicas de la red, para homogenizar el diseño, darle más metros al hall y modernizar las instalaciones. Durante los tres meses de la reforma, José Luis tuvo su despacho inhabilitado. Al pobre le pusieron una mesa entre la de Modesto y la mía, y aquí rompo una lanza en su favor, porque yo creo que le podían haber puesto en un sitio un poquito mejor. El hombre que estaba detrás de la remodelación era Aristóbulo Sin. Desde que fuera nombrado director general de banca comercial, en sustitución de uno de esos a los que le comían la tostada, no dio tregua. Yo acudí, como auxiliar de José Luis —que me prefería a Modesto para la tarea de tomar notas—, a la presentación del señor Sin ante los directores de oficina de Madrid. José Luis insistió en que no pasaba nada porque llegáramos diez minutos tarde, que allí siempre iban con retraso, pero maldita la idea porque el señor Sin, al contrario que su antecesor, era de puntualidad septentrional. Yo estaba muy emocionada con ver el lugar donde se reunía el sanedrín, pero ya me dijo José Luis que qué sanedrín ni qué narices, que los directores de oficina eran unos parias dentro del banco, y en cualquier caso no pude fijarme en nada porque entramos con la cabeza gacha y haciendo gestos mudos de disculpa. A José Luis no le quedó otra que sentarse en primera fila, para no hacer levantar a nadie, y a mí irme a la última del espacio reservado para auxiliares. La charla estaba avanzada:

—Tenéis que transmitirles a vuestros clientes que están de suerte: ya no tendrán que decidir adónde va su dinero. El servicio que hasta hace poco estaba al alcance de unos pocos, la banca de inversión, va a llegar a todos. Las decisiones ahora las tomaremos nosotros.

—¿Y no les asustará perder el control? —preguntó un asistente.

—Cuando vean las ventajas fiscales que prepara el Estado, estarán encantados de perder el control. De todos modos, os veo preocupados por los clientes. Dejadme que os pregunte una cosa: ¿quién creéis que es la competencia de nuestro banco?

Cada director dijo un banco, pero a todos negó Aristóbulo. Él mismo ofreció la respuesta:

—La competencia no son los otros bancos. La auténtica competencia es el cliente.

Desde su silla, José Luis debió de pensar que no había entendido bien, porque intervino con un cierto candor, como si no estuviera ejerciendo el papel del rebelde que contradice al profesor en el primer minuto de la clase.

—Pero el cliente es el centro de nuestro negocio. Si tenemos buena relación con el cliente, el cliente trae a sus padres, a sus hijos, a sus amigos. Y para desarrollar un trato personal, tenemos que conocer a su familia, visitarlo en su trabajo, comer con él.

El señor Sin descendió de la tarima y se acercó a la posición del interviniente.

—Disculpa, como no estabas en las presentaciones, aún no sé tu nombre. ¿Me lo dirías, por favor?

—José Luis.

—Bien, no quiero volver a oír lo que acaba de decir José Luis. Nunca. El cliente es un limón: lo abro, lo exprimo y lo tiro. Mientras yo esté al mando, se acabaron las comidas con clientes. ¿Por qué creéis que el cliente os hace regalos? Porque quiere seduciros, engañaros, extorsionaros. El cliente siempre os va a decir lo bien que os sienta la corbata, los kilitos que habéis perdido en el gimnasio y lo guapos que salen vuestros hijos en la foto. Bien, *I've got news:* la corbata sigue siendo gris, el pantalón no os abrocha y vuestros hijos arrastran vuestra misma cara. Dejadme que os haga otra pregunta: ¿cuántas veces han entrado a robaros en vuestra oficina? Diréis tres, cinco, diez. Cifras muy optimistas. El cuarenta por ciento de los que entran cada mañana por la puerta de vuestra oficina viene a robaros. Yo también he estado en una sucursal. Y he sufrido atracos con pistola. Pero nunca me han temblado tanto las piernas como cuando han venido a atracarme los clientes con sus flirteos y agasajos. Os lo digo: auténticos ataques de pánico cada vez que un simpático cabeza de familia me da los buenos días, porque detrás de su mediocridad late una ambición caníbal. El de la media en la cabeza solo quiere el dinero de la ventanilla para meterse un pico, pero el de la sonrisa amable y «qué tal va el día» os puede dejar un pufo que os cueste el puesto. Y nos acercamos al quid de todo esto. Sé que lo sabéis, porque lleváis más años que yo en el sector, pero dejadme que os lo recuerde. Son dos cosas. La primera es que el cliente solo quiere vuestro dinero. Pero es que el dinero no es vuestro, es del banco. El dinero es lo más jodido que hay porque todo el mundo lo quiere, y a vosotros os pagan por custodiarlo. La segunda es que en realidad no os pagan por custodiarlo. Ni por prestarlo. Vuestro deber es multiplicarlo. Y para eso, creedme, es mejor que no tengáis una relación personal con el cliente. Para que podáis decirle que no conseguirá la máquina cortacésped que tanto le gusta. Para que podáis decirle que no conseguirá esa casita que ha visto en la playa. Y para que podáis decirle que sus hijos se quedarán sin ese viaje a Disney World que ya han hecho casi todos los de su clase. Porque decirles que no, si os habéis interesado antes por ellos, si habéis conocido a su familia y, en definitiva, si habéis trabado eso que se llama una relación personal, decirles que no sería despiadado. Y yo no quiero trabajar con empleados despiadados.

Todos guardaron silencio salvo José Luis, que volvió a la carga con su tono de no estar volviendo a la carga:

—Tal y como yo lo veo, el dinero es como el estiércol: de nada sirve si no se esparce. En mi oficina hay muy buenos clientes, con fantásticas ideas. Si les damos crédito, y sus negocios prosperan, nos vuelve multiplicado. Es la única manera de generar empleo: que el país crezca y con él nuestras carteras de clientes.

—José Luis, en este banco lo cuidamos todo: desde el aspecto hasta las metáforas. No vuelvas a decir que el dinero es como el estiércol, por favor, que no somos el ejército de Pancho Villa —los demás directores de oficina se rieron—. Y, además, aquí no repartimos nada.

—Yo decía esparcir, no repartir.

Desde fuera, pude ver lo ridículas que resultaban esas precisiones y me prometí no hacerlas nunca más.

—Por supuesto que tenéis que prestar el dinero, es el mal menor al que nos enfrentamos. Pero tenéis que prestarlo bien. O de lo contrario...

—Claro, ese es nuestro trabajo y sabemos hacerlo. Lo que pasa es que creo que quieres transmitirnos un mensaje, pero escucho una cosa y su contraria, y querría irme de aquí entendiéndolo bien. Perdona que te lo pregunte de un modo directo: nos estás pidiendo que demos más fluidez de crédito que antes, ¿no?

—¿A ti te gustan los Beatles? —José Luis asintió con desgana—. A todo el mundo le gustan los Beatles. A mí me gustan los Beatles. ¿Y te has parado a escuchar sus letras? *Oh, yeah, I'll tell you something, I think you'll understand, When I say that something, I wanna hold your hand.* Y luego: *I wanna hold your hand, I wanna hold your hand* y, una vez más, *I wanna hold your hand.* De parvulitos. Pero es que hay que escuchar también la música. Es ahí que se vuelven geniales y dan ganas de quitarse el traje, soltarse la melena y salir a bailar. Pues bien, José Luis, si quieres bailar, no te quedes solo con la letra de lo que aquí se ha dicho. Préstale atención a la música. Hasta aquí por hoy, que tengo otra reunión. Y no me tengáis en cuenta los excesos. Estáis todos muy guapos y me consta que vuestros hijos también lo son. Aprieto solo para que se os queden mejor las ideas. Nos vemos el mes que viene.

Recogí mis bártulos tan rápido como pude y me despedí de las otras auxiliares. Me acerqué a la primera fila. A José Luis Pérez Ladra se le había trabado la chaqueta, que había colocado cuidadosamente sobre la silla, con algún tornillo del respaldo. El señor Sin estaba cerca, despidiendo a los empleados, y yo me puse nerviosa, un poco porque el señor Sin me ponía nerviosa y otro porque temía que José Luis se llevara otra tunda (una no puede permitirse el lujo de perderle todo el respeto a su jefe en un solo día). Pero para mi desgracia fue el propio José Luis quien se acercó al otro. Para disimular el ataque de pánico, me concentré en liberar la chaqueta.

—Aquí en España nadie tiene máquina cortacésped. Deberíais, al menos, traducir los ejemplos.

—Disculpa, pero ahora, al verte más cerca, he tenido un flash back. Nos conocemos. ¿Estoy en lo cierto?

—Hemos coincidido en alguna reunión.

—Pero esta es la primera.

—No me refiero al banco.

Yo carraspeé, para que supiera que estaba lista, y sostuve su chaqueta en el aire, ayudándole a meter primero un brazo y luego el otro.

—Entonces, ¿dónde? —preguntó el señor Sin.

—Fuera.

—No seas misterioso, José Luis.

—Bueno, nos vimos en...

—Ven, vamos saliendo. ¿Te importa? No me gusta fumar en interiores. —Aristóbulo invitó a José Luis a que pasara él primero y, al hacerlo, detectó un enganchón en el bolsillo de chaqueta—. Pero, hombre, ¡vaya faena! Si quieres te paso el número de un sastre que a mí me ha salvado algunas prendas valiosísimas. No se lo digas a nadie, pero soy un fetichista de la ropa. Y una vez que me encariño, soy capaz de cualquier cosa con tal de no tirarla. No lo dirías, ¿eh?

—La primera vez fue hace unos años. Nos vimos en un par de cenas del partido. —La cara de Aristóbulo abandonó de golpe la expresión relajada—. Bueno, eran las cenas que organizaron algunos del partido con los clubs liberales. Luego hemos coincidido en algún acto de los que montó Garrigues.

—Claro, cierto, cierto. No me acordaba.

—Es que cuando el discurso es bueno hablo poco.

Salimos del edificio y el señor Sin se encendió un cigarro. A mí se me puso el estómago patas arriba cuando, al

146

otro lado de la puerta giratoria, divisé al presidente de la entidad caminando hacia nosotros. No le había visto nunca antes en persona, pero le reconocí por el enorme retrato al óleo que colgaba en el vestíbulo y por el enjambre de colaboradores que le acompañaban.

—Veo que ya os conocéis. ¿De qué hablabais?

Por el rictus envarado de Aristóbulo deduje que no quería que se conociera su antigua adscripción a un partido ni sus sintonías políticas. Me sorprendió, porque haber simpatizado con el centro liberal, o incluso colaborado de alguna forma, era lo habitual en aquellos círculos. Aunque es cierto que se rumoreaba que el presidente, una vez que Felipe González había dejado claros sus límites poniendo a Boyer en Economía, había empezado a mirar con mejores ojos a los socialistas. Dado que el señor Sin se acababa de incorporar a la gran familia del banco, debió de parecerle que aún era demasiado pronto para levantar sus cartas.

—Hablábamos del giro copernicano que quiere darle el señor Sin a la entidad —fue la astuta fórmula que encontró José Luis para librar a Aristóbulo de un problema mayor, sin dejar de permitirse el gusto de meterle en uno menor.

A mí me emocionó ver a mi jefe en acción.

—Vaya, ¡conque copernicano! —exclamó el presidente.

—Copernicano no —aclaró Sin.

—¿Copernicano no? Creí que era la expresión que habías dicho ahí dentro. Desde luego la gente ha salido motivada para empezar a ponerlo todo patas arriba.

—Copernicano no es una expresión que utilice.

—Bueno, no te apures. Ya me explicarás en qué consiste esa pequeña revolución.

—En absoluto es una...

—Ahora tengo prisa.

A nadie pasó por alto el uso disciplinario que el presidente había hecho de la palabra «revolución». José Luis, según me diría después, llegó a pensar que aquel episodio

147

bastaría para moderar el ímpetu reformador de su adversario. El presidente era un hombre diminuto y letal, que había encontrado en la amabilidad perenne su forma favorita de ser cruel. Nadie le había visto enfadado, ni siquiera un mal gesto, de modo que todos sus colaboradores se veían obligados a rastrear sus intervenciones, como soldados de la Segunda Guerra Mundial que trataran de descifrar un complejo código secreto, pues la bomba había sido depositada, eso lo sabía todo el mundo, y corría el tiempo para saber dónde y cuándo explotaría. Aquí los dos lo tenían bastante claro. La bomba explotaría en el despacho de Aristóbulo al día siguiente, seguramente a primera hora de la mañana. Sin embargo, mientras el chófer le abría la puerta y él se introducía en el coche, el presidente emitió un último telegrama:

—Ah, y a Pérez Ladra cuídamelo, que aunque haya pasado una mala racha ha sido uno de nuestros mejores directores de oficina.

José Luis supo que, con aquella última frase, el presidente había querido dejar la partida en tablas. En apenas un minuto, había dado una muestra perfecta del que todos sabían que era su modo de dirigir el banco: alimentar la competición entre sus colaboradores sin dejar de atemperar sus ánimos para que siempre recordaran que, por mucho que ascendieran, nunca mandarían ellos. Aristóbulo y José Luis siguieron hablando un rato más por cortesía, pero ya sin ganas. Lo único que les apetecía era perder de vista al otro para dejar atrás cuanto antes la colleja paternal que cada uno acababa de recibir.

—Fina, ¿tienes hambre? Hay una cafetería aquí detrás que me gusta mucho. Te invito a merendar.

Además de un poco depresivo, José Luis Pérez Ladra era un rata de padre y muy señor mío. Muchos en la oficina no se lo tenían en cuenta precisamente por eso, atribuían a su habitual estado de apatía el que no estuviera atento cuando tocaba repartir la cuenta a escote. Pero vamos, que yo le he visto quedarse el último para recoger alguna moneda que los otros habían dejado en el platillo de propinas. Y que vengan a decirme que eso no es estar atento. Menudo cazador de perdices. No lo cuento por difamar, sino para que entiendas el gesto de buena empleada que fue aceptar su propuesta, cuando yo sabía que esa merienda la iba a acabar pagando servidora. Es verdad que hasta entonces a mí mis jefes venían invitándome a todo, y que no digo que tenga que ser así, pero un poco sí. Me llevó a una cafetería que se llamaba La Villa del Narcea y casi me da una lipotimia al ver los precios.

—Aquí hacen muy buenos pollos y macarrones para llevar. Cuando las reuniones se alargan, siempre me llevo una racioncita a casa y así me arreglo la cena.

La camarera que le oyó al pasar intervino:

—Hoy no tenemos, José Luis. La cocinera se nos ha puesto mala. —Yo, que me veía pagando la cuenta, respiré aliviada..., pero demasiado pronto—. Aunque me quedan unas croquetitas, que ya las tengo hechas.

—Hazme el favor, Sonsoles, que esta chica tendrá hambre —y dirigiéndose a mí—: ¿Qué te parece lo que has oído ahí dentro?

Yo no tenía todavía una opinión formada sobre los meandros de la banca, pero la actitud innovadora del señor Sin me parecía claramente el bando ganador. Aun así, asumí con deportividad que, por el momento, no trabajaba para él.

—Excesivo. Y con malas formas.

—Normal. Tú eres una chica de pueblo, Fina.

—Josefina.

Nos trajeron las croquetas y José Luis torció el gesto.

—¿No le gustan?

—Sí, sí. Están perfectas. Es solo que me pone un poco nervioso comerlas con las manos. Sonsoles debería saberlo.

—Descuide. Por favor, señorita, podría traernos un tenedor —alcé la voz.

—En realidad me pone nervioso que cualquiera las coma con las manos. Tanto aceite acaba manchándolo todo.

—Por supuesto. Yo también suelo comerlas con tenedor. No sé qué me ha pasado. Perdón, ¡que sean dos tenedores!

—Pequeños.

—¡Pequeños!

—Más cómodo.

—Dónde va a parar.

—Pero no te distraigas.

—No me distraigo.

—Acabas de aterrizar en Madrid y todo esto te suena a chino, pero Aristóbulo tiene razón en muchas de las cosas que ha dicho. —No podía entender la maniobra por la que yo me había cambiado de bando para acompañar a José Luis y ahora José Luis se cambiaba para no ir conmigo—. Él es un liberal convencido. Y yo también. De hecho, ¿te puedo contar un secreto?

—Soy una tumba.

—En realidad era una forma de hablar. Yo ya no aspiro a nada, así que no tengo secretos, pero allá va: yo soy republicano. Como De Gaulle, no como Largo Caballero. Y te explicaré por qué. Soy del parecer de que nosotros, los ciudadanos, trabajamos para los políticos. Estamos en sus manos. Ellos hacen un trabajo que, para hacerse bien, exige una cierta cualificación. Coincidirás conmigo en que político no puede serlo cualquiera. Pero luego, los que estamos cualificados, preferimos hacer otras cosas donde se nos ve menos y ganamos más. Ellos hacen el trabajo que muchos no queremos. Por eso hay que tenerles contentos. Y al rey, más que a nadie. Un presidente de la república sería más fácil de contentar. Y además es más higiénico. ¿Y qué va a hacer el bueno de Aristóbulo, el gran liberal formado en las mejores universidades norteamericanas, con este legajo franquista que es la monarquía? Pues aplaudir, como hemos hecho todos. Porque no queda otra. ¿Entiendes lo que te quiero decir? Le falta humildad.

La diferencia entre Aristóbulo y yo es que él es un soñador y yo ya no tengo años para eso. Perdí muchas fuerzas persiguiendo la utopía y siendo un radical de lo mío. Ahora bien, la pregunta es si me gustaría ver cumplirse el ideario liberal aquí en España. ¡Cómo no me iba a gustar semejante proeza!

Salvo por eso de que ya no tenía aspiraciones —que me pareció algo que yo podría solucionar—, oírle hablar así me reconciliaba con José Luis Pérez Ladra y espantaba los restos de la imagen decadente que me dio cuando lo conocí. Si esas eran las cartas a repartir, entonces yo sería la pareja de baile de José Luis, porque claramente Aristóbulo lo era de mi madre (salvando las distancias ideológicas). Yo tenía ambición, claro que sí, pero también miedo a la frustración, respeto al enemigo y la íntima convicción de que los sueños han de ser siempre asequibles. Y ellos, más bien lo contrario.

—¿Tú qué votaste en las últimas elecciones, Josefina, si te puedo preguntar?

Como no tenían Vichy Catalán, para cerrar la merienda tuve que pedir café y a mí el café me sube mucho. Al calor del radiador, la tarde me pedía abrirme como la concha de un mejillón, ser yo misma. Pero cuando mi lengua iba a pronunciar las siglas del oprobio, recapacité. Repasé brevemente la conversación, y las palabras que habían intercambiado el señor Sin y él a la salida y lo tuve fácil.

—UCD.

—Igual que yo. —Bingo—. ¿Y en las próximas, qué votarás en las próximas?

Aquí la cosa se complicaba.

—Suárez.

—Yo también. Votarle en la CDS no será la mismo, pero vale la pena por la nostalgia, más que otra cosa, ¿verdad? Siguiendo los pasos de Joaquín Garrigues, me inscribí en la Federación de Partidos Demócratas y Liberales. Mucho se habla de la división de los comunistas, pero de aquella había más partidos nuestros que suyos. Y así acabamos. Aun así éramos gente formada, que a títulos no nos ganaba nadie, y sensata. La mayoría estábamos a favor de la legalización del PCE, de los sindicatos y de la ley del divorcio. Te sorprende, ¿verdad?

—Mucho.

A mí aquello no me sorprendía, como tampoco me hubiera sorprendido lo contrario, porque tenía mis lagunas en el panorama político de la época, pero estaba dispuesta a regalarle mi sorpresa, mi estupor y hasta una parada cardiaca, si me la pedía, con tal de seguir avanzando en nuestra incipiente intimidad.

—Te lo voy a explicar. Digo estas tres cosas porque son las que sirven para discriminar a un auténtico liberal de aquellos a los que les gustan los aires de modernidad pero en cuanto llueve se refugian bajo palio. Yo siempre estuve a favor de la ley del divorcio por dos motivos, uno porque no se puede ir contra esas cosas y dos —aquí sonrió, dejando al descubierto su excesiva inclinación por el café y los cigarrillos—, porque más familias divorciadas supone más construcción de vivienda y más hipotecas. Respecto a la legalización del PCE, que no haya equívocos: soy perfectamente consciente de que el objetivo de los comunistas es la destrucción de una sociedad libre y que para ello tienen, en primer lugar, que liquidar la empresa privada. Además es un partido irreversiblemente totalitario, maestro en el arte del engaño y la propaganda... Pero creer que se elimina al Partido Comunista sencillamente porque no se le autoriza a usar su nombre es un grave error. Y la última cuestión: claro que es indispensable tener unos sindicatos obreros libres y fuertes que puedan ser interlocutores válidos. Ahora bien, es igualmente necesario que las organizaciones patronales tengan características parecidas. Así sucede en muchas democracias europeas y en la gran democracia americana. ¿Qué te parece?

—Que es usted un liberal de bandera.

—Y no te falta razón, pero eso no basta. En esta vida, el que va el primero de la manifestación es el abanderado. Pero el que va cien metros por delante es el tonto de la bandera.

—Sabio, pero ¿qué quiere usted decir?

—A ver, ¿qué quiero decir?

—Que usted es el abanderado y el señor Sin, el tonto de la bandera.

—Me conformo con lo segundo. Y tampoco le culpo. En los clubes liberales de los que él formaba parte ya demostraba esa determinación, ese arrojo. Los años le vendrán bien para retroceder los metros que le hacen falta. Nosotros... no hay más que ver la hostia que nos dimos en el 82. Hay noches en que tengo que dormir del otro lado porque todavía me duele —José Luis se rio de su ocurrencia y yo le seguí—. Pero a lo mejor él tiene más suerte que mi generación y llega a ser el abanderado de los liberales. Ahora estará pensando que tiene el viento a favor: desde Europa presionarán para que haya fusiones en la banca, para que liberalicemos los tipos y para promover los fondos de inversión, como él mismo decía. Pero aquí es todo más lento, el negocio le pertenece a seis o siete familias. Lazos de sangre. Y en Harvard, que yo sepa, a los de los másters todavía no les hacen transfusiones.

A mí me daba cierto pudor compartir mis ideas, porque era una recién llegada al sector, pero a medida que avanzaba la tarde, tan de tú a tú, tan de intimidades, sentía que la conversación demandaba que yo aportara un punto de vista ligeramente propio.

—No puedo estar más de acuerdo. Y aun así también un poco en desacuerdo. Soplan aires de cambio en Europa, bien: yo digo que los lideremos. No nos quedemos atrás. Usted formó parte de la primera generación de grandes reformadores de este país. Hizo frente a las resistencias de muchos poderosos. Ahora es el momento de una segunda oleada de reformas.

—Eso que dices está muy bien, pero te voy a contar algo que te ayudará a entender mejor dónde trabajas. Una vez el presidente nos llevó a comer a un reservado del restaurante Combarro. Estábamos el director general, el territorial, el de zona, una chica de banca de empleados y yo de particulares. Allí nos dijo muy serio: «En esta casa no nos gusta el riesgo. Hemos de ser siempre conservadores, más que el sector en general. Los bancos que fracasan es porque hacen malos préstamos». Ahora han fichado a este Aristóbulo, al que seguro que le han llenado la cabeza de pájaros en la universidad, y él le habrá venido con el cuento al presidente. Pero en esta entidad el presidente no es solo el presidente. Es una dinastía. Y para sobrevivir ahí, todos los que no somos parte de esa dinastía necesitamos dos cosas: no dejarnos llevar nunca por la ilusión y jamás pretender ser el primero. Ni el segundo.

—¿No destacar?

—No destacar. El primero es y será siempre de la familia. Y el segundo será el enemigo a batir. Al segundo le cortan la cabeza. Y a Aristóbulo le han puesto ahí para que llegue a ser segundo. Van a testar sus ideas, que, como te digo, son las mías, solo que yo ya he aprendido a renunciar a ellas. Pero, desde luego, no son las del presidente. Aunque él sabe que el signo de los tiempos le obliga a hacer movimientos. Aristóbulo ha dado muestras de no ser tonto. Sabe que le utilizan de conejillo de Indias y se cubre las espaldas.

—¿Por eso quería usted que el señor Sin explicitara cuál era su mandato respecto al crédito?

—Muy bien. Veo que nos entendemos. Yo estoy dispuesto a abrir la mano con los préstamos. Y más si nos van a imponer unos objetivos, pero necesito que haya una orden lo más explícita posible, un superior que me ampare. O de lo contrario la cabeza que rodará será la mía y no la suya. Por cierto, puedes tutearme.

Por supuesto, no hice tal cosa, porque me conozco y sé que empiezo con confianzas y acabo perdiendo el respeto, y también porque suponía que en sus momentos bajos un poco de ceremonia le subiría la autoestima. Pero mi ánimo estaba tan crecido que, por primera vez, no me importó pagar yo las croquetas y las bebidas. Y si hubiera habido pollo o macarrones, le habría comprado raciones como para un mes. Salí de La Villa del Narcea recreándome en la complicidad recién nacida entre nosotros y que tanto me ayudaba a ver claras, al fin, mis perspectivas de crecimiento en el banco: antes que pasar las pruebas para ser apoderada comercial, como había pensado en un primer momento, debía ligarme a José Luis Pérez Ladra. De Quevedo a Vallecas tenía un trecho, por primera vez cogí el metro sin miedo a perderme, gracias a que iba pensando en el privilegio que supondría conocer la entidad de su mano, aprovechar su experiencia y aprender de su astucia antes de volar en solitario. Hice los veinte minutos desde la parada hasta casa ajena a la tristeza que solía acosarme en ese paseo —los nombres de las calles al principio me parecieron muy divertidos, pero poco a poco se me fueron volviendo tristes: Payaso Fofó, Los Santos Inocentes, La Cenicienta, Fantasía— porque sentía que tenía algo más que un jefe, aunque todavía menos que un amigo. Tenía un tutor. Y, por primera vez en semanas, metí la llave en la cerradura sin que me importara encontrarme con Matilde, la dueña del piso, que siempre se quejaba de que no conseguía trabajo pero a la que en realidad no le hacía falta porque podía vivir con lo que yo le pagaba de alquiler. ¡Cuánto me había equivocado en la primera impresión que me había hecho de José Luis los primeros meses, cuando lo veía como un revenido señor de brasero y Lexatin diario! La segunda impresión, sin embargo, duró algo más que la primera pero resultó estar igual de equivocada. Solo la tercera —una mezcla con iguales proporciones de las dos anteriores— fue más ajustada.

Después de aquel primer tour de force —nunca he estado segura de cómo utilizar esta expresión que tanto me gusta—, Aristóbulo Sin ya no iba a olvidar el nombre de

José Luis Pérez Ladra. Lo tomó como el epítome de un mundo en decadencia que debía desaparecer. Esa expresión, «el epítome de un mundo en decadencia que debía desaparecer», no es mía, sino del propio José Luis, y nos la dijo a Modesto y a mí en una de esas cañas de después del trabajo a las que nos fuimos acostumbrando los dos auxiliares, primero con el entusiasmo del empleado que se ve convertido en el confidente de su superior y luego ya con las ganas de salir pitando que sobrevienen a cualquier alma de cántaro que escucha por quinta vez la misma letanía. Aun así, y esto dice mucho del cariño que le teníamos, nunca le sometimos al escarnio de tener que invitarnos. Pero, más allá de la querencia que tuviera nuestro jefe por cantarnos su estribillo, hay que decir que el señor Sin no estaba siendo justo con él al tomarlo de cabeza de turco. José Luis Pérez Ladra no era el estandarte de esa banca familiar, paternalista y no especializada que él quería mandar a galeras. Mi jefe era un hombre hecho a sí mismo, y la prueba de ello eran los costurones que le habían quedado al pobre, que unos días llegaba a la oficina, con su sombrero y su gabardina, que te recordaba a Philip Marlowe, y otros días, en la misma oficina, con el mismo sombrero y la misma gabardina, no pasaba de Colombo. Había nacido en Montalbán (de Córdoba), y con catorce años se fue a un restaurante de Sevilla a fregar platos, por la tarde se apuntó a una academia y se preparó una oposición a la banca. Aprendió contabilidad, cálculo mercantil, una pizca de cultura general y los puntos de la Falange. Aprobó y empezó a trabajar en la oficina de su pueblo. Prácticamente la abrió él. Más adelante ascendió y se mudó a Madrid. Ni se casó ni tuvo hijos —lo que siempre dio lugar a maledicencias, pero maledicencias que, dicho sea de paso, no eran de las que debían molestar al señor Sin—, así que no colocó a nadie en el banco. A su llegada también había querido cambiar las cosas, pero se topó con el inmovilismo y acabó acomodándose. A mí me daba un poco de pena que el señor Sin hubiera hecho de esa criatura en retirada «el epítome de un mundo en decadencia que debía desaparecer». Y si de esa pena alguna vez pasé a la rabia era porque el señor Sin, hombre bien vestido y mejor peinado, formado entre laureles, con la inteligencia de un filósofo y la audacia de un pistolero, en síntesis un santo de mi devoción, podía haber alcanzado la gloria financiera sin enfrentarse a epítome alguno, y menos aún a un epítome con severa y diagnosticada tendencia a la depresión.

José Luis aguantó estoicamente las primeras embestidas, lo que nos llevaba a Modesto y a mí, cuando nos las contaba en la oficina, a intercambiar miradas de felicidad a sus espaldas, pues debes recordar que mientras duraran las obras estábamos los tres en una mesa corrida, nosotros flanqueándole, como si fuéramos a darle sendos besos al ganador de la carrera. Pero nuestro jefe de ganador tenía poco. Y aquel primer momento de ímpetu, lo que yo di en llamar, para tratar de insuflarle algo de épica, «el espíritu de La Villa del Narcea», se perdió para los restos. De cada reunión con el señor Sin, ya fuera privada o grupal, volvía el hombre con el alma hecha jirones. A Modesto y a mí se nos encogía el estómago cuando le veíamos cruzar la oficina arrastrando los pies, saludar con un mortecino arqueamiento de cejas y dejar su gabardina en el perchero, incapaz siquiera de prestar atención al sencillo sistema de contrapesos que los demás seguíamos al colocar nuestros abrigos. A él siempre se le caían encima.

La primera vez que nos dijo que estaba pensando en dar un paso al lado casi nos da un infarto. Modesto me preguntaba si no estaríamos sobreprotegiéndolo y alimentando así su actitud derrotista. Y a mí me daban los siete males porque la sobreprotección es un problema de ricos. Que me hubieran preguntado a mí, cuando estaba a la intemperie, si quería que me sobreprotegieran. La última vez que José Luis volvió con la cantinela fue el día de marras, aquel en que llegó un poco más tarde a la oficina, Modesto ya se había ido y yo estaba sola ante el peligro. Para el recital que estaban dando mis tripas, la verdad es que no desempeñé un mal papel. Aunque tal vez algo menos de hambre, y por lo tanto de urgencia por acabar la conversación, no me hubiera venido mal porque por aquella intervención fui a dar con mis huesos a Montalbán. Un privilegio. Aunque tal vez no el que yo hubiera elegido. Como he dicho antes, todo vino por su problema respiratorio.

—Después de la reunión de directores de oficina, Aristóbulo me ha pedido que me quedara un momento. Ha sido directo, más bien despiadado. Tú ya le conoces. Dice que dentro del plan de homogeneización de las oficinas de la red entra la estandarización de la imagen de marca, la unificación de mobiliario y la imposibilidad de tener las ventanas abiertas. Me ha leído la normativa, que seguro que ha redactado él, bueno, él no, su secretaria, porque está tan especializado que lo mismo ni sabe teclear —José Luis olvidaba que yo le mecanografiaba a él todos los documentos, pero asentí igualmente— y había un punto, bien clarito, que decía: «Las ventanas al exterior quedarán selladas. Toda climatización de las oficinas será exclusivamente por vía de aire acondicionado o calefacción». Y tú sabes cómo se me pone la tos con la calefacción. Al parecer había una queja de una empleada de la oficina, que la tenían ahí muerta de risa, pero que le ha venido al pelo.

—¿Y qué le han ofrecido? Alguna solución le tendrán que dar.

José Luis, hasta entonces sentado sobre su mesa, se tumbó. Se quedó bocarriba, mirando al techo. Creo que porque allí estaban los conductos que traían la maldita calefacción que serviría para darle la puntilla. O a lo mejor porque se sabía muerto en vida.

—Me ha dado dos opciones. Por supuesto siempre podría ir a juicio. Y quién sabe, tal vez lo ganase. Pero no soy hombre de pleitos, y, quién sabe, tal vez lo perdiese. Me has dicho que Modesto se ha ido hace rato, ¿no?

—Sí.

—Entonces tendremos que estudiar nosotros las dos opciones. La primera es mandarme de vuelta a Montalbán, la oficina en la que empecé mi carrera. El plan de armonización de oficinas se va a implantar de momento solo en las grandes ciudades. Habrá una segunda fase para que llegue a oficinas de municipios de menos de diez mil habitantes, pero para entonces puede que yo ya esté criando malvas. En palabras del propio Aristóbulo, allí puedo tener las ventanas de par en par y como si me da por arrancarlas.

—No me convence demasiado. Escuchemos la segunda.

—Me ofrecen la prejubilación. La oferta es generosa, pero yo todavía tengo cincuenta y tres años...

Puestos a elegir, yo le iba a decir que sí, que la prejubilación no era tan mala opción, un poco por acabar con su angustia y otro poco porque su angustia redundaba en mi hambre. Y también porque a mis veinticinco abriles ya no era la jovencita del principio; conservaba el entusiasmo pero las energías no eran las mismas de antaño y me descubría a mí misma fantaseando algunas grises mañanas de lunes con el descanso prometido después de una vida de duro trabajo. Sin embargo, reculé en cuanto remató su frase:

—Mira, lo mejor es que la coja y me vuelva a Montalbán. Allí tenía un huerto, ¿sabes? Y cuidarlo es lo que me hace feliz.

La bucólica mención al huerto hizo que me subiera el reflujo. Imaginarme a aquel hombre, todo un director de oficina, la persona a la que yo debía encarnar en su ausencia —yo y Modesto, se entiende—, con unos guantes gruesos, un sombrero de paja y un rastrillo de puntas oxidadas, es que me abría las carnes.

—El huerto, el huerto..., un poco de huerto está bien, José Luis. ¿Pero huerto a tiempo completo? ¿Huerto de sol a sol? Te levantas un lunes y huerto para desayunar y huerto para comer. ¿Y para cenar qué hay? Huerto. ¿Lleva usted cincuenta años matándose a trabajar para que todo el fruto de sus esfuerzos se lo lleve un vulgar y desagradecido huerto?

—Cuarenta, no cincuenta. Y el huerto es muy agradecido. Más que este banco a lo que se ve...

—¿Dónde quedó el espíritu de La Villa del Narcea? ¿Las ganas de estar ahí para ver la caída de Aristóbulo Sin? Si se retira ahora, ¿sabe qué pensará cuando la vea en el periódico? «Oh, ha caído Sin, lo que me hubiera alegrado esta noticia en su día y ahora en cambio estoy aquí con mi huerto». Todo en lo que ahora cree habrá pasado a darle igual. Y créame, la indiferencia no se parece en nada a la felicidad. —Vi que se ablandaba, así que me vine arriba—: Me asombra tener que recordarle lo que usted mismo me ha enseñado, pero quizás no sea otra la función de una buena discípula. ¿No fue usted quien me contó cómo el general De Gaulle se retiró después de una derrota electoral a escribir sus memorias de guerra, para luego regresar y fundar la Quinta República, que presidiría durante nada menos que diez años? Y, créame, escribir sus memorias de guerra no tiene nada que ver con cuidar un huerto. Acepte el destierro, pero manténgase en activo, deje un pie en la organización para que mañana podamos volver. Montalbán será su isla de Elba.

—Ese fue Napoleón, Josefina.

—¿Qué?

—Que al que desterraron a Elba fue a Napoleón. De Gaulle se fue a Colombey-les-Deux-Églises, un pueblito francés en Haute-Marne, no lejos de París.

—Más a mi favor. Que Montalbán no es una isla y también está «no lejos» de Madrid.

—¿Tú me acompañarías en el periplo?

—¿Yo?

—Como has dicho «para que mañana podamos volver»...

Siempre he sido así: mi peor enemiga. Me pierde el entusiasmo.

—Por supuesto.

—No te arrepentirás. Al principio ganarás un poco menos, porque en Madrid los pluses son más altos, pero no te arrepentirás.

—Una pregunta: ¿no debería ofrecérselo antes a Modesto? Él lleva más tiempo en el cargo.

—Imposible. Él es sindicalista. Conoce demasiado bien sus derechos. —Pensé en mi madre, en sus ideales, y me juré que a la próxima me pillaban afiliada—. Pero allí tendremos más tiempo libre y podré ocuparme de tu formación. Te contaré todo lo que hay que saber en el negocio de la banca. Formaremos un equipo imbatible.

Y así, y muy en contra de mi voluntad, volví a entusiasmarme.

En Montalbán (de Córdoba) pasamos unos días muy felices. Los montalbeños me acogieron con un cariño que enseguida me hizo fantasear con llegar a ser alguien ilustre para disfrutar de entrevistas en las que agradecerles su simpatía. José Luis, al primer contacto con su tierra, reverdeció. Un poco como el niño que ha sido cogido en falta: enderezó la espalda, dejó de hablar para el cuello de su camisa y caminó derecho.

En aquel periodo, me enseñó todo lo que tenía que saber para ser una más del lugar. Me llevó a conocer el Mesto, un árbol centenario en cuyo interior los lugareños hacían pícnics. Me habló de las largas tardes de infancia que pasaba con su hermana tratando inútilmente de cazar rajaculos. Me contó que el autor de «Ese toro enamorado de la luna» era un hijo predilecto del pueblo y que era tradición en su pandilla acabar las noches de borrachera yendo a su balcón a cantársela. Y por las tardes, después de la siesta, íbamos a la Cruz del Calvario o a la de San Joanot, según el día, que allí era donde iba todo el mundo a tomar la fresca. Nos sentábamos, él con un rebujito y yo con mis altramuces y, entre saludos y conversaciones azarosas, iba ejerciendo su papel de cicerone:

—Los bancos aquí son vistos como intrusos y, si quieres sobrevivir, más te vale adaptarte a las reglas del pueblo, antes que pretender que el pueblo se adapte a las del banco. En la Central hablan de la comarca de la Campiña Sur, pero eso solo funciona en su cabeza. Cada oficina es un mundo y este, un pueblo aparte. Aquí lo de no implicarse con el cliente, que predicaba Aristóbulo, es una completa estupidez. Yo lo he vivido: se conoce todo el mundo y, si no le das a uno un préstamo para el tractor, esa misma tarde se lo cuenta a una cuadrilla entera de aceituneros, y esos a otra cuadrilla y esos a otra y a la semana siguiente te los encuentras a todos en el bar y no comparten contigo mesa porque no has querido ayudar al primero. En este pueblo más vale que trates igual al que conduce un Renault 5 que al que dirige una empresa con veinte camiones. Aunque ya verás que tampoco hay tantas diferencias. Aquí todo el mundo tiene doscientas mil pesetas en la cartilla y nadie pasa de sesenta millones. Todo funciona por cooperativas, la del pan, la del aceite, la del ajo...

A medida que le iba escuchando describir su pequeña utopía, y justamente porque yo también me veía capaz de dejarme arrastrar por ella, se me fueron encendiendo las alarmas. ¿Y si a José Luis, en su retiro, lejos de escribir sus memorias de guerra, le daba por hacerle poemas a los olivos y los aceituneros? Me puse nerviosa al imaginarnos como dos pastorcillos letraheridos, cantando nuestros amores en ese mar de cerritos y quién sabe si hasta robándoles a los ricos para dárselo a los pobres. Afortunadamente, José Luis Pérez Ladra no tardó en desmontar mi bucólica pesadilla haciendo lo que mejor sabía hacer: caerle mal a todo el mundo. Menos a mí. Y antes a Modesto, pero él ya no estaba con nosotros; le habían salvado del trance sus ideales. ¿Y qué ideales eran esos que siempre hacen que yo acabe enfrentándome a todo sola? ¡Me río yo de esos ideales! No, no me río. Son ideales valiosos, aunque no los comparta. Es solo que a veces me da rabia.

Aquellos aprendizajes sobre el pueblo, que José Luis me contaba ahora con tanta naturalidad, los había adquirido en realidad a sangre y fuego. El préstamo denegado para el tractor no era un ejemplo hipotético, como yo había supuesto en un primer momento, sino una de sus primeras y controvertidas decisiones como director de la oficina del banco de Montalbán (de Córdoba). Un resbalón con consecuencias. La causa de que sus vecinos dejaran de decirle Pepelu, como cuando era chico, y empezaran a llamarle José Luis. Ante el desprecio popular, y lejos todavía de la empatía que había ensalzado en su relato, José Luis se fue enrocando en la idea de que aquel pueblo estaba muy mal acostumbrado y que, tarde o temprano, tendría que pasar por el aro de cómo eran las cosas, porque ahí fuera —y ese ahí fuera no era necesariamente Madrid o Barcelona, ahí fuera podía ser mismísimamente otro pueblo de la comarca— las cosas eran muy pero que muy diferentes. Yo hubiera hecho lo mismo. No. Porque oponerme a todo un pueblo me queda grande. Yo me habría dejado llevar por la gente. Pero eso no quita que me hubiera gustado hacer como él. Al final el banco le reconoció su tenacidad y su capacidad de enfrentarse a todo el mundo y le promocionó, mandándole a Madrid. Y ahora que volvía un poco más encorvado y resentido con la Central, quería borrar sus errores del pasado. Y que alguien, tal vez en la cola de la frutería, como al descuido, volviera a llamarle Pepelu. Y así, en su afán por ser aceptado, se fue olvidando de los motivos que nos habían llevado hasta allí. Cuando yo traía, como por azar, el nombre de De Gaulle, ninguna chispa se encendía ya en los ojos.

Sin embargo, afortunadamente para mí, los montalbeños habían puesto su regreso bajo sospecha: ¿qué habrá hecho ese tan malo en Madrid para que lo manden aquí, tan corriendo que salió en cuanto pudo? Cuando le veían aparecer al final de la calle, le miraban con la misma simpatía con que se ve venir un peaje en la autopista. Sorprendentemente, aquel recelo nunca se hizo extensivo a mí. Los vecinos me ayudaron a instalarme en una casa recoleta, con patio enjabelgado; algunos días me traían pestiños o sopaipas y yo trataba de corresponderles con bolsas de altramuces y mi simpatía desatada. Eso hundía todavía más a José Luis, que veía crecer mi popularidad mientras la suya seguía estancada, aunque ni por desesperación era capaz de invitarse a una ronda en el bar.

En poco tiempo mi posición se volvió, como entenderás, en extremo delicada. Por un lado veía a José Luis renegando de la vieja mano de hierro con la que antaño había dirigido aquella oficina, no sabía si porque se había ablandado con los años y estaba ávido de amor fraterno, o porque su odio a Aristóbulo le había hecho enterrar su bandera de aguerrido liberal. Fuera por el motivo que fuera, a mí su actitud no me convenía en absoluto. Pero lo cierto era que si José Luis no recibía en alguna medida el reconocimiento de los suyos, amenazaba con deshacérseme en los brazos, con lo que mi caballo de Troya para ascender en el banco quedaría en nada. Hubiera hecho cualquier cosa por derivarle un poco del cariño que yo recibía tan alegremente. Pero ¿qué? El hecho de que yo nunca hubiera sido querida así por mis semejantes ¿no demostraba que yo desconocía las fuerzas que regían ese tipo de afectos?

En cualquier caso, nunca estuve segura de que José Luis me percibiera como una competidora a la hora de repartirnos el cariño del pueblo, porque su mira apuntaba más alto. En la oficina éramos tres. El triángulo lo completaba un viejo adversario suyo, Justo Ruz. Y qué pena, porque Justo, como Modesto, era un bendito.

Más de diez años atrás, cuando José Luis promocionó y se marchó a Madrid, pasaron por la oficina hasta seis directores que también sucumbieron a la particular idiosincrasia del pueblo, pero ellos sin ascenso a cambio, porque la entidad ya empezaba a estar cansada de aquella campera y diminuta república soviética. Después del sexto nadie quiso una plaza que olía a guillotina. Y eso que todos ellos habían contado con la providencial asistencia de Justo, oriundo de Montalbán, perfecto conocedor de sus vecinos, inmutable en su posición de subdirector. El director territorial sabía cuál era la solución a la vacante, así que un lunes madrugó más que de costumbre y cuando Justo se disponía a abrir la oficina le habló por la espalda. El factor sorpresa era crucial para que aquel hombre desgarbado y cetrino se aviniera a atender sus súplicas:

—Solo tú puedes hacerte cargo de esto, Justo.

—Yo estoy muy bien donde estoy.

—Ganarías más.

—No está pagado.

—Te pongo coche.

—Ya tengo.

—Te doy más vacaciones.

—Si a mí no me molesta trabajar. Pero con todo el respeto, ni muerto me hago yo director de oficina.

Lejos de lo que sus nombres sugerían, los cargos de director y subdirector no estaban separados por un peldaño de responsabilidad. Es más, no tenían nada que ver: mientras que el primero era el responsable de resultados y el cumplimiento de objetivos —su trabajo es comercial—, el segundo tenía una función meramente operativa: hacer transferencias, liquidar cuentas y, en definitiva, estar al servicio del cliente, más que vendiéndole, ayudándole.

—Te lo pido como favor personal.

—Además es que a mí no me gusta llevar traje. Y los directores de oficina están obligados por normativa. ¡Si es que ni tengo!

El director territorial le miró con detalle:

—Yo te doy uno que ya no me abrocha. Y basta con que te lo pongas los días que yo pase a supervisar. Te aviso antes.

Por pudor, Justo no quiso ver qué más sería capaz de hacer aquel hombre desesperado y se apiadó de él, aunque ya entonces sabía que se arrepentiría. Era como Modesto: bueno pero no tonto. El director territorial creyó ganada la partida y, aunque mantuvo sus promesas, acabó haciendo lo que le pagaban por hacer: transmitirles a los directores de oficina la presión que él heredaba del director general de banca comercial. Esto nos lo contó el mismo Justo a José Luis y a mí, en una cena que este último organizó a petición mía. Mi plan era sencillo: José Luis no podía seguir rivalizando con Justo porque tenía todas las de perder; en lugar de eso debía arrimarse a la insoportable —aunque merecidísima— popularidad de aquel para ganarse la simpatía del pueblo. Si la gente advertía que Justo le había cogido cariño, seguramente la animadversión cedería. Eso sí, me costó Dios y ayuda convencerle. Total, para que luego ninguno de los dos reparara en lo mucho y bien que me había arreglado, que no lo hice por gusto, sino para darles a entender lo que allí había en juego.

—Entonces, Justo, ¿no hay rencillas entre nosotros porque ahora ocupe yo el puesto de director? —dijo José Luis algo precipitadamente, justo después de conminarnos a que nos sentáramos y le dejáramos encargarse a él de todo.

—¿Rencillas? ¡Pero si fui yo quien renuncié! Me planté en las oficinas de Montilla y les dije que no aguantaba más. Siempre me estaban pidiendo cosas que no quería hacer, y siempre dando explicaciones y números.

No se había servido todavía el primero —un escaso plato de endivias— y el ánimo de José Luis ya se había desplomado. Yo tercié para corregir el rumbo:

—Es verdad que en el cargo de director, como en todo puesto de responsabilidad, uno se vuelve un poco rehén de sus superiores, porque les tiene que rendir cuentas, pero a cambio es en ese tipo de cargos donde se pueden cambiar las cosas.

Por la mueca de José Luis pude ver que nada de lo que siguiera al «pero» podía corregir el impacto de la palabra «rehén», que ya lo sabía yo mientras la decía, pero no me vino ninguna otra y es que ojalá pudiéramos escribir de antemano nuestros diálogos. Esperé una réplica suya que me permitiera deshacer el entuerto, pero se limitó a bajar la cabeza y aliñar —poco— las endivias.

—Pero ¿qué cosas quieres cambiar? —me preguntó incautamente Justo—. Si aquí todos los días es lo mismo.

—¿Me estás diciendo que no hay nada que se pueda mejorar?

—Mujer, siempre hay cosas.

—Pues a esas cosas me refiero.

Airada, me levanté de la mesa, cogí el plato de endivias y le puse a cada cual la que le correspondía. En vistas de que el desenlace no iba a ser el planeado, más me valía acelerar la cena y tener así la posibilidad de finiquitar la velada cuando lo necesitara. Pero todavía me resistía a darla por perdida.

—Esta endivia tiene una pinta deliciosa —comenté.

—Entonces, ¿me mandaron aquí fundamentalmente para cubrir tu ausencia?

El tono indigente de José Luis alertó a Justo de que aquella cena podía rematar el ánimo de su superior y reaccionó, ya fuera por su natural bondad o porque le aterraba suplir la baja por depresión.

—¡Pero si yo no les gusto! No ves que siempre estoy dándole la razón al cliente y enfrentándome a los jefes. Ellos necesitan que sea al revés.

Lejos de su intención original, el comentario terminó de derribar a José Luis, quien se excusó diciendo que iba al baño a orinar. Esa fue la palabra que utilizó, «orinar», cuando todos sabíamos que, dada la escasez de cerveza y de vino en la mesa y recién empezada la cena, lo único que podía expulsar eran lágrimas de desesperación.

Yo le di un pellizco a Justo que me salió del alma.

—Mira que los de izquierdas sois bienintencionados, ¿pero es que siempre tenéis que acabar haciéndonos sentir mal a los demás?

Yo sabía que Justo tenía de su lado el prestigio que da renunciar a un ascenso. Y conste que lo digo sin acritud. Que a mí me da envidia. Pero es injusto que ese mismo prestigio sirva para condenar a quienes van a por todas, como yo. O a quienes van a por todas a ratos, como José Luis. Este volvió del baño algo más recompuesto y sirvió el segundo: boronía, un guiso de habas y berenjenas que de primeras me pareció un recurso para no darnos ni carne ni pescado pero que estaba sabroso, y es que lo cortés no quita lo valiente.

—¿Te acordarás, Josefina, de lo que yo siempre te he dicho sobre el discreto encanto de la medianía?

—Claro —disimulé.

—Pues bien, estaba pensando ahí dentro que ni tú ni yo hemos sabido cumplirlo. Es Justo el máximo exponente, la versión más refinada, la prueba viviente de mis postulados.

—¿Y cuáles son esos postulados, si puede saberse? —preguntó el aludido.

—Josefina, ¿procedes tú?

—Usted lo explica mejor.

—Mi teoría podría titularse «Elogio del eterno segundo». Y consiste, Justo, en lo siguiente: siempre he considerado que un éxito de duración limitada conduce a la melancolía. Y el éxito es siempre de duración limitada, de modo que al final lo que deja es el recuerdo de los días intensos y gozosos, que seguramente no tengan parangón, pero su recuerdo siempre nos traerá un poso de nostalgia. En cambio, quien no ha conocido la excelencia en ninguna de sus formas nada tiene que añorar. Lo mismo que sucede con la notoriedad, que solo sirve para despertar envidias y afán de trascendencia. Este punto me parece muy interesante. En la época en que estuve en contacto con las figuras de la primera línea política, pude observar una cosa que quizás tú, Justo, con tus ojos menos maleados, ya habías advertido en la distancia, pero para mí fue novedoso.

—Adelante, adelante —le animó el otro.

—Siempre me pregunté cuál era el motor de aquella gente para soportar el acorralamiento de la prensa, los alfilerazos de los adversarios y las felonías de los propios, por no hablar de las maratonianas campañas con sus sudorosos apretones de manos. Esto no lo digo yo, por supuesto, lo decían ellos: los de UCD no gastaban la campechanía de los socialistas y, a excepción de Suárez, preferían conservar las manos secas y en sus bolsillos. Pues bien, su motivación no era el dinero, aunque les gustaba, como a todo el mundo, y tampoco el poder, o no el poder a secas. Su motivación era la posteridad. La posteridad era lo que les llevaba a pelear en los Consejos de Ministros cada miserable epígrafe de su ley, o a quedarse en el despacho hasta la noche, luchando por que el periodista de turno corrigiera un par de palabras desafortunadas de la última entrevista que habían dado. Nadie quiere salir como un tonto en el álbum de fotos de la gran familia española. Y todos suspiran por un recuadrito en los libros de texto: para ellos salir en ese prodigio de síntesis del que se valen nuestros enseñantes, y bien parado a ser posible, es la prueba absoluta de su éxito. No me digáis que no es un sueño bonito, por lo candoroso. Suárez lo tenía asegurado, los demás se lo jugaban cada día. Y era ese ímpetu enloquecedor el que los llevaba a tropezarse constantemente y obligaba al presidente a sustituirlos unos por otros hasta el punto de volverse indistinguibles y, por supuesto, perfectamente olvidables. Pues bien, frente a ellos, tenemos a gente como nuestro amigo Justo, que generosamente cede a la comunidad sus quince minutos de fama y asume, humilde, salvaje, feliz, que su memoria morirá con él.

Justo se había ido encendiendo y le vi yo en la cara que iba a responder airado, así que le arreé un suave puntapié bajo el faldón. Aquel hombre, tan acostumbrado a obrar por su cuenta y riesgo, tan pagado de la libertad que da la renuncia al éxito y tan enamorado en definitiva de ser el capitán de su calle, estaba dispuesto a quemar las naves ante nuestro común jefe, cuya teoría, es de justicia decirlo, no iba desencaminada, pero sí que había sido expresada con poco tacto. Justo entendió el puntapié y recordó, supongo, que nosotros dos éramos los floricultores del huerto interior de José Luis y que, si aquellas plantitas se nos mustiaban, las consecuencias serían igualmente desastrosas para ambos. Pero es que los hombres son apasionados e inmediatos, por no decir muy brutos, y lo de poner la otra mejilla, aunque sea para dar ellos el golpe final, como que les cuesta.

—Me ha llegado que suenan tambores de guerra en Madrid —dijo Justo, supongo que para distender, aunque sin mucho tino.

—¿A qué te refieres? —A José Luis se le subieron las orejas de perro pachón.

—Mejor lo sabrás tú que yo, hombre, que estás más relacionado allí.

—Algo nos ha dicho nuestra gente —traté de salvar los muebles—, pero es confidencial, y ¿cómo podemos saber que es lo mismo que tú dices?

Justo me vio el farol, pero me temo que a esas alturas de la noche José Luis y yo habíamos empezado a inspirarle ternura.

—Dicen que el Banco de España acabará liberalizando los tipos de interés...

—Para eso tendrá que pasar por encima de los principales banqueros del país. Y lo último que quieren esos es lanzarse a una guerra de ofertas que les obligue a reducir su margen de beneficios.

—Es verdad que la banca en España ha sido siempre una balsa de aceite. Pero esos tiempos se han acabado. Ahora hay democracia, y estamos en Europa. Da igual lo que quieran los gerifaltes. Todo va a cambiar, y rápido. Se acabaron los clanes.

—Créeme que nada me gustaría más que sucediera eso que apuntas, Justo. Pero es imposible. A nuestro presidente le gustan las aventuras menos que la tortilla sin cebolla.

—Tú sabes más que yo, José Luis. A fin de cuentas solo he oído rumores.

La humildad de su subordinado reblandeció la coraza que mi jefe se había forjado en Madrid a base de golpes y, ya en las postrimerías de la cena —por llamarlas de algún modo, porque de postre no nos dio ni fruta—, cayó la carcasa y apareció el hombre:

—Justo, ¿a ti no te importará que os tenga todo el día con la ventana abierta? Porque podríamos buscar una solución si así fuera.

—Nada, hombre, nada. Que ya me avisaron de lo de tu enfermedad. ¡Que corra el aire!

Hubo besos y abrazos y ya en la calle, cuando nos despedíamos, Justo me dijo:

—Y tú te tienes que hacer valer más, chiquilla.

A mí me alegró constatar que aquel hombre de principios esculpidos me atribuía una bondad tan congénita como la suya, cuando la mía en realidad lo era bastante menos. Él había sacado la conclusión de que yo todo lo hacía por altruismo o, más aún, por devoción a José Luis, y aunque era verdad que le tenía respeto y hasta más cariño del que me hubiera gustado, tenía, también, un plan. Un plan que ni yo misma sabía cuál era, pero un plan que, de hecho, ya estaba en marcha. Solo tuve que esperar a una mañana de martes, unos pocos meses después, para darme cuenta:

—Fina, pero ¿dónde estabas? —me increpó José Luis.

—Perdón. He salido un momento a comprar altramuces. Los de la cooperativa de San Isidro Labrador vienen ahora y, como llevan despiertos desde las cuatro de la mañana, traen un hambre del demonio y siempre me dejan sin.

—Altramuces, altramuces…, chochos de vieja se les ha llamado toda la vida.

—¿Cómo dice?

—Que acaba de llamar el presidente.

—¿El presidente?

—Su secretaria, pero para el caso... Y he tenido que coger yo el teléfono, porque tú habías desaparecido y Justo está con un cliente. ¿Qué comuna se habrán pensado que es esto si es el director de la oficina quien descuelga?

—No volverá a pasar.

La noticia era un bombazo: el presidente venía a Montalbán para llevarse olivos. La construcción de una ciudad financiera a las afueras de Madrid que centralizara todas las oficinas —«el mayor campus corporativo de una entidad financiera en el mundo. Tendrá hasta cúpula», me dijo José Luis— estaba ya avanzada y al presidente se le había ocurrido una idea que había dejado a los arquitectos y a los ingenieros ojipláticos: para que aquello no fuera un amasijo de hierros y cristales que incidiera en la imagen fría del banco, haría falta un bosque, y ese bosque se haría con olivos trasplantados de la cuenca mediterránea y los campos de Andalucía. Así que se habían embarcado todos, presidente, arquitectos, ingenieros, asesores, auxiliares, un fotógrafo, dos directores de paisajismo y un equipo de botánicos contratados para la ocasión, en una pequeña gira forestal, pero con repercusiones financieras al más alto nivel.

Los dos estuvimos de acuerdo en que la elección de Montalbán vendría directamente del presidente y debíamos interpretarla como un reconocimiento al trabajo que veníamos haciendo —José Luis habló en singular, «al trabajo que vengo haciendo», pero ya dije que estas líneas tratan de recoger diferentes perspectivas y eso incluye también la mía—. Era la ocasión idónea para dar un golpe de mano y reincorporarnos a la primera división. Ese mismo día, José Luis llamó a sus contactos en Madrid para averiguar cuáles eran las entretelas de tan faraónico proyecto. Su red de contactos básicamente era Modesto, que para su fortuna había promocionado y ahora trabajaba en la Central. Modesto le dio datos irrelevantes pues, como él mismo había admitido, qué otra cosa podía darle él, que era el último en enterarse de todo. Pero entre la cascada de insignificancias que vertió había una piedrecita brillante: poco a poco el presidente había ido dejando de asistir a las comidas, justamente, de presidentes. Se trataba de un encuentro mensual en el restaurante Jockey, que se venía celebrando desde mediados de los setenta, y en el que se rumoreaba que, a pesar de su tono informal, se tomaban decisiones clave para el sector. ¿Y por qué tal cosa? José Luis Pérez Ladra lo vio claro: que nuestro pater familias, otrora promotor de una iniciativa llamada a crear un clima de concordia y buen rollo entre presidentes, ahora la boicoteara ausentándose solo podía significar una cosa: era el primer aviso antes de una declaración de guerra en el sector.

A medida que me lo contaba, vi cómo José Luis pasaba del ardor de las novedades al desconsuelo por su flagrante miopía. Y esta vez razón no le faltaba en su abatimiento, porque habíamos estado a punto de perder una ocasión de oro. José Luis cayó del guindo y se dio cuenta de que Justo había tenido razón aquella noche y no él, de que Aristóbulo Sin había tenido razón y no él. El banco iba a pasar a la ofensiva. Él, en cambio, se había frustrado antes de tiempo. Había renunciado con pragmatismo a su ideal liberal y había aceptado las reglas de una banca inmóvil. ¿Cómo podía yo culparle por haber ajustado sus sueños a lo que la tozuda realidad se empeñaba en mostrarle? Se había comportado como un hombre prudente y humilde y ahora alguien en las alturas se reía de él. José Luis había protagonizado una versión escocida e invertida de *Pedro y el lobo*. Tantas veces había sufrido la escabechina que le armaba el lobo en el rebaño que el día que no vino, él simplemente pensó que se estaba retrasando y le dejó la puerta abierta. Mi imprudencia al trazar esta comparación ante él le hizo poner los ojos en blanco y, antes de que se me desmayara, le di un vasito de agua y le hice ver el lado bueno: el lobo ya no estaba ahí fuera y todavía nos quedaba alguna oveja viva. Era nuestra última oportunidad de salir a pastar.

José Luis, Justo y yo trabajamos codo con codo, como nunca antes lo habíamos hecho, para que la oficina estuviera perfecta. Fueron días hermosos porque a Montalbán no nos había llegado aún la partida presupuestaria para remodelar oficinas, así que lo hicimos todo con nuestros medios, como si fuera nuestra casita, que un poco lo era. Dimos una mano de pintura, colgamos el espejo que faltaba en el baño, compramos un ambientador y rematamos la estampa con unos geranios y unas buganvillas que Justo trajo del campo. Luego la agenda vino tan apretada que el presidente no tuvo ocasión de pasar por la oficina y, viendo el disgustazo que se llevaron mis dos superiores, tuve que recordarles que éramos nosotros los que íbamos a disfrutar de aquel lugar tan coqueto.

La noche antes del gran acontecimiento, José Luis Pérez Ladra y yo tuvimos una reunión clandestina para concretar el plan. Justo no podía saber que había una conjura en marcha, así que reunirnos en una de nuestras casas quedó inmediatamente descartado. Allí cualquiera podía vernos entrar y Justo acabaría sospechando. José Luis propuso que nos encontráramos dentro del Mesto, el gran árbol centenario. Allí nos reunimos, con una linternita cada uno —la suya azul, la mía naranja— que yo había adquirido para la ocasión. En el primer punto de la reunión constatamos lo que ya sabíamos: que no sabíamos nada. Ante la falta de ideas, José Luis propuso —si es que algo así se podía proponer— que nos limitáramos a esperar porque seguramente el presidente le acabaría contando qué estaba preparando el banco y esa información nos permitiría averiguar cómo posicionarnos en la operación. Yo no le dije nada, porque reprocharle a aquel hombre de ánimo titilante su exceso de confianza era tirar piedras contra mi propio tejado. Que quizás tenía razón. Pero no la tuvo. Sea como fuere, asumí que debía librar la guerra por mi cuenta. Y así, los que podrían haber pasado a la posteridad como los Pactos del Mesto tuvieron poco de pactos, pero no me resisto a dejar muescas para los historiadores.

El coche oficial hizo su entrada en la plaza de Andalucía. Aunque ya le había visto una vez, el presidente me impresionó. Me pareció una persona que uno podría encontrarse en el contexto más llano y aun así sabría que era el presidente. Lo digo en el buen sentido. Pero también en el malo. Era educado, pero descortés. ¿Me entiendes lo que quiero decir? Gente de cuna que tiene buenos modales pero conoce tan bien el protocolo que lo aplica con desgana. Casi con crueldad. Un poco como los cantantes cuando les toca interpretar su gran éxito, y se nota que preferirían cantar una más nueva, pero aun así tocan la famosa, o sea que tampoco te vas a quejar. Por eso no es una crítica. Seguramente yo haría lo mismo en su piel, pero es que me da rabia que algunas personas con tanta autoridad estén tan cansadas, mientras que otras nos tenemos que aguantar las ganas de hacer cosas. Además, si te digo la verdad, y perdóname la soberbia: yo no haría lo mismo en su piel, que yo le pongo ganas a todo.

Desde la plaza de Andalucía partió la comitiva que habría de llevar a los excelentísimos visitantes y a la prensa provincial a ver los olivos seleccionados para su ascenso: ellos sí irían a Madrid. Una vez allí, con la campiña como decorado y el mar de cerritos al fondo, fueron hablando las autoridades, luego José Luis y después yo, que me había preparado para la ocasión la lectura de un poema de Periquito López, oriundo de Montalbán. Periquito había pasado a la posteridad como un poeta menor, a la sombra siempre del ilustre Eloy Vaquero. En según qué círculos era un sacrilegio reivindicarlo, pero a mí sus composiciones me llegaban más, y además en aquella época yo había empezado a desarrollar una cierta querencia por los segundones. El poema que declamé ante la comitiva decía así:

Sufrido campesino montalbeño,
artífice del campo bien labrado;
igual te da la azada que el arado,
en el trabajo duro como el leño.
Soportas los rigores del invierno
con el tesón de acero bien templado,
y, aunque en parte te encuentres liberado,
aún luchas contra el paro con empeño.
Hoy se encuentra tu sangre en primavera
como la planta que la flor empera,
y cortas las espigas sin la hoz;
y en un lampo de plácida armonía,
sale el sol alumbrando un nuevo día,
bañándote la frente de sudor.

No vi a mi alrededor la misma emoción que sentí la primera vez que lo escuché, pero arranqué un tibio aplauso, que me permitió volver contenta a mi sitio. El acto lo cerró el presidente, cuyo discurso fue una lección de sobriedad, pues solo dijo: «Este proyecto es el reflejo de lo que somos, lo que queremos ser y en lo que nos convertiremos». Breve pero suficiente para que yo me fijara en un detalle que podía ser la solución a nuestro problema. El presidente llevaba consigo un cartapacio de cuero marrón. Hasta entonces había dado por supuesto que dentro estarían las notas para su intervención, pero dado que esta no necesitaba de notas, dado incluso que prácticamente ni había sido intervención, ¿qué había en el interior del cartapacio, tan valioso como para que lo llevara siempre bajo el brazo? Un detalle más alimentó mis sospechas: no llevaba inscrito el membrete del banco, era liso y resbaladizo, lo que sugería que era un objeto personal, prueba todavía mayor de su carácter reservado.

De la comida transcribiré aquí los pormenores que me refirió José Luis porque el protocolo, igual de necesario que implacable, me mandó a una mesa con el fotógrafo, la auxiliar del presidente y el equipo de botánicos. El presidente se entretuvo contando algunos detalles del proyecto de la ciudad financiera, como que pensaba ponerle a cada edificio el nombre de una calle de su pueblo.

Su pueblo era Haro, La Rioja. Él tenía allí un palacete plateresco, Las Bezaras, donde cada año celebraba una reunión a mediados de agosto para la que convocaba a la comisión ejecutiva del banco. El objetivo declarado del encuentro era revisar la cartera de créditos y así llegar a septiembre sacándole una cabeza a la competencia. El no declarado, se decía, era testar a los colaboradores más próximos para ver cuáles de ellos estaban dispuestos a interrumpir sus vacaciones sin rechistar. Quien quisiera hacer carrera en el banco sabía que —dado que la fecha concreta no se anunciaba hasta unos días antes— la mejor opción era convencer a la familia de las bondades de La Rioja y alquilarse una casita por allí todos los veranos. Además de la comisión ejecutiva, cada año se llamaba a los directores territoriales de algunas zonas. El presidente les preguntaba sobre las principales cuentas que llevaban y ellos temblaban porque sus colegas ya les habían explicado en qué consistía en verdad el ritual. El presidente no quería conocer el estado de las grandes cuentas, fundamentalmente porque ya lo conocía. Esos datos estaban todos en su cabeza. Lo que quería saber era si sus empleados los conocían igual de bien que él. Por lo demás, a los asistentes se les invitaba a almorzar, a degustar buen vino, y, en definitiva, a pasar una agradable jornada en un clima familiar y tradicional.

—Hay algo más, que no te he contado todavía —dijo el presidente, inclinándose sobre José Luis. Este, intuyendo que había llegado el ansiado momento de la revelación, soltó el cuchillo y acercó su oreja a la boca del otro—. Vamos a fabricar oro líquido.

—¿Oro líquido, presidente?

—Oro líquido, José Luis.

Mi jefe seguía sin atreverse a mirarle de frente por miedo a que lo que saliera de sus labios fuera demasiado hermoso. Y así, esquinado, como si fuera su oído lo que se moviera y no sus labios, susurró:

—¿Y le puedo preguntar qué es ese oro líquido, presidente?

—Qué va a ser, José Luis: aceite. Me han dicho que la cosecha puede dar para dos mil botellas al año de un cuarto de litro cada una. Por supuesto no las vamos a comercializar. Será una tirada limitada, únicamente para ejecutivos, accionistas y clientes preferentes. Me encargaré de que te hagan llegar una a ti también, por el fantástico trabajo que estás haciendo.

José Luis se quedó desconcertado con la respuesta y decidió ir de frente, o al menos un poco más de frente que hasta entonces.

—Muchísimas gracias. ¿Y le puedo hacer otra pregunta?

—Si no hay más remedio.

—¿Por qué han elegido Montalbán para este acto?

—Veo que el campo te mantiene en forma. No das puntada sin hilo. Te lo voy a contar porque siempre me has caído bien. Mi mujer y yo nos hemos encaprichado de la zona. Para un fin de semana, Haro está lejos de Madrid. Puedo ir en mi avión, pero me sale por un pico. Y ya sabes que no soy derrochador. Ya me han dicho que tú tampoco, por eso me fío de ti. En cambio por aquí va a pasar el AVE a Sevilla. Y no es que yo me fíe del Gobierno, pero eso tiene que estar para el 92. Al haber montado este viaje aquí, mañana puedo escaparme con mi mujer a ver unos terrenos que nos quieren enseñar. Por eso no me daba tiempo al final a visitar la oficina, que no es por otra cosa.

Desde mi posición pude ver cómo la cara de José Luis, ya de por sí algo derretida, iba descomponiéndose, mientras el presidente le hablaba despreocupado, pero con una mano siempre puesta en su cartapacio, que se lo había llevado incluso a la comida. Ahí tuve la revelación.

El fotógrafo, que se había pasado la comida pimplando y contándonos sus vacaciones, después de rebañar el postre interrumpió su monólogo para ir al baño. A la salida del restaurante, se dio cuenta de que tenía la cámara abierta y el carrete velado. Para ahuyentar sospechas le dije que yo había visto a uno de los botánicos pasearse cerca de su cámara y que me había parecido que bajo la camisa se le transparentaba una camiseta de Greenpeace, así que posiblemente había sido víctima de un boicot antisistema, porque, aunque nosotros supiéramos positivamente que mudarse de provincias a la capital era un honor para los olivos, los ecologistas seguro que tenían otro punto de vista, que por otro lado es lo que siempre suelen tener. Cuando se enteró del percance, el presidente se agarró un cabreo del demonio y dijo que él no tenía tiempo de volver al campo y que el reportaje se quedaba sin fotos y punto, en un tono que dejaba claro que el que de verdad se iba a quedar sin algo era el fotógrafo, y que ese algo era su trabajo.

—Disculpe que me entrometa, señor presidente —dije como si él fuera Kennedy, yo Marilyn Monroe y aquella sencilla frase, una canción de cumpleaños—: Creo que podemos arreglarlo. Antes de ir a la carretera general, pasamos por el Mesto. Es el árbol más importante del pueblo.

—¿Un olivo?

—En absoluto. Es un cruce de alcornoque y encina. Pero tiene ciento noventa años y es un escenario idílico para una foto. Es tan esplendoroso y tan milenario que nadie notará la diferencia.

—Al final un árbol es un árbol. Valdrá.

—Por si se está preguntando mi nombre: soy Josefina. Josefina Jarama, para servirle a usted y al que lo mande.

Fuimos todos al lugar en cuestión. El presidente, como yo había previsto, no podía salir con el cartapacio en la foto, así que lo dejó en el coche y se fue a posar junto al árbol. La comitiva lo rodeó para contemplar la instantánea presidencial y esos minutos, en los que cada nuevo disparo del fotógrafo era una bendición para mí, los aproveché para arrastrarme por el asiento de atrás, abrir el cartapacio y tratar de memorizar todas las notas que había tomadas. Sabía que allí estaba lo que necesitábamos saber, pero no entendía ni jota.

Esa misma noche, despachado el presidente, arquitectos, ingenieros, asesores, auxiliares, los directores de paisajismo, el equipo de botánicos y el malogrado fotógrafo, nos reunimos José Luis y yo, esta vez en su casa —no teníamos ya cuerpo para tanta cautela—. Llegué puntual, con una bolsita de altramuces —por si, como suponía, no había nada de picar— y con las linternitas —porque cuando le daba fuerte de lo suyo, José Luis escatimaba hasta en la luz—. Fui contándole todo lo que había leído: nombres propios, números, oficinas, dibujitos del ahorcado, esquinas ajedrezadas... Todo parecía responder a la lógica de la anotación esporádica, incluso arbitraria. Y además me bailaban las letras porque aquel hombre, honorable en todo lo demás, tenía una caligrafía epiléptica. Al parecer el susodicho cartapacio no era el Santo Grial que yo había creído y encima había inflamado los ánimos de José Luis Pérez Ladra, una vez más para nada.

Estábamos dispuestos a darnos por vencidos cuando me pidió que le detallara de nuevo el contenido de una de las páginas, la que estaba copada por un número repetido obsesivamente. Me había parecido un 118, aunque el 8 era un tanto extraño. José Luis me pidió que lo escribiera en un papel y así lo hice. Se le dibujó una sonrisa en la cara que parecía una rodaja de sandía. Él conocía la caligrafía del presidente y eso no era un 118 sino un once por ciento. Su posterior razonamiento fue digno de Colombo: en un contexto en el que la liberalización de los tipos de interés era inminente, por mucho que el presidente hubiera mostrado su firme oposición, había decidido dar un giro brusco, brusquísimo, y pillar a todos sus rivales con el pie cambiado; en un país donde la banca hasta entonces no podía darle al cliente más de un uno por ciento de beneficios, y en el que nuestro propio banco jamás había dado más del 0,1, él pasaría a dar el once.

La jugada maestra, el secreto mejor guardado, el ataque para romper la banca. José Luis bailaba por la casa y repetía una y otra vez: once por ciento, once por ciento, once por ciento. A mí me costaba entender la magnitud de aquella cifra, pero le seguía en la conga por no dejarle solo en el empeño y porque sabía que a su lado no se presentarían muchas más ocasiones tan festivas. Cuando terminó el baile, retomé las pesquisas:

—¿Y por qué tanto secreto?

—La confidencialidad es clave, porque la única manera de que ofrecer una cifra tan elevada les salga a cuenta es si le arrebatan un gran porcentaje de clientes a la competencia. Si los demás bancos se enteran y contraatacan con ofertas similares, se bloquearían entre ellas y el reparto de clientes quedaría como ahora, solo que con los bancos perdiendo dinero a espuertas. Si lo consiguen, tienen la posteridad asegurada.

Después de volcar aquella lúcida reflexión, José Luis se quedó repentinamente en silencio, vaciado. Y se le empezó a poner aquella carita del perro de «él nunca lo haría» que me partía el alma. Me di cuenta de que había llegado hasta allí únicamente por mi empuje y, una vez hecho el descubrimiento, no tenía ni idea de qué hacer con aquella información. Por su mirada supe que si yo me hubiera dado media vuelta para irme a casa, él se habría despanzurrado sobre el sofá, abatido por la falta de horizonte. Y unos días después lo encontraría con guantes gruesos, el sombrero de paja y el rastrillo en ristre. ¿Me estaba aprovechando de él? En absoluto. Tal vez. ¿Pero no se habían aprovechado otros de mí? Tampoco tanto. ¿Justificaba eso que hiciera yo lo mismo? Dio igual, porque llevaba demasiado tiempo preparándome para ese momento. Para el momento en el que por fin estás a punto de ser imprescindible dentro de una organización.

A José Luis Pérez Ladra mi plan le causó primero sorpresa y, a medida que lo fue digiriendo, sudores, aturdimiento, y al final tuve que abanicarle en el sofá porque creí que se me iba. Pero a esas alturas de mi vida, y más después de haberme descubierto esa mañana la primera cana, yo ya no era la torrencial joven de antaño y había aprendido que hay frutas que es mejor dejar que caigan solas. Y José Luis no tardó ni una semana en hacerlo. Durante ese tiempo me retiré y le dejé solo con sus ínfulas, tanto más eficaces que las musas, hasta que el viernes, a mediodía, vino a mi escritorio y me dejó encima una bolsita de pistachos.

—Pero te voy a necesitar a mi lado. Yo solo no podré hacerlo —me dijo.

Yo entendí, porque había tenido otros jefes antes, que él creía haberme traído altramuces y se lo agradecí, pues era consciente de lo que le habría costado soltar la mosca.

—Ahora mismo nos vamos a Madrid —respondí.

Cogimos su coche y comimos unos bocadillos en un bar de carretera. No había tiempo que perder si queríamos llegar a la Central antes de que el presidente se fuera a casa. Y teníamos que ir sorteando los tramos en obras, pues la autopista no estaría construida entera hasta la Expo del 92. Afortunadamente para nosotros, el presidente era ejemplar, de los que llegan los primeros por la mañana y se van los últimos por la tarde. Entramos en Madrid con la caída del sol. Yo dejé el coche en doble fila, con la falsa promesa del warning, y tiramos para adentro. La conserje nos paró, que si teníamos cita y que, la verdad, a esas horas del viernes en las que ella era la última mona lo dudaba mucho. Por suerte, reconoció los inconfundibles mofletes de José Luis y este le dijo que había sido llamado de urgencia por el presidente. La mujer no nos fio tanto y descolgó el auricular para pedir autorización.

—Que tengo aquí a uno que dice…, sí, sí, trabajador de aquí. ¿Que cómo se llama usted?

—José Luis Pérez Ladra.

—Y Josefina Jarama.

—José Luis, ah, que ya lo ha oído. —Se hizo un silencio tan largo que la mujer terminó por tapar el auricular con la mano y ensayar una explicación que resultó más dolorosa que la incertidumbre—. Parece que se lo está pensando —la voz volvió al otro lado—. Perfecto, le digo que suba.

Nos autorizó el paso. Última planta. En el ascensor traté de repasar con José Luis la estrategia y lo que teníamos que decir cada uno, pero no me contestaba y las plantas iban desfilando. Temí que se hubiera quedado en blanco pero fue peor: estaba perfilando su deslealtad y, cuando llegamos a la última, antes de que se abrieran las puertas, la soltó: «Será mejor si entro yo solo». Me dejó patidifusa, tanto que las puertas se me cerraron en las narices porque la conserje llamó el ascensor en cuanto nos fuimos. Era de esas a las que les gusta tener el ascensor cerquita.

Esperé abajo, una vez más emperifollada y en tacones para nada. Bien mirado, la traición no era tal. Escocía. Pero no era tal. El mensaje a transmitir era sencillo: si no le daban a José Luis un puesto estratégico en la nueva estructura que el banco estaba preparando, y a mí otro un poco menos estratégico, pero también algo estratégico, filtrábamos a la competencia el lanzamiento y desbaratábamos la operación.

¿Y qué pensarás tú de mí, ahora que te cuento estas cosas? No tengo mi sinceridad en tanta estima y sé que por eso mismo me descubro: porque nunca llegarás a existir. De lo contrario, te ocultaría estos pasajes de mi biografía, como mi madre me negó los suyos y como tantos otros han hecho antes que yo, pues a nadie le gusta conquistar sus sueños por la puerta de atrás, por un callejón maloliente repleto de cajas en las que no estaban los méritos propios, sino los descuidos, tropiezos e imprudencias de los demás. No, yo nunca había soñado con ser una extorsionadora y, si hubieras visto la luz, te lo habría ocultado. Extorsionadora. Qué palabra. ¿Pero no era también una forma de extorsión la degradación que había sufrido José Luis y con él yo misma? No. O un poco sí. ¿No formaba yo parte en realidad de una cadena de extorsiones que había empezado el mismo día en que Bienvenido me mandó a paseo? ¡Ah! Y no creas que éramos tan simples como para dejarnos engañar a la primera de cambio: nuestros contratos estipulaban una indemnización astronómica en caso de que, una vez que la cuenta se lanzara al mercado, quisieran despedirnos.

—No me lo tengas en cuenta. Era mejor que afrontara yo solo la reunión. Él apenas te conoce, habría reaccionado peor —me dijo José Luis, ya sentados en La Villa del Narcea, donde habíamos ido a cenar.

—¿Y qué ha contestado el presidente?

—¿Te he hablado del pollo y los macarrones de este sitio?

—¡José Luis, por Dios!

—Perdona, perdona. Tiene que pensar.

—Eso es que va a buscar alternativas con sus abogados.

—El lunes nos da una respuesta. No tenemos más opción.

Nos quedamos a dormir en una pensión cercana. Allí nos contactó el presidente y nos dio cita en una nave en el polígono industrial Los Huertecillos, en Ciempozuelos. No creo ser una histérica, como me llamó José Luis haciendo gala de una impropia falta de tacto, por haber pensado que nos emplazaban allí para darnos boleto, pero es verdad que eran las nueve de la mañana y el sol de Madrid brillaba como una promesa de futuro. Llamamos varias veces al timbre, pero no parecía funcionar. José Luis empujó y la puerta cedió con un chirrido.

—¡Qué puntuales! Venid, venid, quiero enseñaros algo.

El presidente tenía la piel particularmente rosada, una rosquilla en la mano y un humor excelente. Yo fui a presentarme, pero me interrumpió.

—Me acuerdo de usted, señorita Jarama. Y no solo de usted, también de aquel poema tan bien elegido y de su inspiración para salvar el asunto de la foto. —Su buena disposición me dejó perpleja—. ¿Y? ¿Qué os parece?

—¿El qué? —preguntó José Luis.

—Qué va a ser, hombre. El cartel. —Los dos miramos a nuestro alrededor, pero no vimos cartel alguno. Solo las inmensas paredes desnudas de la nave y un montón de trabajadores con un mono blanco yendo de un lado para otro—. ¡A mis pies!

Sin darnos cuenta, José Luis y yo estábamos colocados en la circunferencia inferior del símbolo de tanto por ciento que acompañaba al once. Se trataba de una lona monstruosa, en blanco y borgoña —color corporativo del banco, en honor al vino de la Rioja—, destinada a cubrir la fachada de la oficina de Azca.

—Es el cartel publicitario más grande jamás hecho en España. Pero no os alarméis. Sé que os preocupa el secreto del proyecto tanto o más que a mí, por eso os informo de que todos los operarios de estas artes gráficas han firmado un contrato de confidencialidad y solo han visto la lona los indispensables. Estamos a salvo de cualquier filtración. Fuera de nuestra entidad, únicamente los dos asesores de la consultora y este grupo de trabajadores conocen la operación. Del banco solo están al tanto cuatro personas; con vuestra incorporación, seis. Los directores territoriales saben que se prevé una inmensa afluencia en las oficinas, pero no conocerán los detalles hasta el día antes del lanzamiento. Por la asesoría sabemos que el éxito depende de que la competencia tarde más de un mes en reaccionar. Solo así conseguiremos los resultados que hagan sostenible la operación. A partir del mes, todo será ganar, ganar y ganar. Por debajo, nos hundiríamos. El trabajo de tres generaciones tirado a la basura, y todo por una intuición mía. Escalofriante, ¿no os parece?

—A mí me parece una idea magistral.

No hube acabado la frase y ya podía sentir la mirada de reproche de José Luis, a quien mi intervención le pareció un peloteo de lo más inoportuno, teniendo en cuenta que veníamos de amenazarle. Pero yo, y esto hay muy poca gente que lo haya entendido en mi vida, no soy aduladora por afán de medrar, o no solo, lo soy por un impulso nervioso. Cuanto más insegura estoy, más me entrego a dar jabón, y como por lo general la reacción de incomodidad del interlocutor me pone todavía más nerviosa, yo doy más jabón, y entonces el otro se azora y saca su modestia, y yo venga más jabón, hasta que el pobre acaba abrillantado y yo, exhausta.

—Vuestro contrato está en las oficinas. Mi secretaria os espera. Yo ya lo he dejado firmado. Disculpad que no os acompañe, pero esta lona me tiene embobado.

José Luis echó a andar y yo le fui a seguir cuando el presidente me agarró del codo:

—Entiendo que todo esto ha sido iniciativa suya, señorita Jarama.

—No, eh, no...

—No se excuse. El bueno de José Luis es incapaz de urdir algo así él solo. Debo darle mi enhorabuena. Un movimiento inteligente. No le voy a decir que espero que otros aprendan de usted, pero ha sido muy inteligente. Me hace extraordinariamente feliz contar con alguien así en mis filas. Y ahora, ande, no se retrase, no vaya a ser que José Luis se marche sin usted. Que aquí no se puede uno fiar de nadie.

El presidente lo había dicho todo con el tono con el que dos espías deslizarían sus contraseñas para reconocerse en el banco de un parque —«parece que hoy las palomas vuelvan bajo», «sí, pero no tanto como los gorriones ayer»—, con la salvedad de que aquí el código lo conocía solo él, así que yo me había perdido todo el fondo del asunto. José Luis me tranquilizó:

—Lo único que pasa es que no puede soportar que le hayamos doblado el brazo. Es un hombre orgulloso y jamás se hubiera presentado ante nosotros rabioso o iracundo. Eso le honra. Prefiere hacer como si no pasara nada, o incluso es que para él no pasa. Los verdaderos hombres de empresa no son como tú, ni siquiera como yo. Para ellos esto es uno más de los lances del juego. Puede que el presidente mañana ni lo recuerde. Así se labran las fortunas, perdiendo uno para ganar diez. Somos una nota al pie de su éxito. Pero da igual porque, créeme, esto nos va a catapultar a todos a la gloria.

—Podré ir a ver las Torres Gemelas.

—¿Verlas? ¡Podrás comprarte un banco de los que tienen abajo!

—¿¿Un banco??

—Mujer, de los de sentarse. Ya sabes que en Estados Unidos se pueden apadrinar bancos, y la gente pone placas como «A la memoria de mi padre» o «Aquí me sentaba yo con mi mujer antes de que muriera de cáncer». Muy bonito.

Me quedé pensando a quién le dedicaría yo mi banco. Solo se me ocurría José Luis Pérez Ladra, pero me dio vergüenza decírselo. De su mano estaba a punto de llegar a lo más alto. Tampoco a lo más alto. Un poco más alto. Resultó que el sueldo que estipulaba mi contrato era de 71.235 pesetas al mes. Un aumento respecto a lo que tenía, pero inferior a lo que me había imaginado.

—No te preocupes por eso ahora. Es solo el primer paso —me consoló José Luis—. Cuando el Libretazo rompa el mercado, habrá más para todos. El banco tiene una estructura, no nos pueden ascender a lo bruto. Nosotros también debemos ser comprensivos.

Mi jefe había negociado que nos volveríamos a Montalbán (de Córdoba) para no interferir en el lanzamiento, al que solo le quedaban tres semanas, cerrar todos los asuntos pendientes en la oficina y darle al pobre Justo la noticia de que volvía a ser director en funciones. Así lo hicimos. Las jornadas previas al día D —como se conocía en el núcleo duro la fecha clave— fueron de muchos nervios. Nosotros no lo vivimos, pero puedo imaginármelo perfectamente: gente corriendo por los pasillos, papeles que se vuelan en el momento más inoportuno, incómodas conversaciones en clave ante desconocidos.

Por mi parte, aproveché aquellos días para despedirme de mis amigos montalbeños. Los más cercanos se ofrecieron a ayudarme a desmontar la casa, pero se quedaron estupefactos al ver que la tenía casi igual de desvestida que el primer día. Pareció molestarles particularmente que, en lugar de sofá y tele, en el salón solo tuviera una radio y una mecedora de mimbre. Que les explicara que numerosas fuentes apuntaban a que la mecedora era un invento del genial Benjamin Franklin no cambió en absoluto su juicio negativo. Entonces empezaron a cargar contra José Luis por pagarme tan poco y yo les dejé hacer, hasta que vi que el nivel de inquina empezaba a desbordarse y temí que la próxima vez que lo vieran le arrearan un sopapo, así que terminé por decirles la verdad, que el ahorro era como el estudio, algo que no puede hacerse solo en situación de necesidad, porque entonces no te sale, sino que debe ejercitarse a lo largo de una vida, porque es el haberlo practicado en momentos de holganza lo que te da la tenacidad suficiente cuando de verdad hace falta. Vi que no les convencía y, como gracias a mi frugalidad tardamos mucho menos de lo esperado, me los llevé bien pronto al bar. Les invité a unas raciones y ellos me colgaron unos carteles de despedida. Ahí supe que abandonaba mi propio pueblo.

—¿Y tú estás segura de que te quieres ir a Madrid con el *egraciao* de José Luis? ¿No estarías mejor aquí?

A lo largo de la velada la misma pregunta se repitió mil veces, cada vez más cómplice, más jubilosa y más regada en vino. Yo me sentía como una esponjosa princesa que se paseaba por los salones recibiendo agasajos y devolviéndolos multiplicados por dos, hasta que topé con un vecino que me hizo la misma pregunta que todos, pero con una sutil variación: «¿Y no estarías mejor aquí, compañera?». Me mudó el rostro. Como en una obra de teatro en la que una sola palabra fuera del guion puede desbaratar la ficción, esa palabra, «compañera», me mandó a tierra de un mandoble. El sueño montalbeño hecho trizas. Todos se interesaron por mí, me preguntaron por qué estaba lívida. No tuve fuerzas para hablarles por miedo a que me dieran la razón. Justo me sacó a que tomara el aire. Tardé en atreverme a contarle la revelación que acababa de tener. A saber, que el cariño y la simpatía que había recibido en el pueblo habían sido sinceros, sí, pero no puros, porque no habían sido fruto del afecto personal, sino de otra cosa mucho más tortuosa, de la solidaridad obrera. Toda aquella gente, ¿valoraba mis virtudes o más bien aborrecía a José Luis? ¿Me habían querido por ser quien era yo o tan solo por el lugar que ocupaba en el mundo y que para colmo no era el que quería ocupar? Justo se echó a reír.

—La gente aquí es amable. Eso es todo, Josefina.

Tampoco tenía nada que reprocharles. ¿Había sido desinteresada su actitud? Sí, en tanto que no requerían nada de mí. Y no, en tanto que a sus ojos habían ganado una aliada para su causa. Esa era la parte que más me reconcomía: ¿habría abonado yo en algo el malentendido? ¿Habría participado, sin ser consciente, de alguna de sus contraseñas de reconocimiento? Ahora comprendía que cada vez que había criticado a José Luis en su presencia había estado contribuyendo —modestamente— a expandir aún más el fantasma que recorría Europa. Y de propina también el fantasma que me recorría por dentro: que al final, huya en la dirección que huya, una acaba siempre convirtiéndose en su madre.

Cuando me recompuse, volví al bar. El ambiente estaba cargado por el humo, el sudor y la alegría. Un enjambre de caras se acercó a ver cómo me encontraba, con sus brazos dulces y corruptos preparados para acogerme. Yo reculé contra el ventanal. Y quise resistirme. Pero el cariño es siempre el cariño y de eso nunca he ido yo sobrada en la vida, así que al final fui como el paciente grave que entra a quirófano, sabedor de que tal vez no vuelva a despertar pero que, consciente de que no tiene alternativa y medio embriagado ya por las mieles de la anestesia, acaba dejándose hacer.

El domingo me desperté con resaca y culpa. Para colmo, llegué tarde y sin duchar a la cita con José Luis. Me esperaba junto al coche para irnos definitivamente a Madrid. Fui incapaz de mirarle a los ojos en todo el camino, pero no pareció darse mucha cuenta. Durante las más de cinco horas de coche él me hablaba sin parar de los cambios en los que había trabajado el banco para el día D, que finalmente sería el martes 12 de septiembre de 1989: retoques en la imagen corporativa, millones de folletos impresos, espacios de publicidad copados en prensa y radio y no sé cuántas cosas más. Nosotros no teníamos todavía una función definida en el organigrama, pero en cualquier caso debíamos estar ya en Madrid. Nuestros despachos nos estaban esperando.

Yo tenía la espinita de que no había podido vivir nunca la Nochevieja en la capital, pero la fastuosa puesta en escena del lanzamiento bien valió por unas campanadas en Sol. Fue increíble. Toda la plantilla de la Central estábamos amontonados en la calle, frente a la fachada, para aplaudir en el momento en que descolgaran la lona. Estaba la tele y el presidente dio un discurso muy emotivo. A esa misma hora, uno de nuestros competidores anunciaba a bombo y platillo la creación de una filial de banca privada. Mientras aquel se preguntaba por qué no había acudido la prensa convocada, nosotros descorchábamos champán, lanzábamos serpentinas y repartíamos folletos a todos los que se acercaban.

Los días siguientes fueron de muchos nervios, pero también un ascenso pronunciado hacia el éxito. Los especialistas coincidían en que, una vez hecho público, el Libretazo no era muy difícil de replicar. Ahí estaba el riesgo. Por eso cada jornada que pasaba sin noticias de nuestros rivales era otro montón de clientes que les robábamos. Después de lustros alienados por la falsa competencia del sector bancario, los españoles parecían haber despertado y, ahora sí, elegían libremente y en conciencia la entidad que más les convenía para depositar sus ahorros.

—Lo que no pudimos hacer en política lo hemos conseguido en el sector privado.

Esta frase tan deliciosamente categórica de José Luis Pérez Ladra daba buena cuenta del estado de felicidad en el que se hallaba sumido. En la Central, además, le habían conseguido un despacho en el que tener la ventana abierta no suponía un problema para nadie. Al señor Sin nos lo cruzábamos a veces por los pasillos. También a él le había sentado bien el éxito —y su ascenso a consejero delegado— y con nosotros se mostraba despreocupado, como si nuestro regreso al terreno no supusiera una afrenta, como si no fuéramos de su incumbencia. Yo invertí mi primer sueldo casi íntegro en comprarme una serie de trajes de falda y chaqueta, parecidos entre sí, que me permitieran aterrizar sin desentonar. Mis funciones seguían sin estar claras —José Luis me encargaba tareítas aquí y allá—, pero preveía que habría de asistir a reuniones en las que, de algún modo, tendría que distinguirme de las auxiliares.

Por motivos que muchos conjeturaban pero nadie supo explicar con certeza, la primera réplica al Libretazo no llegó hasta febrero. Para entonces habíamos pasado de ser el octavo banco del país, en cuota de clientes, a ocupar el tercer lugar. Y en solo cuatro meses. Pocos días antes de aquella fecha el ambiente en la Central era casi de domingo playero. Aunque más que por eso, y más que por las cifras siderales, supe que la operación había sido un éxito muy superior al esperado por el acontecimiento que te relataré a continuación. Entre las vagas tareas que me fueron encomendadas apareció una de mayor calado. De la oficina de Canalejas había llegado un préstamo delicado; el informe de riesgos invitaba a denegarlo pero era un cliente especial, estratégico para el banco, que atravesaba un mal momento. Se trataba de Carlos Pizarro, dueño de varios locales de ocio en Valencia y Madrid, de una empresa llamada Comunicación y Estrategia, que además era el presidente de la Unión Empresarial por la Promoción de Madrid y su Turismo y de la Plataforma Ocio Urbano. Pensé si sería Quinto y me puse nerviosa. Yo no había llegado a conocer su apellido, pero había datos que encajaban. Y era posible que hubiera dado el salto a la capital. En su expediente vi que había estado litigando con ambos ayuntamientos por culpa de unas ordenanzas municipales cada vez más restrictivas y que había perdido varios casos, así que ahora necesitaba algo de capital para recuperarse. Dueño de tantos negocios y con la experiencia que le avalaba, era plausible que se recuperara. Pero con ese informe en la mano, hecho por un riguroso director de oficina que había ignorado la cadena de intereses que le sobrevolaba, el préstamo era difícil de conceder. De arriba me dijeron que las normas a menudo las ponían burócratas que no conocían la realidad de la calle y que hacía falta una mano que las retocara levemente para permitir que la instancia superior emitiera un resultado favorable. En realidad, no había que tergiversar nada, solo añadir algunos activos del cliente que, por descuido de unos y otros, habían quedado fuera del informe. No negaré que al principio me escandalizó. No me gustaba estrenar el traje que me había comprado con labores como esa. ¿Y si me estaban poniendo a prueba? ¿Y si querían testar si yo era una chica fácil, capaz de comerse todos los marrones sin rechistar? En ese caso más me valía negarme, poner alguna pega y ver si le pasaban la cosa a otro. Pero yo tampoco había llegado a mi posición por el camino más ortodoxo y, en ese sentido, ¿cómo de creíbles serían ahora mis remilgos? Después de dos semanas con el papel mirándome, impaciente, desde el escritorio, me decidí, animada por la idea de que si era Quinto, como yo suponía, en realidad estaba ayudando a un viejo amigo, y eso es algo que siempre hay que hacer.

En cuanto lo hice perdí todo temor. El hecho de que hubiera por el mundo circulando documentos con mi firma, con mi nombre como herramienta para validar lo que en ellos se decía, me hizo sentir intocable. El nombre de Josefina Jarama por fin significaba algo, quería decir «todo lo que aquí se dice es verdad», incluso aunque no lo fuera. De pronto aquel encargo no parecía un marrón sino un signo de confianza, la prueba de que había entrado al *backstage* del banco y había, por fin, un camerino con mis iniciales.

Cuatro días después de la primera firma, en el apartamento que me había alquilado en el barrio del Niño Jesús, un poco en contra de mi voluntad porque costaba un dineral, pero consciente de que con mi estatus no podía seguir viviendo en barrios de ladrillo, volvía a firmar, pero esta vez para certificar la recepción del burofax que notificaba mi despido disciplinario por falsedad documental, lo que inmediatamente anulaba la indemnización a la que, de otro modo, hubiera tenido derecho. Al abogado que fui a ver le bastaron tres preguntas para desaconsejarme la denuncia. Me dijo que había dejado un rastro delictivo digno de una babosa mórbida. Y que además ellos tenían una legión de abogados, mientras que yo no tenía ninguno, porque él no estaba dispuesto a perder el tiempo conmigo. Conseguí, eso sí, no llorar en su presencia.

Solo me quedaba como recurso la visita que debía haber hecho en primer lugar, pero a la que me había negado por no verle una vez más la cara más fea al mundo. Para mi sorpresa, encontré la puerta abierta y a José Luis desmontando la casa que había alquilado apenas unos días atrás. Varios hombres de una empresa de mudanzas bajaban las cosas al camión. La mirada furtiva que José Luis lanzó a su alrededor, nada más verme aparecer, delató el miedo que tenía a un encuentro en solitario, por si me echaba encima de él. Me dolió que no me conociera: yo nunca voy tan de frente.

—¿Puedes hablar?

—Tengo diez minutos. Esto es un caos. Vamos abajo, te invito a algo.

No eran ni las once y él se pidió una cerveza; yo un Vichy Catalán.

—Me han despedido —me dijo.

Eso no me lo esperaba.

—¿A ti también te han dejado sin indemnización?

—A mí no, Josefina. Aristóbulo me llamó a su despacho. Todavía tenía los cuadros por colgar. Creo que fui su primera decisión, aunque él me aseguró que había sido idea del presidente. No contaban con que el Libretazo fuera a atraer a tantos clientes, ni con que la competencia les dejara vía libre. Tienen ya preparadas operaciones similares para cada campo de negocio: el Hipotecazo y el Creditazo. Los beneficios que van a obtener son tales que han decidido darse el gusto de despedirme. Al parecer, al principio ni se lo habían planteado, asumieron que les habíamos ganado la mano y que...

—¿Y qué pasa conmigo?

—No estaban dispuestos a pagar dos indemnizaciones. Me obligaron a colaborar: pedirte que cometieras una infracción y así justificar la rescisión de tu contrato. Me puedo imaginar lo que estás pensando, que soy un miserable, y tienes razón en parte, pero no quiero que pienses que lo soy sin más, lo he sido aquí y ahora, contigo, pero nunca antes. En mi vida profesional siempre he sido intachable con mis colaboradores.

Quise enfadarme, quise insultarle y tirarle la cerveza encima, pero en mi interior seguía dominando de un modo asfixiante, opresivo, la razón. También quise confesarle que era yo la que se había quejado al superior y que por eso le habían desterrado, pero dado que mi pequeña mezquindad había arrastrado también mis huesos al destierro, y era yo la que me iba con una mano delante y otra detrás, no me pareció que funcionara bien como venganza, ni que fuera a servir de nada. Solo le daría razones contra mí. Preferí ser estratégica. No lo preferí. Fue mi condena.

—¿Y piensas compartirlo conmigo?

—Lo he pensado a fondo. Y he decidido que no. A fin de cuentas, si accedí a jugar sucio fue por ti. Esto se te ha vuelto en contra, pero no es mi culpa. Pensaba darte una parte pequeña, pero desde el propio banco me han encontrado una casa de campo maravillosa, con un huerto de ensueño. Así me alejan de Madrid. No está en Montalbán, como me hubiera gustado, pero le queda a cincuenta minutos en coche. Unos treinta cuando acaben la autopista.

—¿Me estás diciendo que una casa de campo cuesta ese dineral?

—En realidad es más bien un castillo. Es lo que siempre he querido.

—Nunca has querido un castillo.

—Ahora que puedo tenerlo, siento que es lo que siempre he querido. Antes no me atrevía a desearlo. Escucha, no te voy a pedir que seamos amigos, solo quiero que me perdones. Todo el mundo a mi edad se vuelve egoísta, a ti también te va a pasar. Y sé que si no me perdonas hoy, acabarás haciéndolo cuando tengas sesenta años. De todos modos, para ayudarte a que lo consigas cuanto antes, lo que sí he hecho es encontrarte un trabajo. Creo que te va a gustar. Te lo explico mientras salimos, que tengo que volver a la mudanza.

Empezó a rebuscar en los bolsillos, primero los del pantalón y luego los de la chaqueta, sin éxito. Antes de que anunciara que se había dejado la cartera, puse en la mesa las trescientas pesetas de las dos consumiciones y algo más. Creo que esa fue la primera vez en mi vida que dejé propina. Y la primera que conseguí que José Luis saliera delante de mí. Pero no por un repentino ataque de urbanidad, sino para asegurarme de que no se llevaba las monedas del plato.

IV. Madrid

Esa fue la pregunta más recurrente en aquellos días delirantes: «¿Qué estabas haciendo cuando te enteraste?». Al principio no sé qué respondía, pero desde que se me ocurrió aquel chiste —la primera vez fue en una entrevista para un periódico de El Ferrol, que me brindó dos páginas a color— lo repetí en cada ocasión: «La noticia me pilló con las manos en la masa». Me consta, porque alguien me lo transmitió, que a mis antiguos jefes de Delypizza les gustaba que lo dijera, porque recordaba al lema de la empresa. Por supuesto no era verdad, es más, ellos sabían que la noticia había saltado a los telediarios cuando yo me había fugado del trabajo con una de sus motocicletas, pero eso era peccata minuta al lado de la publicidad gratuita que les estaba dando. Porque les di mucha: fueron decenas de entrevistas en radios, telediarios, revistas y, las que más me divirtieron, porque podía desmelenarme un poco, en los talk shows de media tarde. Al principio creí que solo interesaría la historia del naufragio, el cargamento extraviado, las impresionantes imágenes en la playa y las nefastas consecuencias para el pueblo, pero toda historia necesita una heroína, y la cara, aquí, no podía ser otra que la mía. Los medios apostaron por contar mi vida, el arco completo que iba desde la fracasada modelo de muñeca a la afanosa repartidora de Delypizza. Poco importaba que yo en realidad trabajara de pizzera y que no hubiera hecho reparto más que en contadas ocasiones, una vez que un periódico me fotografió apoyada en una moto de las que hay frente a la puerta, ya todos escribieron eso.

No debo adelantarme. Fueron los días más trepidantes de mi vida. O por lo menos muy trepidantes —quién sabe lo que me espera ahora—. Y quiero contártelo todo.

Delypizza fue la intuición de un visionario, de un agitador de los mercados. Yo le conocí poco, pero creo que algo de su espíritu creativo se apropió de mí en aquellos días locos. Se llamaba Arnaldo Jamís y su familia había tenido que abandonar Cuba cuando triunfó la revolución de los Castro. Previo paso por Miami y Nueva York, donde trabajó en una multinacional de productos higiénicos y farmacéuticos, recaló en España; aquí se topó con un superior que frustraba su talento y no le quedó otra que cumplir su sueño: montar su propio negocio.

Él mismo nos contó esa historia en el cursillo de formación que impartía a los nuevos empleados en la oficina de la calle Guatemala. Se presentó sin traje —llevaba unos vaqueros, un delypolo y unos náuticos Top-Sider—, dejándome sin querer un poco en ridículo porque fui yo la única en llevarlo, que ya que los tenía, me dije esa mañana, habrá que darles uso. Los futuros empleados le escuchábamos con atención. Nos contó cómo la idea de Delypizza le había venido al leer un artículo de la guerra comercial que había en Estados Unidos en ese sector, entre Pizza Hut, Domino's Pizza y otra más, mientras que en España todavía nadie llevaba comida a domicilio. Durante los primeros años, aún tuvo que conservar su trabajo por el día en la farmacéutica, cuidar a sus hijos por la tarde y hacer pizzas y números de noche. Arnaldo Jamís tenía un discurso apabullante y una voz muy agradable, ponía imágenes de acompañamiento y regaba su speech con anécdotas personales de lo más amenas, pero a mí aquello en lugar de motivarme me fue arrugando. Quizás a los veinte, con todo por hacer, habría sido diferente, pero con los treinta y pico recién cumplidos y la maleta llena de chascos había empezado a cuestionarme las decisiones que me habían llevado hasta aquella sala repleta de sillas con reposabrazos, y así, la historia de éxito de Jamís, en lugar de inspirarme, me deprimió bastante. Cuantas más cifras nos daba, más veía yo el reverso de mi propio fracaso: en menos de cuatro años había conseguido abrir ciento veinticinco locales en España, entre tiendas propias y franquicias, repartidos por todas las comunidades autónomas y además había incursionado en los mercados de Portugal, Polonia, México, Colombia y Chile; había lanzado su primera campaña televisiva para posicionar su marca en Barcelona y Sevilla de cara al 92 y su facturación era superior a la del segundo y tercer competidores juntos. Me animó sin embargo el rótulo con el que nos despidió: «En esta empresa tenemos que darle la cara al cliente y el culo al jefe», no tanto por lo combativo de la propuesta, que un poco también, cuanto porque lo encontré algo grosero y me pareció que eso yo podía haberlo hecho mejor.

En la formación compartí clase con Milagros, que vivía en Zarzaquemada y me ofreció mudarme a una habitación que se quedaba libre en su piso. Cuando descubrí, al ir a verlo, que Zarzaquemada ni siquiera estaba en Madrid, sino en Leganés, se me vino el mundo encima. Pero si quería ahorrar con mi nuevo sueldo, por poco que fuera, tenía que hacer ciertos sacrificios. En el cercanías Milagros vio la cara de susto que se me puso al cambiar de ciudad y trató de tranquilizarme. Ella ya me había confesado sin empacho alguno, en el primer descanso del cursillo, que Delypizza le traía sin cuidado y que no tenía ningún afán de ascender. Pero acababan de abrir un local en Leganés y eso le permitía llegar al curro en diez minutos y sin necesidad de gastar en transporte. Lo único que deseaba, me aclaró mientras caminábamos al piso, era llevar una sencilla vida de barrio y eso allí sería posible.

—Ya verás —remató—, te va a encantar.

Inmediatamente supe que si pedía aquel emplazamiento ya nunca saldría de Leganés, una de las pocas ciudades que hubiera preferido ser pueblo. Uno podía dormir allí porque no le quedaba más remedio, para eso se había concebido aquel lugar, ¿pero dormir y trabajar allí? Eso era regodearse. Pedí un local cualquiera, pero de Madrid. A Milagros tuve que mentirle y cuando le dije que me habían mandado a Santa María de la Cabeza se quedó, además de muy decepcionada por no trabajar juntas, un poco mosqueada. Yo fingí un cabreo monumental con la empresa, pero ella estaba verdaderamente suspicaz porque en Leganés había muchas plazas vacantes. Parecía dispuesta a investigar, así que le dije:

—No te hagas mala sangre. Ya sabes que en esta empresa a veces hacen las cosas solo por joder.

—Tienes razón.

Suspiré aliviada y pensé que, visto su magnetismo, igual tenía que dejarme de remilgos y usar tacos más a menudo.

En el local yo entraba en acción después de los estiradores de la masa, que eran los que más reconocimiento obtenían porque los clientes se embobaban mirándoles; mi tarea lucía menos pero era igualmente crucial: yo debía untar bien la base de tomate, mozzarella y el resto de ingredientes atendiendo fielmente el albarán que me pasaban. Y digo fielmente porque más de una vez, sobre todo con las que tenían que ser dos mitades, se me iba el santo al cielo y la pizza quedaba inservible. Es decir, que nos la comíamos los empleados después del cierre. Aunque una vez que lo descubrí, y teniendo en cuenta que en casa la nevera estaba vacía y que así me salía mejor pagada la hora, digamos que empecé a equivocarme a propósito para irme con la cena resuelta. Luego me arrepentí porque mi encargado, Valentín Jarama, se dio cuenta y me regañó. A mí me dio coraje verme de repente un poco pordiosera habiendo sido poco menos que una alta ejecutiva de banca durante tres semanas; también porque Valentín era muy buen chico. Sus únicos dos defectos ya los he dicho: uno era que se apellidaba Jarama, así que todo el mundo pensaba que éramos parientes, que Valentín me había enchufado y que, por tanto, yo no había pasado un proceso de selección como todo el mundo; el otro era que Valentín era un chico, un chaval se entiende, tenía dos años menos que yo y eso a mí, que nunca había trabajado para alguien más joven, me escocía. De hecho, tal vez porque no andaba en mi mejor momento —yo nunca decía hundida, aunque estaba hundida, porque si empiezas a decir hundida entonces ya no hay Dios que te levante—, lo tomé como el indicio de que todo posible ascenso me había sido vedado, la prueba de que acabaría sirviendo a los hijos de mi generación. Y a los hijos de sus hijos. Y a los hijos de los hijos de sus hijos.

Pero como decía, Valentín era un primor y daba gusto verle trabajar. Tenía la misma cara de canallita bueno que Tom Cruise en la película *Cocktail*. Y su misma desenvoltura tras el mostrador. Era muy amable con los clientes y disfrutaba dando réplica a las bromas que los padres de familia acostumbraban a hacernos a los dependientes. Donde otros se exasperaban, él lo pasaba bien. También tenía mano con los niños, y ahí se volvía el favorito de las madres, cuando desinflaba la rabieta de los hijos trayéndoles unas hojas para colorear o haciéndoles algún sencillo truco. Al mismo tiempo, lidiaba con los repartidores que trataban de engañarle. De toda la plantilla, ellos eran los que más libertad tenían y sabían aprovecharla. A menudo enredaban con los pedidos y el cambio para rascar un sobresueldo y fingían estar malos los días de lluvia para que les cambiaran el turno en el último momento. Pero Valentín era implacable, y lo era sin perder su sonrisa Cruise. Con el tiempo entendí que lo que más le gustaba era mostrar sus facetas simultáneamente, para que entendiéramos que no le movía la emoción del momento sino la devoción por una técnica de liderazgo. Al final del día, remataba su actuación cuando, después de habernos reprendido por hacer una pizza mal a propósito, salía a regalársela a los últimos yonquis de la glorieta.

Sin embargo, pocos sabíamos que bajo su aspecto de níveo efebo hecho por los dioses latía un alma atormentada. Valentín tenía un conflicto importante, en el que yo quería ayudarle, aunque no sabía cómo. Él había estudiado Derecho y su sueño era formar parte del Cuerpo Superior de Técnicos Comerciales y Economistas del Estado porque, según me aclaró, se viajaba mucho. Tres veces se había presentado a las oposiciones y tres veces las había suspendido, todas por algún despiste tonto, porque Valentín era muy inteligente. Agotados los ahorros de sus padres, e incapaz de aceptar que hipotecaran su casa para seguir manteniéndole, como ellos le habían propuesto, Valentín se decidió a aportar algo de parné. Buscó un trabajo con flexibilidad de horarios que le permitiera estudiar y entró de repartidor. Muy pronto le ascendieron a encargado y su nombre empezó a sonar para remplazar a un jefe de tienda que estaba dando resultados más bien pobres. Pero no era su rápido ascenso, ni mucho menos el dinero que iba llegando a su cuenta, lo que le había hecho entrar en crisis, sino lo mucho que ambas cosas le gustaban.

—Me siento empresa —llegó a decirme un día, al borde de las lágrimas.

Su repentino entusiasmo, que trataba de ocultar sin conseguirlo, había empezado a pasarle factura en casa y con sus amigos. Sus padres no veían con buenos ojos que cada vez hablara menos de los temas que estaba repasando y más de las perspectivas que se le abrían en Delypizza.

—¿No pueden entender que esto es lo que te apasiona?

—El problema no es ese. No es que a mí me guste hacer pizzas y ellos no me dejen. Si fuera eso, no tendrían inconveniente. Pero a mí las pizzas me traen sin cuidado. El problema es que este trabajo me ha abierto el apetito por crecer, un apetito que no sabía que tenía y que a ellos les ha asustado.

Valentín emprendió una estrategia con sus padres de la que más tarde se arrepentiría, por burda: empezó a regalarles cosas que ellos siempre habían echado en falta: un aspirador para el coche, un aparador para sustituir el de la entrada, unos billetes para conocer Marrakech. Aquello puso a sus padres completamente a la defensiva y confirmó su primera intuición: que la morralla liberal —así la llamaron— que el tal Arnaldo Jamís soltaba por la boca acabaría por convencer incluso al más reacio de sus empleados —su hijo— de que todo en la vida —ellos— tenía un precio. Llevaban mal la idea, después de haberle pagado una carrera, de ver a Valentín convertido en un comercial, alguien que se ganaba la vida a costa de secuestrar voluntades ajenas, como le dijo un día su madre, cosa de la que solo podría librarse si se ganaba un puesto en la Administración, donde afortunadamente nadie tendría que venderle nada a nadie. Aquel comentario le hirió porque él no se veía como un comercial y estaba de acuerdo con su madre en que esa era una figura desagradable. Ahí le dije que yo había sido comercial y que había disfrutado de aquel trabajo. Su respuesta fue un poco decepcionante:

—Pero tú vales mucho más que eso.

En cualquier caso, lo que más le preocupaba no eran sus padres, que a fin de cuentas tenían que acabar aceptando cualquier decisión que tomara; lo peor habían sido sus amigos, que habían captado perfectamente los primeros indicios de su cambio y habían empezado a hacerle preguntas capciosas, si no inquisitivas: ¿tú crees que te realizas en la pizzería?, ¿no te escama que necesiten tantas ofertas y tanta publicidad para vender?, ¿no te jode ver lo rico que es el dueño y lo poco que ganáis los empleados? Valentín me decía que estaba muy sorprendido por la forma en que había acabado defendiendo cosas en las que no creía, pero encontrar un caparazón ideológico le resultaba menos violento que admitir que aquel trabajo le gustaba y que la posibilidad de ascender, dirigir él una tienda, e incluso todo un departamento en el que poner en marcha sus ideas, le entusiasmaba. Estaba convencido de que sus amigos lo sabían, pues habían sido testigos de cómo, al acabar la jornada, había ido sustituyendo las quejas acerca de las condiciones laborales por historias más o menos divertidas sobre sus tareas diarias. Pero aun así se habían embarcado en un debate que, precisamente por no tocar lo fundamental, se había vuelto perpetuo. Sin embargo, tocar lo fundamental podía tener una consecuencia tan determinante como el fin de su amistad, no en forma de violenta ruptura, sino por la lenta y mortecina vía de quienes han dejado de interesarse.

Creo que Valentín se sinceraba conmigo porque le seducía la liberación del pasado que supone una nueva amistad. Yo trataba de seguirle en sus razonamientos, a pesar de que a menudo eran complejos. Enrevesados. Pero me seguía cayendo bien. A veces se volvía receloso y me preguntaba si no le estaría dando coba porque era mi jefe y no me quedaba otra que aguantarlo. Yo le tranquilizaba, aunque sí tenía una motivación oculta para seguir cultivando su amistad: él se había convertido en mi principal motivación para progresar en Delypizza. Y no exactamente él, que para mi gusto se las daba un poco de rarito y se ahogaba en un vaso de agua, sino, precisamente, su entusiasmo.

En cualquier caso, ni su entusiasmo ni mi creciente implicación eran suficientes para paliar los magros ingresos de nuestro local. Estábamos a rebosar los viernes por la noche, los días en que había partido de fútbol y cuando llovía, pero el resto del tiempo perdíamos dinero con los hornos funcionando para una sola pizza cada vez. El director de tienda siempre andaba excusándose con que nos había tocado un barrio envejecido, y que la gente mayor no consumía pizzas, pero sus razones no fueron suficientes y desde la Central tomaron cartas en el asunto. Tras un primer lustro de expansión, la empresa empezaba a dar síntomas de estancamiento, así que Arnaldo Jamís aprovechó nuestro caso para aplicar un revulsivo. Su decisión dejó a todos boquiabiertos, aunque quizás no tanto porque todos sabían lo mucho que le gustaba dejarles boquiabiertos: pasaría un mes trabajando en el local de Santa María de la Cabeza para transmitirle a toda la plantilla que el problema nunca tenía que ver con el tipo de clientela, sino con el empeño de los empleados.

Nuestro director de tienda fue el que peor parado salió con el plan. El resto disfrutaríamos de la ocasión de trabajar codo con codo con Arnaldo Jamís y demostrarle de qué éramos capaces. La verdad era que yo no me daba mucha maña con las pizzas, no conseguía que me quedaran según los estándares y a menudo me precipitaba con los tiempos. Si mi jefe no hubiera sido Valentín, tal vez me habrían puesto en la calle. Así que decidí buscar otra vía para llamar la atención de Arnaldo.

La idea me vino uno de esos cortos días de enero en los que incluso los funcionarios salen de trabajar de noche. Esas tardes eran complicadas porque los grupos de quinceañeros, una vez que les echaban de los recreativos por armar jaleo, ya no tenían adónde ir, así que venían al local, pedían una pizza pequeña para todos y se guarecían del frío hasta la hora en que sus padres les dejaban volver a casa. Lo bueno era que no tenían la edad legal para beber alcohol; lo malo es que no necesitaban el alcohol para estar borrachos. Pegaban chicles en las paredes, hacían concursos de eructos, se frotaban unos contra otros y se reían como bestias heridas. En las puertas del baño pintaban nombres, penes, corazones y en el techo estampaban bolas de papel higiénico empapado; meaban siempre el borde la taza y dejaban un olor a sudor tan fuerte que luego me tenía que enjabonar tres veces (y no exagero). Pero era aún peor cuando sus padres les habían dado algo de dinero. Esas tardes, además de comer, se permitían una pizza al gusto —elaborada con los ingredientes que el cliente desee—, solo que su gusto no era otro que la perversión: tratar de colarle al amigo piña fresca por la espalda, construirse dentaduras postizas con champiñones o lanzar granos de maíz por la nariz para luego atraparlos en el aire con discos de pepperoni eran sus aficiones más corrientes. De verdad una pena, porque siempre me había parecido que la pizza al gusto era una buena iniciativa de Arnaldo, pero aquellos muchachos, como suele decirse, habían confundido la libertad con el libertinaje.

El día que el menos avispado de ellos no consiguió detener el disparo y el grano de maíz se me coló por el cuello del delypolo —logro ante el cual todos empezaron a gritar a coro «¡be, erre, a, uve, o, BRAVO!»— supe que tenía que hacer algo, y es que las que no somos emprendedoras por instinto sino por decisión necesitamos la adversidad para tener ideas. Lo bueno, desde esa perspectiva, es que nunca nos pasa nada malo. Estaba claro que de nada servía regañarles cada vez, así que había que ir al fondo del problema que es, siempre, la educación. No podíamos ser un local que viviera de espaldas al barrio y sus necesidades, teníamos que implicarnos, ser reconocidos por los vecinos más mayores y ganarnos el respeto de los más jóvenes. Y eso no se hace con imposiciones, sino con confianza.

Ese fue el espíritu con el que mi cabeza alumbró el Club Pequepizza. La idea era propiciar visitas de los colegios de alrededor. Los niños vendrían una mañana, les contaríamos curiosidades de la historia de la pizza y les invitaríamos a preparar una, dejándoles hacer las diabólicas mezclas que quisieran. Luego se les haría una foto en la puerta a todos, con su delygorra puesta. Finalmente, tendrían que rellenar un formulario con sus datos personales para que les enviáramos el diploma y la foto. Todo gratis. El retorno de la inversión sería: 1) Haberles inculcado desde pequeños los valores de respeto a la gastronomía italiana, una de las más reconocidas del mundo, y al prójimo. 2) Gracias al formulario podríamos llamar a cada familia quince días antes del cumpleaños del niño para ver si su madre estaba interesada en celebrarlo con nosotros. La cara que puso Valentín cuando le conté el plan me dio la medida de mi éxito. Faltaba una semana para que Arnaldo se incorporara, así que disponía de ese tiempo para preparar un speech que fuera lo más casual posible. Nunca se me presentaría otra oportunidad así.

Después del cierre, en lugar de quedarse en la esquina de la glorieta donde solíamos charlar un último rato —a mí me gustaba retrasar la vuelta porque tenía mucho más en común con Valentín que con Milagros—, mi jefe me acompañó camino al metro, balbuceando que quería comprar no sé qué en esa dirección. Le vi agobiado y le pregunté si había un nuevo episodio de los desencuentros con sus amigos, aunque ya intuía que la cosa no iba por ahí.

—Quiero decirte una cosa. No me la saco de la cabeza, pero me da vergüenza. —Estaba tan nervioso que se había dejado la delygorra puesta. Creí que se me iba a declarar, porque en las películas siempre he visto que la gente se pone muy nerviosa al declararse, y le quité la gorra con dulzura, para atenuar mi inminente negativa—: ¿Te importaría mucho si le decimos a Arnaldo que la idea del Club Pequepizza es de los dos?

Me sentó mal que me lo pidiera, pero no supe decir que no.

—Sé que es patético pedirte esto, pero el hecho de que me rebaje te puede dar una idea de lo que me importa. Si lo piensas, para ti no habrá penalización. El ascenso está asegurado y, además, darás la impresión de que sabes trabajar en equipo.

Acordamos que dejaríamos pasar unos pocos días desde la llegada del fundador para generar un clima de confianza que explicara nuestro acercamiento. No debíamos parecer arribistas, solo apasionados.

Arnaldo apareció por la puerta con el delypolo puesto. Me pregunté si habría conducido así desde su casa o se habría cambiado en el coche. En poco tiempo le insufló nueva vida al local; se movía por la cocina como pez en el agua y recordaba todos los pasos de cuando él había sido el único pizzero, en los inicios de la empresa. Sin embargo, para mi gusto, sobreactuaba un poco. Por ejemplo, cuando nos preguntaba a los empleados ordinarios «¿es así como hay que esparcir el tomate, no?, ¿de modo que quede uniforme, sin grumos pero sin lagunas?». El pobre se veía obligado a hacer auténticas filigranas con la entonación para hacer pasar por preguntas cosas que eran lecciones encubiertas. O cuando, para disimular el entusiasmo con el que venía a trabajar, deslizaba algún lamento por el tráfico, el tiempo o por tener que hacer un turno a la hora de la siesta, porque entendía que eso era lo que le acercaba a un empleado normal. Se esforzaba por que sintiéramos su cercanía y eso me hizo extrañar, por primera vez en mucho tiempo, la escalera desde la que nos hablaba Bienvenido, aquel lugar de autoridad que muchas soñábamos con ocupar, pero que por eso mismo respetábamos. El señor Santos nunca se puso un mono de trabajo y yo, más de una década después, se lo agradecí. Pasado el descoloque inicial, comprendí lo mucho que había en juego para aquel hombre y me volqué en ayudar en cuanto pude. Había obrado con mucha valentía al venir a trabajar a Santa María de la Cabeza, porque ahora todo su discurso se enfrentaba al implacable juicio de los números: ¿era aquel un barrio envejecido y negado para las pizzas o es que el director de tienda había resultado un incompetente que no había sabido buscar nuevos recursos? La posición de este último era delicada, pero la de Arnaldo Jamís mucho más: ¡por Dios, ese hombre era el fundador y daba discursos en universidades internacionales para enseñar su método! Si no conseguía mejorar las ventas de su propia tienda, haría un ridículo espantoso. No podía soportar la idea de que ese hombre, ante su familia, sus empleados y el mundo en general, quedara completamente desacreditado.

Y llegó el 8 de agosto de 1992, día en que se sumaron los dos factores que más hacían sonar los cuatro teléfonos de los que disponíamos en el local: el fútbol y la lluvia.

España jugaba la final de los Juegos Olímpicos y en Madrid, después de un día abrasivo, arreció la tormenta. Dos repartidores nos dejaron colgados y tuvimos que reorganizar las tareas. No dábamos abasto para atender todas las llamadas. La cara de Arnaldo se desfiguraba cada vez que se perdía un pedido y con él menguaba la cuenta final de un día que estaba llamado a hacer su gloria.

A medida que el gris fluorescente del cielo se volvía más opaco, que las carreteras se anegaban de agua, el ambiente en el local se iba volviendo más tenso. Todos teníamos el delypolo encharcado de sudor y lo único que se oía eran las voces de Arnaldo intentando dirigirnos. Poco a poco el fundador fue abandonando el teatrillo de la proximidad y se volvió un líder sin remilgos: lanzaba órdenes tajantes, contestaba a nuestros errores con ironía y demostraba, utilizando incluso a los clientes como jurado, que los resultados que él obtenía eran más satisfactorios que los nuestros. Al verle ejercer al fin, Valentín entró en trance. Pero no éramos suficientes para cumplir las órdenes y sus mandatos empezaron a sonar como un hilo musical: constante pero incapaz de ceñirse a la situación. El pobre fue perdiendo la compostura. A mí tanta voz empezaba a saturarme los tímpanos y, para descansar un poco, preferí salir al aguacero y pedí un turno de repartidora.

Delypizza aún no había cumplido su promesa de diseñar impermeables para las tormentas, así que me tuve que enfundar la cazadora de invierno de los repartidores y, dispuesta a cocerme como un garbanzo, salí a surcar la noche eléctrica. No tardé en darme cuenta de que quedarme soportando los gritos del fundador hubiera sido mucho mejor plan. Madrid había sucumbido a unos dioses vengativos que parecían dispuestos a convertirla en un recuerdo y yo tenía que bajar hacia Legazpi. Solo en el primer reparto, la corriente de agua que descendía por la calle Embajadores me tiró tres veces de la moto, con tan mala suerte que fueron todas por el mismo lado, lo que hizo que media pizza tuviera extra de todos los ingredientes y la otra media quedara completamente deforestada.

—Un perfecto retrato de cómo está el mundo —me dijo el primer cliente al abrirla y, aunque su metáfora me pareció un poco irritante y facilona, agradecí que el percance hubiera servido, al menos, para reafirmar su ideología.

El segundo debía tener la típica pelusa de quien ha nacido en la mitad mala, porque fue mucho menos comprensivo.

—¿Qué te parecería a ti que te trajeran una pizza así, eh?, ¿te la comerías?

Yo fui sincera y le respondí que, con las horas que eran y el hambre que traía, esa pizza deshecha me sabría a gloria, pero lejos de apiadarse me cerró de un portazo quedándose él la pizza y yo sin cobrar. Con Arnaldo en fase de ignición, el dinero tendría que reponerlo servidora. Ante el tercer cliente estuve más avispada, no le avisé del contratiempo, cobré a toda prisa, rechacé la propina —una es pilla pero digna— y volé escaleras abajo.

En el local me endosaron otros tres pedidos, el primero en la calle Juana Doña. La ciudad estaba vacía y yo me sentía encerrada fuera, viendo por las ventanas a las familias que, a buen recaudo, disfrutaban del partido. Confundí el paseo Delicias con la calle Delicias y me perdí. Saqué la libreta pero la lluvia atacó con fuerza y empezó a diluir la tinta. Rápidamente, memoricé la dirección y el nombre de la clienta. No fue difícil, ¿cómo iba a olvidarlo si era el de mi madre?

Cuando llegué al portal 66 de la calle Canarias estaba histérica. Necesité caminar calle arriba y calle abajo. Poco me importaba el aguacero. ¿Quería yo verla? ¿Sería mejor darme media vuelta o dejar que el destino decidiera por mí? Antes de contestarme estaba llamando al telefonillo. Pero cuando el espejo del ascensor me devolvió mi estampa, sujetando la aparatosa bolsa térmica con una pizza cuatro estaciones en su interior y completamente reducida bajo el casco y la cazadora corporativa, me pareció que no estaba preparada. Salí al descansillo, me volví al ascensor y pulsé el bajo. Allí, de nuevo frente al espejo, y estimulada tal vez por el ruido inverso del ascensor, me di cuenta de que la aparatosa bolsa térmica, el casco y la cazadora corporativa eran las condiciones ideales para el encuentro. Yo podía verla y era imposible que ella me reconociera. Detuve el ascensor en el primero, pero no sirvió de nada porque tenía memoria y me hizo pasar por el bajo de todas formas. Había un hombre esperándolo que insistió en dejarme salir. No me atreví a decirle que yo en realidad quería volver a subir por si preguntaba el motivo y se me escapaba que estaba a punto de rencontrarme con mi madre. Salí. Esperé. Cuando al fin bajó el ascensor, el hombre estaba dentro de nuevo.

—Me había olvidado las llaves —se excusó.

—A mí no me han dado el cambio —respondí yo, sorteando el peligro.

Nos deseamos buenas noches. Volví a subir y llamé al timbre. Mi corazón retumbaba fuerte bajo la cazadora. Abrió una mujer de pelo cobrizo que le sacaba dos cabezas a mi madre.

—Usted no es Adelina Torregrosa.

—Entonces tú eres Josefina. —Y el rostro de la mujer se iluminó al decirlo—. Con el casco no te reconocía.

—¿Nos conocemos?

—Yo soy Conchi, una amiga. Pasa, criatura. Estás empapada.

Obedecí y la mujer me ayudó a quitarme la cazadora y el casco.

—Esta no es noche para andar por ahí fuera, ¡con la que está cayendo!

—Es que han pedido una pizza en esta casa —acerté a decir.

—También es verdad. Pero no creas que nos gusta. ¿Quieres comer? Estarás muerta de hambre. Ven, siéntate y

211

coge un trozo. —Conchi sirvió una porción en un plato y yo me senté—. No me puedo creer que esté viéndote. Tu madre hablaba tanto de ti.

—¿Hablaba? ¿Cómo que hablaba? ¿¿Mi madre ha muerto??

—¿He dicho hablaba? Uy, no, qué bruta. Es que antes lo hacía mucho, cuando estábamos en la clandestinidad. Ya sabes que los mayores nos quedamos un poco atrapados en los viejos tiempos. Llevo semanas preparándome para esto y lo estoy haciendo todo fatal, Josefina. Perdóname. Tu madre está viva. Es solo que está en el baño. De puros nervios le han entrado ganas de darse una ducha. Curioso, ¿verdad? Enseguida sale. Le va a dar un síncope en cuanto te vea. Come algo. ¿De qué es la pizza?

—Cuatro estaciones.

—¿Y no te gusta?

—Es mi preferida, pero no tengo hambre. Querría, a ser posible, un vaso de agua.

—Claro, ¿por qué no vas a la cocina y te lo pones tú misma mientras yo aviso a tu madre? Estás en tu casa.

La casa era acogedora, aunque siempre me ha molestado ese adjetivo porque sirve para endulzar las casas pequeñas, donde la calidez viene solo del hecho de que todo está demasiado cerca: las mantitas deshechas en el sofá, porque si las doblas ocupan una plaza, la jarra de agua siempre encima de la mesa, porque en la cocina no cabe, y la tele casi encima del sofá, como si fueras miope cuando lo que pasa es que vives humildemente. Sí, las casas que son acogedoras lo son porque no pueden ser otra cosa, y no, no sonrías, por mucho que ya me conozcas a estas alturas, porque yo misma me he dado cuenta de que también estoy un poco hablando de mí. ¿Me habían convertido los años en una persona acogedora? ¿Una mujer en la que estaba todo demasiado cerca? Pero no creas que la sola visión entrecortada de la casa de mi madre bastó para suscitarme estas reflexiones tan profundas sobre mí. En primer lugar porque resultó que no era la casa de mi madre, como yo había pensado en un primer momento, sino la de su impertinente amiga. Y en segundo lugar porque no hubiera tenido tiempo. Fue dejar atrás su cháchara para encarar el pasillo y encontrarme, de bruces y en albornoz, con mi madre. Tantos años, tan cambiadas, y quiso el destino que nos reencontráramos estando las dos, por motivos tan diferentes —ella saliendo de una cálida ducha y yo luchando contra el diluvio universal—, completamente empapadas.

—¿Por qué te fuiste, hija?

—Te fuiste tú, mamá.

No sé quién de las dos se lanzó primero, pero nos dimos un abrazo larguísimo. Por encima de su hombro pude ver las ganas que tenía Conchi de sumarse ella también. Yo le devolví una mirada hostil que, si bien logró frenar su deseo, no evitó que viniera a pasarnos las manos por la espalda y a decirnos:

—No os preocupéis, que esta noche vamos a poder hablar de todo. Es increíble, Lina. Esta niña tiene tus mismos ojos. Venid.

Conchi nos sentó en el sofá y se puso ella en un butacón.

—No sabes cuánto te hemos buscado —dijo.

—¿Quiénes? —pregunté mirando a mi madre, pero ella seguía callada.

—¿Cómo que quiénes? ¡Nosotras! Bueno, y ellos. Quiero decir todos nosotros.

—¿Y quiénes sois todos vosotros?

—¿Ahora mismo? Un grupito de funcionarios. Aunque unos con más nivel que otros. Y algún autónomo. Somos gente convencida de que hay mucho que se puede seguir haciendo desde la Administración. Por eso nos metimos.

—¿Habéis estado utilizando las herramientas del Estado para buscarme? —dije sin saber si sentirme asustada o halagada.

—No, mujer. O no como te lo estás imaginando. Movimos algunos hilos, eso es todo. Llegamos a localizarte en el banco. Pero enseguida te perdimos la pista. Desapareciste.

—¿Sois... un comité?

—De la noche —respondió al fin mi madre, y no supe si se burlaba de mí o lo decía en serio.

—Creímos que te encontraríamos en el funeral de Bienvenido Santos, el juguetero, y estuvimos ahí, no tu madre, claro, que para ella hubiera sido peligroso, pero no apareciste.

—¿Cómo que el funeral de...? ¿El señor Santos ha muerto?

—¿Cómo? ¿No lo sabías? —preguntó mi madre—. Qué desastre, hija mía, siento que te hayas enterado así.

—Fue un accidente de coche —intervino Conchi.

—Imposible —repliqué—. Siempre les exigía cautela a sus conductores.

—No, no. Él iba caminando. Un coche lo atropelló —aclaró mi madre.

Me entró mucho agobio y me levanté. Fui al baño un poco porque era el lugar más fácil al que podía ir. Sentada en la taza, lloré un rato. Concretamente hasta que Conchi vino a llamar a la puerta.

—¿Estás bien, Fina? ¿Quieres que te traiga al menos un poco de pizza?

Abrí de golpe.

—Me voy. Tengo que seguir trabajando. Además, me guste o no, yo las pizzas no me las como, las reparto.

—Mujer, haz una excepción —dijo mientras me perseguía por el pasillo—. Si acabas de llegar. Con lo nerviosas que estábamos por verte.

En el salón, mi madre seguía en la misma posición.

—Perdona si te hemos molestado —dijo.

Me extrañó tanta torpeza en ella. No era la madre curtida y carismática de mis recuerdos, aunque tampoco tuve la sensación de que aquella mujer hubiera desaparecido del todo. Quizás solo estaba emocionada. Y un poco más mayor.

—Tú te vienes conmigo —respondí.

—¿A repartir pizzas? —se escandalizó Conchi.

—Me vendrá bien la compañía. ¿Tú tienes alguna experiencia como repartidora? —le pregunté a mi madre.

—Solo de desgracias.

—Muy graciosa, pero sirve igual. Nos vamos.

—¿Y tienes casco para ella? —preguntó Conchi ya desde la puerta.

—Le dejo el mío.

—Os vais a poner perdidas. Con la que está cayendo.

—Ya no llueve —dije justo antes de que se cerrara la puerta del ascensor

—¿Y cómo lo sabes? —oí gritar a Conchi mientras bajábamos.

—Lo intuyo —le dije, casi en un susurro, a mi madre.

Con Lina agarrada a mi cintura, surcamos las calles del distrito de Arganzuela. Había acertado a medias: ya solo chispeaba. Estaba tan a gusto que no hice nada por tomar el camino más corto, tampoco estaba segura de conocerlo, y en cambio disfrutaba de aquellas grandes avenidas con sus cinco carriles vacíos y los gritos que desde las ventanas nos recordaban que el mundo entero miraba hacia otro lado y que nosotras dos, silenciosas y ateridas de frío, no le importábamos a nadie.

Mi madre me dijo que le hacía ilusión estrenarse entregando ella las pizzas. Le advertí que, llegando más de una hora tarde, no esperara amabilidad ni propina. Le dejé la cazadora —el casco ya lo llevaba— y le di las tres cajas. Yo me escondí en el hueco de la escalera. Distinguí una voz grave de mujer.

—Mira quién está aquí, cariño. ¿Te lo dije o no te lo dije? Al final tienen los huevos de aparecer.

—Pues es verdad —se acercó una voz masculina—. Yo le había dicho a mi mujer que a estas alturas lo más sensato es que ya no dieras la cara, no vaya a ser que te la partamos. Porque dan ganas. Mira, ven, asómate un poco. ¿Ves cuántos estamos? Has dejado a ocho personas sin cenar, retrasado mental. Y en la final de los Juegos Olímpicos. ¡Ocho personas! Y ahora los tengo que aguantar borrachos porque no han comido. Que yo sé lo que pasa, que hoy llama todo el mundo, y no os da la gana de coger menos pedidos porque la pela es la pela. Que tenéis la cara muy dura, joder.

—Tampoco la tomes con este, que no tiene la culpa. No es más que un triste repartidor —volvió la otra voz, que tampoco había reconocido a una mujer bajo el casco—. Mira, para que veas que sabemos que tú no pintas nada en esto, hasta te vamos a dar propina.

Cuando oí el portazo salté al descansillo. Encontré a mi madre con la palma de la mano aún abierta y tres monedas de veinticinco pesetas en ella, con la misma pose tristona de la camarera de catering a la que le toca repartir los aperitivos más vulgares, por los que nadie se pelea, los que siempre vuelven a cocina. Y es que es una tristeza que podría reconocer incluso a oscuras, como nos habíamos quedado en el descansillo, porque es una tristeza flemática y desvaída, una tristeza que sabes que no te mereces, porque esa fiesta no la das tú y esa bandeja no te corresponde; y sin embargo es la tuya, la que pasearás entre los invitados y por la que serás recordada, tanto que en los postres ya dará igual si te libras de los Ferrero Rocher y te haces con el sorbete de mango o la crème brûlée, porque todos se acordarán de tu cara y se alejarán de tu bandeja. Y es así que todo se invierte y que esa tristeza flemática, desvaída y finalmente heredada (de la bandeja primero y del encargado que elaboró el menú después) empieza a parecer culpa tuya, como si fueras tú la que elegiste llevar esa bandeja, la que impusiste ese plato y la responsable, en definitiva, de que una velada tan efervescente como aquella se viera arruinada por un entrante de tan mal gusto.

—¿Por qué no les has dicho nada?

—¿Qué quieres que les diga?

Me dolía verla tan vulnerable, casi me avergonzaba.

—Has dejado que te traten fatal. Y tú eres…, bueno, quién mejor que tú para ponerlos en su sitio.

—No quería crearte problemas. A fin de cuentas, es tu uniforme el que llevo.

—Ah, si es por eso, gracias —le respondí sin mucha convicción.

—Esta cazadora pesa muchísimo.

—Y el casco apenas deja respirar. —Le abrí la visera—. Es un incordio. Vámonos, hay un sitio al que tengo muchas ganas de ir.

—Pero aún queda una entrega. Te van a matar.

—Luego. Ahora no me apetece.

Conduje por Méndez Álvaro hasta el parque Tierno Galván. Una vez allí anduvimos por sus senderos lóbregos y dejamos atrás árboles de aspecto amenazante hasta que, como una pirámide maya entre la maleza de la selva, apareció ante nuestros ojos el Planetario, con su cúpula de azulejos blancos, que no sabía una si era una nave o simplemente un iglú venido a más.

—No pareces muy contenta.

—Me lo esperaba más grande.

—¿Por qué querías venir a verlo?

—La gente habla de él. Ahora, además, han construido un Hipercor aquí cerca. Dicen que toda esta zona se va a quedar estupenda.

—Te veo muy puesta en la ciudad. ¿Te gusta Madrid?

—No lo sé. Es muy bonita. Me gustan las avenidas grandes, las casas señoriales, pero es un poco menos divertida de lo que me esperaba. Creo que echo de menos Ibi.

—¿Y no echas de menos Tibi?

—No, Tibi no.

—Creciste allí. Te gustaba.

—Menos de lo que tú creías.

Deambulando, llegamos a un auditorio al aire libre. Nos sentamos en uno de los bancos de césped y, como dos tontas, nos empapamos el culo. Tuvimos que buscar un rincón en la zona de piedra que no estuviera mojado.

—Mamá, hay algo que quiero preguntarte.

—Claro.

—¿Por qué tuviste que regañarme cuando avisé a la profesora de que Pepita estaba copiando?

—¿Es eso lo que quieres saber?

—Es que no lo entiendo. Creo que he sido una hija modelo, y aun así para ti no era suficiente.

—Yo nunca he querido que fueras una hija modelo.

—¿Y qué hay de malo en ello? Es el sueño de cualquier madre.

—¿A ti te parece que yo he sido una madre modelo?

—Yo no estoy enfadada contigo. A veces sí. Pero quiero decir que la mayoría del tiempo no lo estoy. Lo he pensado mucho. Tú no querías dañar a Bienvenido. Sé que robaste por accidente, que de otro modo no lo hubieras hecho.

—¿Me estás preguntando si le hubiera robado a Bienvenido de todas maneras? ¿Es eso lo que en realidad quieres saber?

—No, no te lo estoy preguntando, mamá.

—No lo sé a ciencia cierta, pero estoy casi segura de que...

—¡Mamá! Lo que quiero saber es lo que te he preguntado. ¿Por qué te pusiste del lado de Pepita?

—¡Pero si yo ni conocía a Pepita!

—La defendiste porque ella era la chica más inteligente de la clase. Y yo solo la alumna aplicada.

—Hija, de verdad, creí que esta noche hablaríamos de otra cosa.

—Ves cómo me rehúyes.

—Yo no rehúyo nada, al contrario. Venía decidida a hablar de aquella noche, de lo que pasó en la gasolinera.

Y creo que tú no quieres hablarlo porque no me perdonas que fuera más cosas aparte de tu madre.

—Eso es lo que tú querrías. Porque eso puedes explicarlo. Pero no hace falta que te justifiques. Te entiendo. Tú estabas persiguiendo tus sueños, como yo luego he perseguido los míos.

—Los sueños no hay que perseguirlos, Fina. Es mejor engañarlos. Darles gato por liebre. Que se crean que los has cumplido y así te dejan un poco en paz. Si se te meten en la sangre son como el colesterol, una mala cosa.

—No piensas eso, ¿verdad?

—Depende de cuáles. Me gustan los sueños que teníamos en mi generación. Queríamos cambiar el país y para eso sabíamos que necesitábamos cuadros técnicos de izquierdas: abogados del Estado, inspectores de Hacienda, de trabajo, jueces. Y las organizaciones necesitan contables. Teníamos más disciplina, más mentalidad de equipo. Ahora todos queréis ser creativos: diseñadores, escritores, músicos. Ese es el opio del pueblo, ¡la creatividad!

—Yo no quiero ser ninguna de esas cosas.

—Por mis sueños no te preocupes, porque en realidad son los mismos de siempre: yo soy feliz poniendo en apuros a tipos como tu jefe.

—¿Lo ves? Nunca te gusta lo que hago.

—Fina, no estoy hablando de ti. Tú haces lo que puedes.

—Para ti no tengo más valor que eso. ¿Crees que a mí no me gustaría haber llegado más lejos en la vida?

—¿Pero qué es llegar lejos para ti? En todos estos años me lo he preguntado muchas veces.

—No me parece una pregunta que me puedas hacer así, como si nada, después de tanto tiempo desaparecida.

—Vale, pues ¿dirías que yo he llegado lejos? En realidad solo soy una inspectora de trabajo.

—Ese era exactamente vuestro proyecto, ¿no? Tomar el Estado, cambiar el país.

—Y no es que lo consiguiéramos.

—¿Tú también te consideras una fracasada? —le pregunté, de pronto, con esperanza recobrada.

—En absoluto. No ha salido como queríamos, es cierto. Pero tampoco antes éramos unos ilusos. Esa es otra trampa que nos tendemos a menudo: creernos que la gente de izquierdas somos unos idealistas. ¡Todo el mundo es utópico! Franco el primero. Tenía un ideal para España, imposible de aplicar, ni aun siendo un dictador. Tuvo que renunciar a buena parte de su proyecto y negociar con la ONU, con los americanos y con el capitalismo. Se revolvería en su tumba si viera en lo que nos hemos convertido. Nadie está contento. Nadie se siente vencedor y eso nosotros lo perdemos de vista: hemos ganado muchas cosas y tenemos motivos para la alegría. No somos más utópicos ni más sentimentales que quienes soñaron un país católico y petrificado. Muchos todavía lo sueñan. Por supuesto que hemos tenido decepciones, y que luchamos contra la frustración, pero eso no es lo que nos define. Aunque desde luego hubiera ayudado no tener que depender del PCE.

—¿Pero vosotros no erais comunistas?

—Y muchos lo seguimos siendo, pero nunca del PCE. Nos hicieron la vida imposible. Josefina..., ¿qué te pasa?, ¿estás bien?, te has puesto pálida.

—Yo... yo...Tengo que confesarte una cosa.

—¿Qué pasa, hija? Dime, háblame, por favor.

—No te enfades.

—Claro que no, pero dilo de una vez.

—Llevo toda la vida votando al PCE.

—¿Qué? ¿Tú? No me lo creo. Pero, hija, ¿por qué lloras?

—¡Porque yo odio al PCE!

—¿Y entonces por qué les votabas?

—¡Era mi forma secreta de decirte que te perdonaba! Y que entendía tu lucha. Cada vez que doblaba esa papeleta para meterla en la urna sentía que te estaba mandando una carta. Nunca se lo he dicho a nadie.

Mi madre me recogió en su pecho. Fue algo aparatoso, por culpa de la cazadora, pero igual sentí su abrazo.

—Hija, si el PCE intentó evitar que nos legalizaran.

—¡Yo cómo lo iba a saber! Nunca me hablaste de estas cosas. Crecí como vaca sin cencerro.

—No podía decirte nada. Era demasiado arriesgado. Y yo no era una simple militante de base. Tenía responsabilidades y por mí pasaba mucha información muy delicada. Ni siquiera hoy me atrevería a contarte algunas de las cosas que hacíamos. Ahora es fácil juzgarlo todo.

—Eso quiere decir que hubieras estado dispuesta a robarle a Bienvenido en cualquier circunstancia.

—Por supuesto.

—¡No quería saberlo!

—¡¿Entonces para qué me lo preguntas?!

—No era una pregunta. Estaba pensando en alto. De todos modos, ya da igual. El señor Santos ha muerto.

—¿Te da mucha pena?

No fui capaz de decir que sí por miedo a romper a llorar de nuevo. No quería hacerlo delante de ella. No por ese tema.

—¿Y sabes qué le ha pasado a Santos Juguetes?

—Anamari heredó la empresa en mal estado. Tenían muchas deudas. La mayoría de jugueteras han desaparecido y las pocas que quedan producen en China o se han reconvertido. Intentó reflotar la fábrica, pero acabó malvendiendo. Dicen que de donde más dinero sacó fue vendiendo el stock de muñecas a un narcotraficante que las utilizaba para pasar la droga. Al parecer nuestras muñecas tenían un molde y un tipo de cierre que iba muy bien para esconder alijos.

—Eso no es verdad. Quieres difamarles.

—Lo cierto es que Anamari abrió una fábrica de muebles, con una tienda grande, que da a la carretera general. Y las cuentas no cuadran. Ha invertido mucho dinero y el cierre de la juguetera no le dejó tanto. Bueno, igual tienes razón y no son más que habladurías —hizo una pausa—. Me dijeron que conseguiste recuperar tu trabajo en la fábrica... después de aquella noche. ¿Por qué lo dejaste luego?

No quise decirle que acabaron echándome por su culpa para que no se sintiera mal.

—Me cansé.

—Te he buscado tanto.

—Y cuando averiguasteis dónde trabajaba, ¿por qué no viniste a hablar conmigo? ¿Por qué pediste una pizza?

—No habría sido justo para ti que me presentara en tu trabajo, sin avisar, después de tantos años. Te merecías la oportunidad de escapar de mí. El plan fue idea de Conchi. Igual ha sido algo disparatado, porque ella es disparatada, pero yo estaba demasiado nerviosa para pensar otra cosa.

—Es bonito eso de darme la oportunidad de escapar de mí. Pero dime una cosa: ¿de verdad eres tan racional?

Nunca la había visto avergonzarse.

—Bueno, me daba miedo plantarme ahí y que me rechazaras delante de todo el mundo. ¿Qué iban a pensar? ¿Qué cosas tan horribles habrá hecho una madre para que su hija la rechace? En casa todo era..., todo era más seguro.

—Más seguro para ti.

—A Conchi se le ocurrió lo de comprar pizzas a mi nombre. Supuse que si querías saber algo, vendrías. Llevamos haciéndolo toda la semana. Una pizza al día.

—Normalmente no reparto los pedidos.

—Da igual. Seguramente habría acabado yendo yo.

—Lo de hoy ha sido excepcional. Por la lluvia.

—¿Hubieras preferido no venir?

—¡Las pizzas! Arnaldo debe de estar esperándome para cuadrar la caja.

—Quédate conmigo. Hagamos algo divertido esta noche. Luego te buscaremos un trabajo mejor que este.

—Pero este me gusta.

—¿Con ese jefe?

—¿Qué tiene de malo mi jefe?

—Es un farsante. Se pasea por todas partes dando la receta de su éxito, cuando el verdadero motivo de que le vaya bien no es la masa, ni sus dotes de liderazgo, ni su plan de expansión, ni...

—¿Y cuál es?, según tú.

—La reforma laboral del 84, cuando el PSOE acabó con la causalidad y legalizó los contratos temporales. Los empresarios más rápidos, como este Arnaldo Jamís, han creado una empresa hecha a la medida de la reforma. Su imperio se levanta sobre una legión de veinteañeros a los que os habla de flexibilidad y libertad de horarios, ¿me equivoco? —me resistí a concederle mi asentimiento—, cuando en realidad lo que no tenéis es seguridad, ni pagas extras, ni antigüedad, ni nada. Y él maximiza sus beneficios porque tiene a tantos empleados como necesita en hora punta y ninguno en hora valle. Pero en las horas valle vosotros sí que necesitáis comer y pagar vuestras facturas igual. Os utiliza y os deja a la intemperie.

—Con las leyes de antes, Arnaldo no hubiera podido abrir su negocio. Está bien hablar de principios cuando toda vuestra generación está colocada y la mía, en el paro.

—Para acabar con el paro os han quitado lo más importante que tiene un trabajador, que es la capacidad de decir que no. Sin eso, ¿qué os queda? Admirar a vuestros jefes. Es la única opción.

—Todo el tiempo vuelve a salir. Para ti es lo que soy, una vendida sin criterio. ¿Y todo por tener la capacidad de admirar a mis jefes? Pues sí, me declaro culpable. Les he admirado. Todos tenían sus defectos, claro que sí. Pero también virtudes. ¿Quieres que pida perdón por no haberme dejado corroer por el odio de clase?

—No te pongas sarcástica, por favor. Al principio me desilusioné al ver que muchas de las conquistas laborales que habíamos conseguido se estaban perdiendo. Y os culpé por no estar sabiendo defenderlas. Quizás lo siga haciendo. Pero es verdad que el contexto ha cambiado mucho. No puedo culparte. Además, eres mi hija. La responsabilidad de educarte era mía.

—¡Deja de pensar que todo lo que me pasa es culpa tuya! Empiezo a cansarme. Te recuerdo que fui yo la que se bajó del coche.

—Y yo la que te subí.

—Gracias a eso he salido más fuerte.

—Eso pensaba yo cuando era más joven. Que las dificultades nos curten, que nos hacen estar mejor preparados para la vida. Pero no. Lo que te hice fue una putada. Hay quien se pasa la vida entre algodones y le va mejor. Tiene menos resentimiento. Ya basta de convertir las desgracias en dignidad, las desgracias son desgracias. No queremos verlas ni en pintura.

—¿Ves? Tú siempre tienes que ir un paso por delante de mí.

—Ay, hija, qué pesada estás con eso. ¿No ves que soy tu madre? De algo tendrá que servir.

—¿Qué es eso divertido que quieres que hagamos?

—Ir al casino.

Era el último lugar que hubiera pensado. Yo sabía que habían abierto uno en Leganés, así que fuimos a ese. Por la carretera de Toledo llegamos en diez minutos. Esta vez condujo mi madre y yo fui de paquete. La A-4 estaba vacía de esa extraña forma en que lo están las cosas que hace poco estaban llenas.

—¿Y desde cuándo frecuentas los casinos?

—No sé. Me he ido aficionando. Es como verle las tripas a la bestia.

—Vaya, una visita didáctica, ¿es eso?

—No, también es que soy buena. Y me gustaría comprobar si tú también.

—Mamá, vámonos. Esto no te pega nada.

—¿Qué quiere decir que no me pega? Estoy muy harta de que a todos los que nos significamos se nos controle de esa manera. —Sentí que se estaba peleando contra algo mucho más grande que lo que yo acababa de decir—. ¡Qué tormento la maldita coherencia! En cuanto damos un paso al frente, nos vienen con esas. Y aún peor, nosotros mismos nos dejamos atrapar ahí, convirtiéndola en un orgullo.

—La coherencia es importante —dije por intentar volver a meterme en la conversación.

—Claro que lo es. Pero no podemos dejar que se convierta en nuestra jaula. Dejarnos encerrar en la coherencia es ponerle las cosas demasiado fáciles al enemigo.

—¿Y quién es el enemigo?

—¿Ahora mismo? Tú. —Y me dio un beso en la frente—. Vamos dentro. Necesitas relajarte un poco. Ya verás qué barata es la bebida.

Yo seguía con el delypolo y la riñonera, pero la verdad es que el ambiente en aquel casino no era particularmente distinguido.

La ruleta me trató bien desde el principio. Luego di una vuelta por ahí, pero las luces de las tragaperras me parecieron estresantes y al blackjack no sabía jugar, así que volví al lugar de partida. Mientras tanto, mi madre perdió veinte mil pesetas en apuestas de caballos. Cada poco tiempo, eso sí, nos buscábamos y rellenábamos las copas. Yo llevaba solo las monedas para dar cambio, pero pronto se fueron multiplicando. Tenía una estrategia: empecé poniendo mis fichas en la intersección entre cuatro números, apostando simultáneamente a rojo y negro, a par e impar. No podía ganar grandes cantidades pero me aseguraba, al menos, de prolongar un poco el juego. Era divertido. Sobre todo el momento en que la crupier deslizaba sus manos encima de la mesa, como si estuviera nadando a braza, para prohibir más apuestas. A medida que fui acumulando algunas fichas, me di cuenta de que necesitaba sumar riesgo a la ecuación. Junté mi cosecha de la noche y la aposté a dos números: mi edad actual y la que tenía cuando mi madre se fue. Por primera vez, capté la atención de la mesa. A mi derecha había un señor escocés con un puro entre los dientes. Me sonrió y me palmeó la espalda en señal de aprobación. Lo perdí todo y me levanté a sacar dinero. Cambié por fichas las treinta mil pesetas que tenía en la cuenta. Rellené mi vaso y repetí la estrategia. Tenía un pálpito, pero antes necesitaba carburar. Aposté bajito. Sin grandes aciertos, sin grandes fracasos. Cuando sentía que tenía el juego bajo control, movía un pequeño torreón de fichas a un número, mientras el resto las desperdigaba de a uno. Fui creciendo y ahí volví a arriesgar, no todo, pero sí la mitad; 15 negro, el día que salió al mercado *Fina, vecina.* El escocés me volvió a palmear la espalda y perdí de nuevo. Le pedí que no lo hiciera más. Mi madre me encontró y se colocó detrás de mí. Repetí la estrategia de prolongar el juego asegurando números, pero esta vez no conseguía siquiera mantenerme. Cuando solo me quedaban quinientas pesetas, pasé al ataque. Mi madre no paraba de darme ánimos y consejos. Estaba desatada. Suya fue la idea de dejar de lado las fechas simbólicas. Esto es un juego de azar, me repetía, no lo estropees con sensiblería. Puse quinientas en el tres rojo. El escocés me acercó la palma de su mano otra vez, pero la dejó en el aire y sonrió. Entendí que era una broma y me relajé. Gané diecisiete mil quinientas y todos a mi alrededor lo celebraron. Le anuncié a mi madre que era momento de retirarnos, pero me dijo que de ninguna manera, que estaba en racha y eso no podía dejarlo pasar.

—A veces pienso que los pobres tenemos miedo a dejar de serlo.

—Mamá.

—¿Qué?

—Yo no soy pobre.

—¿Conoces el cuento ese?

—¿Cuál?

—El del hombre que fue al casino, ganó treinta millones y al volver a su casa se suicidó.

—¿Por qué lo hizo?

—Eso te pregunto yo a ti. ¿Por qué crees que lo hizo?

Yo estaba nerviosa, porque veía que la crupier ya estaba repartiendo a cada quien sus fichas.

—¿Cómo voy a saberlo? Porque tenía una enfermedad degenerativa y había contratado un seguro de vida o porque se agobió al pensar en la cantidad de gente que empezaría a pedirle dinero o... qué se yo..., para volverse famoso y ser recordado por todos. ¿Es eso?

—No se sabe.

La crupier pidió que hiciéramos nuestras apuestas.

—¿Entonces para qué me lo cuentas?

—¿Sabes lo que yo creo?

—¿Qué? ¡Date prisa!

—Que se suicidó porque era pobre.

—¿Matarse por hacerse rico? Eso no tiene sentido.

—Ponte que tenía una miseria de sueldo. Quinientas pesetas la hora. Y de pronto, en un minuto, gana más de lo que ha conseguido ahorrar en cuarenta años trabajando de sol a sol. Descubre que el dinero es una arbitrariedad, que el esfuerzo no sirve para nada, no puede soportarlo y se mata.

La crupier dio el último aviso.

—¡¿Qué me quieres decir?! ¿Que no apueste por si gano y me suicido?

—Qué bruta eres, hija. Es una fábula interesante, pero no deja de ser una fábula. Tú hazte rica, que es a lo que hemos venido aquí.

Lo puse todo al diecisiete negro. Dudé y lo cambié al dieciséis rojo. Luego al veintinueve negro. Quise moverlo una última vez y la crupier me lo impidió. La bolita echó a volar. Un bote. Otro bote. Otro bote.

En este momento todo pudo haber cambiado. Yo pude hacerme un poco rica. Lo suficiente para empezar un negocio que me devolviera a la senda del éxito de la que el presidente del banco, con la connivencia de José Luis Pérez Ladra, me había sacado. Ganar el suficiente dinero para conseguir que existieras, que no fueras solo mi discípulo nonato, la entelequia a la que le cuento mi vida, sino un empleado de carne y hueso, el joven que lo aprende todo de mí y al que inspiro con mis actos; la prueba de que he llegado lejos y de que también Josefina Jarama puede ser jefa porque tiene cosas que legar. Y de hecho pasó, todo cambió, solo que ese día yo estaba muy sentimental y luego todo volvería a cambiar. Pero por un momento exististe. La crupier tocó la campana y toda la mesa me aplaudió. Fue el instante más feliz de mi vida. Yo, Fina, Fina de Josefina, Josefina Jarama, había ganado. Seiscientas doce mil quinientas pesetas. Nunca había tenido tanto dinero. Mi madre y yo nos abrazamos como locas. «¡No pienso suicidarme, no pienso suicidarme!», gritaba. Cuando dejamos de dar saltos, vi la posibilidad de hacerme millonaria y volví a sentarme a la mesa. Mi madre, ya totalmente fuera de sí, me animó. En cambio, el escocés puso su mano arrugada en mi pierna y negó con la cabeza. No le hice caso y me dijo:

—*Go to bed, my dear.*

Tenía los ojos casi transparentes y cara de haber dejado de ser rico muchas veces. Aplaqué a mi madre y nos fuimos a cambiar las fichas por dinero. Eran las cuatro y cuarto. Todavía había un sitio abierto para tomar la última.

—Lagosur. ¿Me traes a un parque acuático?

—De noche es discoteca. Tiene restaurante, discoteca cerrada, pistas al aire libre y karaoke. Con capacidad para veinte mil personas. Lo he leído en los flyers que me dan todas las semanas en la estación de Cercanías. Siempre lo veo desde el tren, pero nunca había podido venir.

La entrada costaba dos mil pesetas con dos consumiciones. Me hizo ilusión invitar a mi madre. Dentro había un montón de terrazas: unas eran temáticas, y te permitían pasar de San Francisco a Hong Kong o Sudáfrica en apenas unos pasos; otras eran como sucursales que habían abierto allí los bares de Leganés, lo que hacía que dentro de lo exótico todo fuera un poco más familiar. Las terrazas se extendían a los lados de un paseo repleto de patos que llevaba hasta la discoteca de agua, una piscina inmensa al aire libre donde la gente podía bailar y tomar sus consumiciones en bañador. Un poco más lejos estaba la mayor atracción, que era como un karaoke deluxe: allí te daban guitarras eléctricas y palos de batería y te grababan un vídeo mientras interpretabas tu canción. En las pantallas de alrededor se te veía en grande, con un fondo artificial del skyline de Madrid. Y al día siguiente podías pasar a buscar tu vídeo por quinientas pesetas.

Nos sentamos en una terraza que a mí me pareció de la Amazonia, pero que resultó ser de Yucatán. Yo me pedí un margarita y mi madre un daiquiri de fresa y nos arrellanamos en dos tumbonas que había frente a una fuente muy grande.

—¿Te gusta el sitio? —le pregunté.

—¿Y a ti?

—Sí. Es diferente.

—Estoy muy orgullosa de ti, hija.

Llevaba años esperando oír aquellas palabras en boca de mi madre, pero me molestaba que para ella fuera tan fácil emocionarme e hice cuanto pude por que no se diera cuenta.

—No tiene mucho mérito.

—¿Y qué quieres hacer con el dinero?

—Ahorrar.

—¡De eso nada! Me opongo. Tienes que gastarlo, ¿no te das cuenta? Si no, será como si lo hubieras ganado trabajando. Tú siempre andabas diciendo que querías ir a ver las Torres Gemelas, ¿no?

—Es verdad.

—Pues ahí lo tienes. Vete, vete. Mañana. ¿Qué digo? ¡Hoy mismo! En cuanto acabemos esta copa.

—No tengo ropa.

—Allí hay rebajas.

—No sé inglés.

—Nadie habla inglés en Nueva York.

—¿Y qué hago con Delypizza?

—Yo devolveré la moto. Les diré que has tenido una emergencia familiar.

—Nunca he dejado un trabajo.

—¡Qué emoción!

—¿Y si me gusta y me quedo allí?

—Qué valiente te has hecho, hija.

—He cambiado mucho últimamente, mamá. Ya no soy aquella niña tierna y dulce. En estos años se me ha endurecido el corazón. He sufrido abandonos, traiciones y desplantes y ahora tengo una coraza, que puede parecer que está hecha de sensibilidad, pero es una coraza. No es fácil llegar a conocerme de verdad.

—Tú nunca has sido tierna y dulce, Fina. Pero te digo una cosa, la gente dura no habla así. Los que tienen una coraza no lo dicen. Yo creo que eres buena, eso sí.

—Mamá, una vez me dijiste que no me reconocías como tu hija.

—¿Pero qué dices? Eso no es verdad.

—Sí que lo es. Después de la pelea que hubo en la fábrica, cuando se fueron las luces y se estropeó el prototipo de *Fina, vecina*.

—Esa muñeca no me trae buenos recuerdos.

—¿Entonces, no te acuerdas?

—Hija, si lo hubiera dicho no tendría problema en pedirte perdón, pero es que cómo voy a decirte yo una cosa así. ¿Y has pensado en qué negocio te gustaría abrir en Nueva York?

—No lo sé.

—¿No tienes un sueño?

—Tengo muchos. Sea lo que sea, empezaría desde abajo. Y me gustaría volver algún día, con mucha experiencia acumulada. Y poder darles trabajo a los que me miren con envidia. Ayudarles.

Sí, hacía bien en irme. Madrid se había portado conmigo como una mala amiga. Solo me daba pena una cosa.

—¿Por qué no te vienes conmigo?

—Me encantaría, juntas las dos, pero no puedo, tengo mi trabajo...

—Los funcionarios podéis cogeros una excedencia, ¿no?

—... y a mi marido.

—Qué tonta. Debí haberlo imaginado. ¿Pero por qué él no estaba hoy contigo?

—Le pedí que se fuera de casa unos días. Era demasiado shock que me vieras con él.

—¿Y quién es?

—Se llama Ernesto. Le conocí en el Ministerio de Trabajo. Nos gustan las mismas cosas.

La convencí para que dejáramos allí la moto y pidiéramos un taxi a Barajas. Habíamos bebido demasiado. Compré un asiento en un vuelo que salía en tres horas. Deambulamos un rato sin rumbo y, cuando llegó la hora, nos echamos a llorar.

—Me hubiera gustado cantar contigo una canción en el karaoke —le dije.

—Cuando vaya a verte a Nueva York.

Ya dentro, me senté, tomé un cortado y un croissant a la plancha y seguí llorando. Nunca había estado en un aeropuerto. Para no quedarme dormida, me entretuve viendo a gente que corría por los pasillos mientras se les desmoronaban las maletas, precariamente apiladas en el carrito, y a madres que tiraban con angustia de la mano de niños embobados con las chocolatinas. Quise ser todos ellos a la vez y desperdigarme así por los rincones. Inventé un juego: adivinar adónde iba un vuelo por el aspecto de la gente en la sala de embarque. Me costaba acertar. Tuve que parar porque en una zona de asientos se armó un gran revuelo. La cola para subir al avión se vio arrasada por un remolino cada vez mayor que se agolpaba frente a unos televisores. Me acerqué a ver y me quedé estupefacta. El noticiario había interrumpido la programación. Las imágenes, grabadas en un pueblo de la Costa Blanca por varios videoaficionados, mostraban cientos de *Fina, vecina,* la mayoría en sus cajas de cartón, invadiendo la playa, como si fuera una extraña plaga. Había niños y niñas abalanzándose como locos sobre aquel banco de muñecas, mientras los padres, aterrorizados, trataban de retener al desatado escuadrón de manguitos y flotadores, al menos hasta entender qué pasaba exactamente. La explicación les llegó, sin palabra mediante, de un grupo de jóvenes que sí había entendido lo que había allí dentro y abandonó abruptamente su partido de vóley-playa para, a crol, braza y mariposa, hacerse con tantas unidades de *Fina, vecina* como pudieran. Una vez que se percatan, no son pocos los padres que cambian de bando. La primera es una madre, que le confisca la colchoneta a su hijo para intentar almacenar en ella los ejemplares que siguen llegando. Al resto de adultos le da un ataque de histeria y echa a nadar, solo que parece que el tiburón viniera de la arena, porque todos se lanzan mar adentro: para meterse, unos arrojan a sus bebés a los brazos de la abuela, otros avanzan con el niño a la espalda y aun hay quien deja al polluelo a su suerte, en espera de que las clases de natación hayan surtido efecto y de que el botín compense el riesgo. Un heladero aparca su carrito en la orilla y lo va llenando con toda la mercancía que atrapa. Dos rapaces ancianas que lo ven copian la idea y se lanzan a vaciar sus neveras —cerveza y tortillas al suelo— mientras apremian a sus hijas, más atolondradas, para que las ayuden a llenarlas, multiplicando así el tesoro. Una familia numerosa y con bañador a juego, en un alarde de organización y disciplina, forma una cadena humana hasta el mar, de mayor a menor, en la que las cajas pasan de mano en mano. Ante la caótica estampida, los más prudentes, que siempre los hay, buscan al socorrista en su torreta para que ponga orden, pero el socorrista está ya echado al mar, abriéndose paso gracias, primero, a un uso fraudulento del silbato y, luego, repartiendo estopa con la tabla salvavidas. Los barcos que están en mar abierto retroceden cuanto pueden y devuelven al mar el resultado de varias horas de pesca para rellenar redes y bidones con ejemplares de *Fina, vecina.* Un equipo de buzos vuelve a la superficie alarmado por la agitación y, en vista del percal, aletean veloces para buscar su parte del pastel. Incluso la hidroavioneta que segundos antes anunciaba a bombo y platillo «Arroz La Fallera» apaga la cinta y empieza a buscar un lugar para amerizar. Una patrulla de la Guardia Civil recorre la playa, gritando con su megáfono «quieto todo el mundo», pero, salvo una familia de guiris —que se dirían más quietos por civismo nórdico que por orden benemérita—, su único logro es avisar a los que faltan, camareros y encargados del paseo marítimo, que inmediatamente salen a ver qué ocurre y, ante la oportunidad, se tiran al mar sin siquiera quitarse la camisa o el mandil. También la gente de los apartamentos se asoma a las ventanas y, no queriendo quedarse sin nada, se descuelgan por barandas y tuberías, mientras de las calitas aledañas emerge un batallón nudista. La turba es tal que por momentos el mar deja de ser azul, tanto o tan poco que antes de que el vídeo se termine, oímos la voz distraída de una vecina que pasea por allí: «Esto parece el mercadillo, pero hoy no es jueves ¿o me estoy liando?».

Pegada a la pantalla, me eché a llorar como una boba, pero esas lágrimas no tenían nada que ver con ninguna de las que había llorado antes en mi vida, eran lágrimas de excitación y de venganza vertidas sobre años de agravios y alegrías abortadas, sedimentados en mí desde tiempos inmemoriales; de mis ojos manaban carrozas de júbilo que aplastaban mi vieja frustración. Ante mí veía cumplirse uno de mis sueños, quizás de todos el más acuciante: ser querida y exitosa, ser terrenal y ser etérea, ser yo misma y ser de todos. No dudé un instante, pues antes de pensarlo ya había decidido quedarme; me esperaban decenas, qué digo decenas, centenares de entrevistas en radios y platós; todo el mundo querría saber qué había sido de Josefina Jarama, la joven que inspiró una malograda muñeca, y yo era la única que podía responder a esa pregunta. Tenía el derecho a disfrutar de que por fin, en mi país, esta vez sí, todos, absolutamente todos, se volvían locos por hacerse con su ejemplar de *Fina, vecina*.

Agradecimientos

Hay un fino rastro de agradecimientos indispensables para que las cosas hayan llegado a ser como son: Pura Silgo, Mercedes González, Edu Vilas, David Cabrera, Edu Becerra, Marta Sanz; como lector, le pediría a Gonzalo Torné que dedicase más tiempo a su escritura y menos tiempo a ayudar a los demás; como parte de ese los demás: gracias.

Esta novela le debe mucho a todos aquellos que tan generosamente me contaron sus vidas profesionales: Mari Carmen Forcada, Eva Arlandis, Cristóbal Carrasco, Javier Loriente, Sara Azcón, Jano Alonso, Manolo Castellano, Agus Martínez; a Juan Antonio Cañero, que me descubrió el lugar en el que nací y vigiló que no lo desfigurara al escribirlo; a Rigo, siempre dispuesto ayudar; a Injusa, por dejarme visitar su fábrica y contármelo todo; a Juamba y Josemi por sus aportaciones ornitológicas; a Trillo & Rubiño, que, más que darme consejo jurídico, acabaron inventando subtramas.

El texto era peor hasta que contó con la lectura y las aportaciones de Javi Saiz, Edu Becerra (again), Guille Aguirre, Cañero (again), mi madre, mi padre, Cari. También de Amaiur y mi editora, Pilar Álvarez. A ellas y a todo el equipo de Alfaguara —a José Luis Rodríguez, a Melca Pérez, a Paloma Castro, a Blanca Establés, a Carlota del Amo—, mi agradecimiento infinito por el cariño, el empeño y el *savoir faire*.

Rita tiene tan buen gusto que le ha tocado decirme, a cada paso, lo que sí y lo que no; además, la lectura para ella tiene poco de sorpresa porque la mitad de las ideas vienen de nuestro palique. Con Carlos Pott mi deuda es tan grande que él podría desahuciarme de este mundo cuando quisiera y yo no protestaría.

Terminé de escribir esta novela en La Casa de Belmonte, en Belmonte de San José, Teruel.

Este libro se terminó
de imprimir en
Móstoles, Madrid,
en el mes de
febrero de 2022